Pour Christiane
et Bernard

Les cambrioleurs du Louvre, le dimanche 19/10/2025, se sont forcément inspirés de

POLART

qui raconte

qu'il est assez facile de dérober des œuvres majeures dans les plus grands musées du monde !!

Amitié

Jean-Marie

21/10/2025

JEAN-MARIE CRANTELLE

POLART

ROMAN

L'Harmattan

Du même auteur chez L'Harmattan

Nation-Étoiles, 2016
À l'Est de Dean, 2017
Énora Dixit, 2019

5-7, rue de l'Ecole-Polytechnique, 75005 Paris
http://www.editions-harmattan.fr
ISBN : 978-2-343-24633-8
EAN : 9782343246338

Beau gisant frénétique
Des mille et une nuits
Sapé en grand vizir
Tu cherches les clameurs
En récitant charmeur
Les discours du désir
Qui jettent l'histoire antique
Dans les courriers du cœur

PATRICK COPPENS – *La minuscule anthologie*

« Pour écrire ce qui va suivre, j'utilise pour la première fois des souliers vernis que je n'ai jamais pu porter longtemps parce qu'ils sont horriblement étroits. Je les chausse d'ordinaire juste avant de commencer une conférence. La contrainte douloureuse qu'ils exercent sur mes pieds accentue au maximum mes capacités oratoires. »

« Nous avons tous faim et soif d'images concrètes. L'art abstrait aura servi à cela : rendre sa virginité exacte à l'art figuratif. »

SALVADOR DALI – *Journal d'un génie*

« Mais surtout (à cause de son visage artistique, de son visage rare, original), il l'avait imaginée sur les remparts d'un château d'Espagne, figée de longue date dans la posture de la muse-et-maîtresse d'un illustrateur en sarrau qui la regardait de derrière ses yeux exorbités… »

MARTIN AMIS – *L'information*

NOTE AUX LECTEURS

Pour ceux qui ne connaissent pas les principaux tableaux qui animent ce roman, il est recommandé de les visualiser en deux clics sur Wikipédia.
Vous n'en apprécierez que mieux l'intrigue.

1

Le trou à rats qui lui servait de bureau était situé au cinquième étage d'un immeuble défraîchi de la rue de Paradis, dans le dixième arrondissement de Paris. Sur la porte il avait placardé la phrase de Cocteau « Ceux qui n'ont pas l'ascenseur habitent toujours au cinquième ». En effet, il fallait bien escalader une centaine de marches avant de pouvoir pénétrer dans son antre.

Le jour livide avait laissé tomber. La pluie tambourinait sur les deux fenêtres invitant tout ce qui se présentait : le bruit, le froid, la chaleur, les odeurs... Ce soir-là, le froid et le bruit avaient investi le lieu. Comme endroit propice à la méditation, c'était à peu près aussi indiqué qu'un concert des Stones au Parc des Princes.

Il allait fermer boutique. Définitivement. Ses dernières affaires, dont une ténébreuse autour du « *Narcisse* » de Caravage, avaient été des foirades retentissantes. Le bureau était jonché de factures, assignations, injonctions et autres contraventions froissées. Bientôt il décollerait la rutilante plaque de cuivre indiquant « Détectives Privés ». Il lui avait fallu quelques séances de remue-méninges laborieuses pour en arriver là.

Alors qu'il s'apprêtait à célébrer l'événement en essorant sa dernière bouteille de Jameson, des pas ont résonné dans le couloir. Des pas qui avaient du poids. Des pas qui s'arrêtèrent devant sa porte, une silhouette démesurée envahissant le verre dépoli.

Il était tard. L'heure des rats. Si ce rat-là était un malfaiteur, il aurait des arguments. La lumière du couloir s'était éclipsée comme le soleil derrière la lune, accentuant la couleur maladive du bureau.

À tout hasard il entrouvrit le tiroir dans lequel gisait un pistolet Beretta, y plaça son portable en mode dictaphone/ enregistrement et orienta le faisceau de la lampe vers l'entrée.

Trois coups décidés retentirent.

— Entrez.

La porte grinça. La masse qui s'inscrivait dans l'embrasure lui fit penser à un gratte-ciel. La tête avait peut-être frôlé le haut du chambranle. Le gratte-ciel entra. L'homme mesurait plus d'un mètre quatre-vingt-dix tout en dégageant une impression de souplesse féline. Il était vêtu d'un imper mastique protégeant un costume trois pièces sombre, fluide, probablement sur mesure. Visage fin. Inquiétant de finesse. Un regard bleu acier, difficile à tordre. Une chevelure que la pluie avait fait onduler en vagues claires, au-dessus de tempes ingénument grisonnantes. Il tendit une main droite armée d'une chevalière à blason.

— Monsieur Kornélius ?

Les vibrations espacées de sa voix dans les basses propulsèrent les syllabes avec une vigueur singulière.

— Monsieur Jean-François Kornélius ?

— Kornélius avec un K comme Kennedy. JFK pour les intimes.

JFK fixa les yeux de l'intrus comme un hypnotiseur en espérant retourner la pression. Il venait de passer le cap de la quarantaine, avec une certaine vaillance pensait-il. Mais rien n'avait changé. Il était demeuré une épave. Ses cheveux beiges en touffes désordonnées, ses yeux chacun émergeant comme un soleil en voie d'extinction au- dessus d'une boursouflure, son nez fatigué d'avoir trop snifé des vapeurs suspectes, ne l'incitaient guère à s'attarder devant les miroirs. Seule sa bouche, au dessin michelangelesque, atténuait l'impression maussade dégagée par l'ensemble.

— Vous êtes un sacré phénomène, monsieur Kornélius !

JFK n'avait pas perçu cette affirmation comme un compliment. Plutôt l'inverse. Son dernier client avait utilisé un vocabulaire moins châtié pour exprimer ce qu'il pensait de lui.

— Il paraît que vous êtes retors et sans scrupules mais en même temps très malin, monsieur Kornélius.

Des adjectifs coupants qui, en d'autres circonstances, auraient conduit JFK à s'insurger virilement. Cependant, il avait dépassé ce stade. La curiosité le disputait à l'angoisse. Il conservait la mimique d'un porte-manteau accroché dans un dressing à l'abandon. Grandes-Jambes abima sa silhouette pour s'incruster dans l'un des fauteuils club qui rapetissa dans son cuir fané.

— On m'a raconté que vous êtes dur en affaires quand votre intérêt personnel est en jeu. Dur, sans scrupules mais courageux.

Ce dernier qualificatif avait résonné plus longtemps que les autres, comme un sirop pour calmer la toux. Où voulait-il en venir ce mannequin de chez Harcourt, tout en ombres et lumières ? Menace et flatterie dans le même sac à malices. Il avait un culot monstre et la carrure qui allait avec. Il saturait l'espace. JFK eut l'impression d'avoir changé de côté. Il était devenu le client, la proie.

— Je me suis renseigné sur vous, monsieur Kornélius. Vous êtes encore Détective Privé comme l'indique votre plaque, à votre compte depuis trois ans, installé dans ces bureaux depuis treize mois. Auparavant vous avez été concepteur-rédacteur dans une grande agence de publicité mais comme vous faisiez des « perruques » pour des agences concurrentes et malgré la difficulté de le prouver, on vous a demandé de partir avec une indemnité transactionnelle confortable. Mais vous étiez grillé dans la pub. Ensuite vous avez été engagé par Artcurial, après leur avoir trouvé un slogan « L'Art de vendre aux enchères ». Vous avez rapidement appris le métier, obtenu le diplôme de commissaire-priseur et gravi les échelons. Votre fluidité en allemand vous a valu d'être envoyé à Vienne pour diriger le bureau autrichien, où vous êtes resté un peu plus de deux ans. Puis vous êtes revenu à Paris, avenue Matignon, où vous avez encore gagné en influence, jusqu'au jour où on a découvert que vous aviez trafiqué des estimations, concernant un Béringer, un Bansky et une table de Jean Prouvé et que vous aviez touché des commissions occultes. Pour éviter le scandale qui aurait abimé l'image de l'entreprise, là encore on vous a demandé de plier bagages, moyennant une clause de confidentialité assortie d'une grosse indemnité ! Vous êtes décidément très fort, monsieur Kornélius.

Il s'interrompit, sans doute pour reprendre son souffle et mesurer l'effet de son panégyrique sur JFK qui demeurait confiné derrière son nœud papillon. Mais ça n'était pas parce qu'il arborait un nœud papillon chatoyant qu'il n'était pas au bord du gouffre.

— Et j'oubliais de mentionner que vous auriez négocié illégalement des dessins originaux d'Edgard P Jacobs, l'auteur de Blake et Mortimer et que vous les auriez revendus à des collectionneurs de votre réseau. Nous savons vous et moi que l'emploi du conditionnel est tout à fait inapproprié. Vous avez gagné beaucoup d'argent.

Il fit une nouvelle pause théâtrale en levant des bras qui durent effleurer le plafond. JFK le fixait comme il aurait fixé un serpent à sonnette. Les morsures arrivaient, directes, précises avec un flegme chirurgical.

— Et last but not least, vous avez joué un rôle trouble, très trouble dans la disparition/réapparition d'un Caravage en Italie. Une histoire qui aurait pu vous être fatale… et qui pourrait encore le devenir.

JFK eut l'impression que l'air de son bureau se débattait pour ne pas étouffer. Personne (ou presque personne) n'était au courant de cette sordide affaire romaine. Comment ce grand échalas pouvait-il l'être ?

— Vous êtes courageux, monsieur Kornélius, physiquement courageux. Vous maniez sans complexe le Beretta. Les expéditions punitives ne vous font pas peur. Dans votre activité de détective vous n'avez pas hésité à faire le coup de poing, à plusieurs reprises, soit pour récupérer des honoraires, soit pour vous protéger de quelque client humilié. Le dernier en date, pour lequel vous étiez censé filer l'épouse possiblement infidèle, a déboulé chez vous, dans tous ses états, en vous accusant d'avoir couché avec elle. Il s'en est suivi une bagarre qui a réveillé tout l'immeuble. Le monsieur est reparti assez amoché et cocu puisque ses allégations étaient justifiées. Vous aviez bien abusé madame Vernon, n'est-ce pas ?

Grandes-Mains tira d'une poche un étui argenté ultra plat, de la taille d'un portable et l'ouvrit.

— Vous fumez.

C'était plus une affirmation qu'une question. JFK avait officiellement arrêté de fumer depuis dix ans, mais il enchaînait les cartouches de Camel sans s'en apercevoir et ces temps-ci il fumait beaucoup pour oublier les ravages du tabac... il suffisait de regarder le cendrier qui débordait de mégots ratiboisés. Il accepta la cigarette, longue et fine, comme une cigarette de femme au foyer en perte de repères. Un briquet laqué noir jaillit d'une autre poche et se montra plus efficace que la pochette gondolée qui végétait sur le bureau. La fumée qui dévala dans ses bronches calaminées lui fit un bien fou.

— Je disais que vous aviez gagné beaucoup d'argent, ce qui est exact mais vous vous êtes aussi efforcé d'en perdre beaucoup. Beaucoup pour entretenir des maîtresses hors de prix et beaucoup dans des salles de jeux clandestines où les cadeaux sont rares. Aujourd'hui vous êtes totalement à sec et pire que cela, vous avez une dette à cinq zéros, après une partie de poker digne de « *L'Arnaqueur* » ! Une dette auprès d'une personne peu recommandable qui vous tient par la barbichette et pas en très haute estime. Vous allez devoir rembourser, alors que vous n'avez même pas de quoi payer votre prochain loyer. Votre business est à l'arrêt. Et dans votre esprit fiévreux germe l'idée de partir à la cloche de bois et de disparaître sans payer l'addition. Mais sans argent, sans femme aveuglément amoureuse, on ne va pas loin de nos jours. Vous êtes lessivé, Kornélius et vous le savez. Vous le savez, n'est-ce pas ?

La question mijota mélangée à la poussière et à la fumée dans le faisceau de la lampe. Pour toute réponse JFK, en fumeur aguerri, expulsa quelques ronds qui tentèrent vainement de se faire passer pour des anneaux olympiques.

— Ne lâchez pas, monsieur Kornélius ! J'ai une mission pour vous.

L'air froid s'était coagulé. Une mite sans boussole s'interposa entre les deux masses marmoréennes.

2

Ce matin-là, quand il s'était réveillé dans le lit de Clara Behlmann, dans son lit, son grand lit king size, dans la blancheur suffocante de ses draps, Jean-François Kornélius avait contemplé le chemin parcouru. Il était en Autriche, en plein centre historique de Vienne, dans un immeuble cossu, dans la chambre de la femme la plus excitante de l'intelligentsia viennoise.

Il dirigeait le bureau d'Artcurial et à ce titre avait accès à tous les pince-fesses possibles et imaginables où s'agglutinaient les acteurs d'un monde révolu, péremptoire, bariolé, bavard, un monde incontournable, le monde de l'Art. Un monde en perdition qui de cocktails en vernissages, de premières en séminaires, de conférences en dîners de charité, de ventes aux enchères en installations, courait joyeusement à sa perte comme une étoile s'effondre sur elle-même pour devenir un trou noir. Le trou noir n'était pas pour tout de suite mais les fissures étaient bien là. Là, dans la suffisance et les hoquets des parasites de l'Art qui s'ébrouaient, une coupe de champagne à la main, dans les salons saturés de propos péremptoires. Là, où des plus besogneux, se contorsionnaient, le pinceau entre les dents, dans des soupentes insalubres jonchées de flaques colorées. Ce monde, ce petit monde-là, chérissait encore le souvenir des grands ancêtres (qui pourrait cracher sur Vinci, Michel-Ange, Rembrandt, Breughel, Vélasquez...?), surtout quand il fallait aligner des millions pour soupeser leur valeur ! Mais, peu à peu la magie s'était estompée et faisait place à ces enfants bénis de la Jet set (les Soulages, Hirst, Koons, Kapoor...) qui font fortune sur la bêtise humaine et qui exposent leurs œuvres « subversives » dans les endroits les plus prestigieux de la planète. Une seule résistait vraiment à cette tendance mortifère : Clara Behlmann.

Historienne de l'Art, conservatrice et restauratrice au Kunsthistorisches Museum, Clara Behlmann était spécialiste de la peinture du XVIIème. Une espèce d'anomalie triomphante qui promenait sa silhouette intimidante, sa chevelure d'enfer dans les contrées où l'Art, le vrai, avait besoin d'une avocate. Une avocate qui dépoussiérait les splendeurs passées. Une avocate qui n'avait pas peur de faire la différence entre le beau et le laid, entre l'universel et l'insignifiant. Et JFK avait passé la nuit dans le lit rigoureux de cette égérie intemporelle. Certes il avait fallu ramer quelques semaines pour en arriver là, mais le résultat était incontestable. Quoique... la nuit sournoise n'avait pas été de tout repos. Clara semblait indécise, ce qui ne lui ressemblait pas, quant au déroulé du scénario. Elle avait multiplié embûches et atermoiements. Il se sentait comme un cheval fougueux au bout d'une longe, obligé de franchir des obstacles de plus en plus élevés. Quand enfin il avait atteint son graal, au bord du ravin entre ses cuisses, il avait été saisi d'un vertige parasitant ses alchimies intimes. La performance avait été quelconque (voire moins que quelconque) mais il s'était consolé puisque c'était la première fois avec Clara et que, mon dieu, pour une première fois... il y en aurait d'autres « des fois » n'est-ce pas, et elle aurait tout le loisir de ressentir de quoi il était capable !

Clara n'avait pas atteint le sommet, ni même le camp de base et, ce matin-là, elle avait déserté prématurément la chambre, abandonnant JFK à son sommeil trompeur. Un peu plus tard, il avait ouvert les yeux et les avait aussitôt refermés, agressé par l'ambiance surexposée. Le soleil lui-même faisait pâle figure malgré des rayons pugnaces. Il avait quand même fini par se redresser, une main en visière et pris conscience de là où il se trouvait. Pas de meubles, à part le lit, deux chevets, deux lampes. Un mur-miroirs. Un mur-fenêtres. Deux murs-tableaux. Et quels tableaux ! La vue clignotante, il crut distinguer un Poussin, un De la Tour, un Rubens, un Vermeer ! Mais oui, ce fameux tableau où Vermeer, de dos, dans un atelier, est en train de peindre une jeune fille ! Était-ce possible ? Était-il encore dans une fantaisie nocturne parallèle ? La pâleur de Clara avait monopolisé toute son attention dans l'obscurité coupable. Il fut intimidé. Il était entouré de portraits qui le scrutaient sans complaisance. Au moment où il posait un pied sur le parquet clair en point de Hongrie, Clara était apparue, jean, teeshirt, chignon, prête à empoigner une nouvelle journée. Il pensa qu'elle aurait toujours un coup d'avance. Il fut surpris par le ton de sa voix, telle une flûte mozartienne enchantée mais oppressante.

— Il va falloir déguerpir, mon petit Kornélius, je vais devoir changer les draps et je suis pressée !

Le réveil indiquait 7h02... un peu tôt pour qu'il soit tard. Le mot « déguerpir » l'avait froissé. Il s'était mis debout, nu, et avait pris la posture du Saint Sébastien de Mantegna criblé de flèches, visage penché, mine interloquée. Se pouvait-il qu'elle lui demandât de dégager comme un malpropre, sans un café, sans une douche, sans un baiser ?

— Ce sont des originaux les tableaux, là ?, avait-il demandé bravement.

— Bien sûr, avait-elle répondu patiemment.

— Volés ?

— Evidemment. C'est plus facile quand on est conservatrice et somnambule.

— Somnambule ?

— Je marche en dormant et dans mes rêves, mes envies se réalisent !

Il avait été à deux doigts de la croire, fragile qu'il était dans sa nudité hellénique. Clara avait saisi un coin du drap housse et s'apprêtait à le tirer.

— Tu me charries ! Des vols en dormant, ben voyons !

Elle avait alors sorti d'une poche arrière de son jean un portefeuille qu'elle lui tendit.

— Tenez, c'est à vous. J'ai rêvé cette nuit que je voulais savoir à qui j'avais vraiment affaire.

« Dangereuse » fut le mot qui lui vint à l'esprit. Il l'avait trouvée séduisante, irrésistible, pas banale mais irrésistible et maintenant il la trouvait subversive, capable d'humilier un garçon qui ne lui voulait que du bien. Certes JFK n'était pas un enfant de chœur. Il irait, dans la foulée, négocier en catimini des planches originales de « La Marque Jaune », la BD d'Edgard

P Jacobs, avec un collectionneur ukrainien qu'il soupçonnait de prospérer dans le trafic d'armes. Mais ça ne regardait que lui. C'était son jardin secret. Rien à voir avec Clara, pour laquelle il s'efforçait d'être l'honorable représentant de la vénérable maison Artcurial.

Chaque matin nous laissons au fond du lit des miasmes, des pellicules, des morceaux d'ongles incarnés, des cheveux anémiés mais aussi des fantasmes qui courent à tâtons dans les plis de la couche abandonnée. JFK s'était redressé, tel un sphinx renaissant de ses cellules mortes, une touche de fierté dans le regard. Son costume Saint Laurent, dans lequel il aurait pu remettre son portefeuille, était absent du décor. Le somnambulisme avait bon dos !

— J'ai examiné ce qu'il contient d'essentiel, carte d'identité, permis de conduire. Vos multiples cartes de crédit témoignent d'un naturel flambeur.

— C'est vilain de fouiller... avait-il répliqué, laissant la phrase en suspens et refusant de cacher son sexe désolé, dans un excès de bravoure matinale.

— Vos affaires sont dans le dressing, porte de droite en sortant. Je ne les ai pas repassées.

JFK avait battu en retraite sous les quolibets des portraiturés, sa bravoure n'étant pas allée jusqu'à demander s'il pouvait prendre une douche. Il partirait imprégné de cette nuit confuse où tous les coups n'étaient pas permis... ou permis ?

Revenu à égalité (habillé) dans la clarté impitoyable de la chambre, il avait retrouvé la Clara dominatrice, drôle, cassante, qu'il avait rencontrée quelques mois auparavant alors qu'elle donnait une conférence sur la restauration de tableaux anciens. Il l'avait imaginée dans le plus simple appareil, arpentant l'estrade, entourée d'une nuée de journalistes agenouillés, les yeux exorbités, implorant un signe vers leurs micros ou leurs caméras. Il avait consciencieusement zappé ce qu'elle racontait mais les comptes rendus et les commentaires qui avaient suivi louaient son érudition et l'ensemble des techniques sophistiquées et pragmatiques qu'elle utilisait. Il s'était précipité pour la complimenter mais la masse des flatteurs était telle, qu'il n'avait perçu qu'un vague haussement de sourcils.

JFK allait devoir s'éclipser. C'était le mot, passer de la lumière à l'ombre. Il voulait croire qu'il pourrait le faire la tête haute. Il voulait croire qu'elle n'était pas aussi parfaite qu'elle en avait l'air. Et que ce qui avait sauvé son visage d'une quelconque beauté était son penchant pour la débauche et les alcools forts. Il n'en avait aucune preuve mais à coup sûr il creuserait la question, histoire de ramener un peu cette apparition à un niveau plus accessible.

Clara avait fini d'enlever les draps qu'elle tenait en boule.

— Je ne vous raccompagne pas.

— J'allais vous demander de ne pas le faire, avait-il rétorqué avec une fausse gaité.

Elle avait souri sans pouvoir cacher sa perfection dentaire émaillée de quelques imperfections mineures qui en rajoutaient dans la perfection. Troublant !

JFK était sorti, digne quoiqu'empressé. À l'air libre. Libre comme l'air, pour retrouver de la légèreté, retrouver des choses plus ordinaires. À sa portée. Prendre un remontant au Café Schwarzenberg sur le Kärntner Ring. Ne rien faire. Faire semblant de faire ou en mettre plein la vue à quelques amateurs d'art, trop amateurs pour le contredire. Ainsi, quelques semaines plus tard, dans une galerie de la Mahlerstrasse, lors du vernissage d'une rétrospective Warhol, avait-il brodé sur le thème du « faux en peinture ».

— Savez-vous que plus de 15% des tableaux exposés dans les plus grands musées du monde, au Louvre, à la National Gallery, au Prado, ici même au Kunsthistorisches, sont des faux, des copies ? avait-il asséné à des interlocuteurs estomaqués.

— D'où tenez-vous ce chiffre ? avait osé une belle brunette.

— D'experts.

— Quels experts ?

— De grands experts internationaux qui préfèrent rester anonymes pour ne pas être grillés dans le milieu (il avait dit « Milieu » comme il aurait dit « Mafia ») !

— Mais comment peuvent-ils être certains de ce qu'ils avancent ? avait insisté un habitué des cocktails à queue de cheval.

— Parce qu'il existe maintenant des process ultra pointus, encore officieux pour ne pas faire vaciller l'establishment artistique, qui permettent de cerner au plus près la personnalité créative d'un peintre. On peut répertorier, codifier les techniques, les tics, les manies… par exemple le séquençage des coups de pinceau, l'inclinaison, l'intensité, la fréquence… par exemple aussi la hiérarchisation des couleurs en fonction de la cadence de leur utilisation et de l'intensité de leur mélange avec les autres couleurs… et par exemple la façon de structurer un visage, une main, un pied en respectant les proportions ou pas, la façon de cadrer les sujets, etc… À partir de toutes ces données on définit des algorithmes qui vont aider à scanner la production d'un peintre et détecter les faux. Et ça pullule, les faux, croyez-moi mes amis !

— Pourtant beaucoup de peintres évoluent dans leur manière de peindre ! Quand Picasso passe de la Période Bleue au Cubisme, sa technique n'est plus la même, avait objecté un être replet, le front luisant, sans doute un notaire fortuné.

— Détrompez-vous ! Quand Picasso va se vautrer dans le cubisme, à la suite des réflexions de Cézanne et des premières toiles de Braque, une fois qu'il a assis son style nouveau, on retrouve les mêmes séquençages, avec quelques variantes infinitésimales. Les faux Picasso se sont multipliés comme les petits pains aux noces de Cana. Déjà qu'il avait une production surabondante, vous imaginez ! Tout le monde y trouve son compte, les héritiers, les marchands, les acheteurs, les collectionneurs, les galeristes, les musées, les salles des ventes ! Oh, je ne devrais pas dire ça ! Mais nous sommes entre nous… pas de portable à l'horizon, hein !

Au fond JFK était un provocateur mondain égocentrique. Tout son art à lui, consistait à attirer l'attention pour être reconnu pour ce qu'il n'était pas : un expert !

— Et les abstraits ? avait renchéri la brunette.

— Ah les abstraits ! Plus la technique est fruste, plus les tics sont puissants. Bon, je vous accorde qu'il y en a quelques-uns qui passent en dessous des radars mais ils sont rares. Je ne peux pas m'empêcher d'évoquer Soulages, le Baron du Noir, qui à force de barbouiller dans tous les sens, avec des gros, des moyens, des petits pinceaux, des truelles, des couteaux, des bâtons, de la toile émeri, des chiffons, des serpillères ou même avec ses doigts, finit par égarer les meilleurs experts. On pourrait presque dire qu'il peint des faux en permanence ! Mais pour les faussaires c'est génial : si vous avez un pot de noir et une toile, vous faites n'importe quoi et c'est bon... enfin c'est faux mais c'est bon !

— Je vous trouve bien dur avec Soulages, il fait quand même partie du patrimoine de l'Art Contemporain ! avait contredit l'homme à la queue de cheval.

— Cher ami, c'est Soulages qui est dur avec nous. Nous infliger tout ça, à ces prix-là, si ça n'est pas dur...

JFK ne cherchait pas à plaire. Il cherchait à séduire. La vérité manquant souvent de relief, il était donc capable de s'aventurer sur des terrains vierges et glissants. Une espèce de faculté disruptive héritée de son passé de concepteur-rédacteur publicitaire. La brunette était sous le charme. Elle terminerait sous sa couette.

Quelques semaines plus tard, JFK se retrouva face à Clara Behlmann, dans une boîte au confluent du hall de foire, du dancing, du cabaret, de la discothèque, bref un concept introuvable décoré par des tagueurs survoltés qui n'avaient pas lésiné sur la matière, notamment dans les oranges et les verts fluo. Il fut surpris de rencontrer Clara dans un endroit pareil (il l'imaginait toujours à Versailles, Schönbrunn ou Marienbad) mais son aisance blanchâtre l'avait bluffé et le souvenir de son congédiement matinal lui était vite monté aux joues.

— Bonjour, dit-il avec indulgence.

— Vous dans ce lieu de débauche, monsieur Kornélius !

— Tout comme vous.

Elle était entourée d'un essaim de paparazzis manucurés et le mot « débauche » avait ravivé l'écharde qui restait plantée dans son honneur. Dans l'immédiat elle était juste inabordable mais il s'était juré de la récupérer à la moindre accalmie. Accalmie qui survint vers minuit. Entre temps, il avait repéré un de ses dealers favoris (il ne faisait pas le nez fin sur une petite ligne de coke à l'occasion) et lui avait extorqué une poudre miracle qui, une fois mélangée au champagne, rendait docile la plus indomptable des tigresses. Vers minuit donc, il tenta le banco. Il se pointa vers Clara enfin seule, presque en partance, avec deux coupes de champagne. Il lui tendit celle qui ne contenait pas la poudre, pensant que forcément elle prendrait l'autre. Elle prit l'autre, n'ayant qu'une confiance mitigée dans ce JFK, l'un des rares hommes ayant réussi à se glisser sous ses draps.

Ils s'assirent sur un canapé revêche en forme de concombre et échangèrent quelques amabilités.

— Alors, les enchères grimpent-elles jusqu'au ciel, en ce moment, monsieur le Commissaire-Priseur ?

La voix de Clara était embuée. Les émanations d'herbes exotiques y étaient peut-être pour quelque chose. Elle éclusa sa coupe cul sec. Un disc-jockey faisait ronfler les décibels dans le style électro-punk-rétro.

— Un Chagall mineur est monté à cinquante.

— Il n'y a pas de Chagall mineur… ou de Chagall majeur, ânonna Clara.

— Mais il y a des acheteurs majeurs, hurla JFK.

Il scrutait son visage de madone dont les yeux de lapis-lazuli commençaient à s'estomper derrière des paupières insistantes. La cohérence suivit le même chemin. Bientôt il proposa de la raccompagner chez elle. Elle bredouilla quelque chose qu'il prit pour argent comptant. Elle s'appuya docilement sur son épaule. Son tailleur immaculé accentuait la frivolité du nœud papillon et du gilet de JFK. Ils gagnèrent sa voiture de sport jaune dans laquelle il eut du mal à l'insérer. Le tailleur remontait dangereusement sur les cuisses jusqu'à faire apparaître un triangle immaculé de culotte blanche. Cette vision décupla les forces de JFK. Il conduisit à des vitesses inavouables. Arrivés à bon port dans Elisabethstrasse, il exfiltra la déesse de la voiture, la chargea dans l'ascenseur, trouva la clé dans son réticule Chanel et la propulsa enfin dans l'obscure clarté de la chambre-musée. Malgré les ronchonnements de la belle, il la déshabilla et lui fit ce qu'il avait bâclé la première fois. Il eut l'étrange impression qu'il n'était pas seul à prendre un plaisir certain, même si le mot qu'elle prononçait en boucle était « salaud », « salaud », « salaud » !

Quand il eut fini d'astiquer sa vengeance, JFK se retira, les remords commençant à le tarauder, persuadé que l'infernale attraction que Clara exerçait sur lui n'en était qu'au début. Il laissa la belle endormie sur son très grand lit, jambes écartées, sans l'avoir recouverte de son linceul blafard.

Il ne pouvait pas garder pour lui bien longtemps un tel exploit. Un soir de spleen trop arrosé, dans une discothèque à la mode, le Flex, il s'épancha auprès d'oreilles peu scrupuleuses. Il n'aurait sans doute pas dû.

3

Le tableau de Johannes Vermeer, communément appelé « *L'Art de la Peinture* » était le chouchou de Clara Behlmann. Peint vers 1666, il représente l'artiste de dos, au premier plan, en train d'exécuter le portrait d'une femme vêtue de bleu et coiffée d'une couronne de lauriers. Une lumière subtile, provenant d'une fenêtre invisible, baigne la scène qui exprime une douce intimité.

Ce tableau était le chouchou de Clara, pour ses qualités intrinsèques (composition, lumière, virtuosité, symboles, allégories) mais aussi parce qu'il est, par excellence, le tableau qu'elle aurait voulu peindre. Du coup, si elle n'en était pas l'auteur, elle en avait réalisé une copie. Et quelle copie !

Clara Behlmann maudissait le soleil quand il percutait ses rayons contre les tableaux qui meublaient sa chambre. Elle tirait alors des rideaux d'une totale opacité. Mais cette fois-ci le soleil posait son doigt brûlant sur un infime défaut de son Vermeer préféré. Elle avait un peu négligé la densité des ombres entre les plis de la lourde tenture qui donne de la profondeur à la composition. Elle se dit qu'à l'occasion elle devrait repasser par la case chevalet. Et pourquoi pas tout de suite ? On était dimanche, jour qu'elle détestait entre tous. Elle décrocha la toile, la plus grande qu'ait jamais peinte Vermeer (120 x 100) et la transporta dans son atelier, vingt mètres plus loin. Elle projeta sur un écran une diapo qu'elle considérait comme étant la plus fidèle à l'original, exposé au Kunsthistorisches Museum où elle exerçait ses talents. Effectivement, renforcer subtilement les noirs serait judicieux. Elle empoigna sa palette et se mit au travail.

À bientôt trente-cinq ans, Clara Behlmann avait derrière elle un passé venimeux bien qu'émaillé de succès et devant elle un avenir prometteur bien que semé d'embûches. Ces dualités faisaient d'elle une personne complexe, dans laquelle elle avait du mal à se retrouver.

Pas facile. Entre une mère fantasque et un beau-père libidineux, le chemin était piégé. Hildegard, la maman, avait décidé une fois pour toutes que sa fille paierait les pots cassés de sa jeunesse bavaroise naufragée. Elle considérait Clara comme un obstacle à sa carrière de comédienne dans la troupe du Burgtheater de Vienne, sans imaginer une seconde qu'elle pouvait manquer de talent pour être tout à fait en haut de l'affiche. Clara, en grandissant à vitesse accélérée, était devenue pour Hildegard une rivale encombrante car les comparaisons défavorables s'accumulaient. Plus grande, plus belle, plus drôle, plus spirituelle, plus cultivée, la liste désespérante s'allongeait ! Habituée au rôle de vedette, ou supposée telle, elle supportait de moins en moins cette enfant avec laquelle elle n'avait que dix-huit ans d'écart. Le géniteur imprescriptible, alors qu'elle était encore mineure, avait fait quelques passages éclairs dans son lit. Il lui avait, sans le savoir, offert ce cadeau encombrant et était parti sans laisser d'adresse. Quand elle avait décidé de ne pas garder le bébé, il était trop tard. Elle ne fut pas heureuse d'être enceinte, pas heureuse d'accoucher, pas heureuse d'élever cette fille à laquelle tout réussissait. Du reste elle ne l'élevait pas… elle la rabaissait chaque fois que c'était possible, la laissant pousser comme une herbe folle.

Et Clara poussait à la vitesse grand V. Elle était douée pour le tennis, le basket. À douze ans elle avait la taille de sa mère à laquelle elle reprochait d'avoir un goût de chiotte dans tous les domaines, en particulier dans celui des hommes. Après de nombreux tâtonnements, Hildegard s'était entichée d'un businessman/imprésario d'origine italo-hongroise dont la fortune douteuse était entourée d'un voile de mystère. Fortune amassée dans des affaires d'oléoducs et de centrales à charbon, avec prolongements dans les paradis fiscaux. Mais fortune qui avait été l'argument décisif pour la décider à franchir le pas du mariage, d'autant qu'Aldo avait par ailleurs promis de donner du souffle à sa carrière et d'adopter une fille qui n'était pas la sienne. Clara, avant même de l'avoir rencontré, avait refusé le patronyme de son futur beau-père : à la limite Szabo ou Kovacs auraient pu passer mais pas Kiss ! De grâce ! Clara Kiss ? Insupportable ! Et Hildegard avait fini par capituler. Elle garderait son nom de jeune fille accolé à celui de son mari et Clara pourrait continuer à se faire appeler Clara Behlmann.

Le sieur Kiss avait des vues sur Clara. Des vues aux angles biaisés. Elle avait treize ans quand il avait fait sa connaissance et il avait jugé qu'elle pourrait devenir une actrice retentissante. Il lui avait fait miroiter des séances sous les sunlights, dirigées par des metteurs en scène de gros calibres, gros cigares, grosses bagnoles, grosses villas, gros comptes en banque, il ne disait pas « grosses bites » mais c'était tout comme ! Et aussi avec des acteurs qui lui feraient traverser le miroir et l'emporteraient dans des contrées qu'elle n'imaginait même pas. Clara l'écoutait, sage comme une image, jupe bleue, corsage blanc, genoux serrés jusqu'au moment où elle lui dit d'aller se faire foutre. Aldo fit semblant de ne pas avoir entendu ou bien il n'avait pas pu entendre une telle impertinence de la part d'une nana qu'il considérait comme sa fille... ou plus !

— Tu pourrais te faire un pognon de dingue, je veux dire assurer ton avenir, être à la une des magazines people, tu pourrais avoir ton blog, des millions de followers...avait enchaîné Aldo dont la sueur, les cheveux gominés, le costume à grosses rayures un peu trop cintré, le faisaient de plus en plus ressembler à un mafieux négociant sa prochaine livraison d'héroïne.

— Je crois que vous ne m'avez pas bien comprise. Votre monde à la noix ne m'intéresse pas. Je pourrais même dire qu'il me dégoute.

— Mon monde, mon monde, ben voyons ! s'était offusqué Aldo, sans bien mesurer la portée de l'attaque car c'était une attaque et il fallait faire front ! Mon monde c'est celui de l'entreprise, de la prise de risques, des journées de quinze heures, de l'argent mérité dont je vous fais profiter toi et ta mère. Mon monde te dégoute, c'est la meilleure !

— Il n'y a pas que votre monde qui me dégoute... vous aussi vous me dégoutez... avait susurré Clara d'un petit ton conciliant.

Aldo Kiss n'était pas préparé à ce genre de projectile. Il posa son lourd regard chargé de rancœur et d'incompréhension sur cet animal indompté. Mais derrière cette vision, soumise aux emportements, aux injustices, aux fracas de la vie, il y avait son attirance inavouable pour cette grande perche commençant à exposer des courbes qui en disaient long sur les années à venir. Il tenta de temporiser.

— La vie nous place parfois devant des opportunités. Il faut savoir les saisir. Que tu le veuilles ou non, je suis pour toi une opportunité. Je peux t'ouvrir en grand les portes de la vie, de ta vie. Ta mère a su saisir l'opportunité. Je lui offre un confort qu'elle n'aurait jamais pu avoir. Je vais lui faire obtenir des rôles qu'elle ne pourrait pas avoir !

— Vous insinuez qu'elle est nulle, répondit Clara les yeux dans le vague.

— Je ne dis rien de tel ! C'est une grande actrice qui a besoin qu'on prenne sa carrière en main.

— Elle est nulle ! Et si vous ne vous en apercevez pas, ça veut dire que vous êtes nul aussi.

Ce qui, par dessus tout, désarçonnait Aldo Kiss, c'était le mode détaché sur lequel s'exprimait cette asperge avec ses mocassins et ses socquettes blanches.

— Je m'y connais en talents, plaida Aldo. Toi et ta mère vous en avez à revendre. Pas le même genre de talent. Le tien est plus flamboyant, enfin il sera plus explosif, plus international ! Celui de ta mère est plus subtil, plus confidentiel, plus théâtral, bien qu'elle soit capable de grandes envolées, elle a du physique, du caractère...

— Je me demande pourquoi ma mère vous a épousé, dit Clara rêveuse.

— Tu te demandes, tu te demandes ! L'amour ça existe ma chère, il n'y a pas que l'argent, le profit, les combines !

— À part l'argent je ne vois pas ce qu'elle vous trouve ! Vous ressemblez à un représentant en charcuterie.

Aldo connaissait les sarcasmes, les injures mais pas ces effronteries mezza voce. Il s'approcha de Clara et lui posa une main sur ses genoux crispés. Il se voulait protecteur dans une situation qui défiait l'entendement. Clara ne bougeait pas. Il reprit le sillon qu'il essayait de tracer.

— On s'est plu tout de suite ta mère et moi…

— C'est pas ce qu'elle m'a dit.

— Elle n'a pas voulu te choquer, elle a voulu ça progressif. Tu n'as pas de père et…

— Mon père était un homme magnifique, rien à voir avec vous. C'est pour ça que je me demande pourquoi elle a accepté cette union. Vous avez dû y mettre le prix. Mais pourquoi ? À cause de moi ?

Clara faisait partie du lot. Aldo ne voulait pas se l'avouer, c'eût été trop périlleux d'aller farfouiller dans les bas recoins de sa trouble libido. Il n'avait pas la réponse à cette question-là. Il battit en retraite retrouver le monde plus simple des adultes.

La copie du Vermeer était un petit chef d'œuvre de copie. Avec les ombres renforcées de la tenture, Clara jugea qu'il ne fallait plus rien toucher. La carte des Pays-Bas, en arrière-plan, lui avait donné du fil à retordre, ainsi que le visage énigmatique de la jeune femme posant pour Vermeer dont on ne voit que le dos. Mais elle ne craignait plus sa propre critique. Elle se demandait même ce qui se passerait si elle remplaçait dans son musée l'original par cette réplique plus vraie que nature ! Il faudrait encore lui faire subir l'épreuve du vieillissement accéléré mais, pas de souci, tant elle maîtrisait ces nouvelles techniques. Ce serait quand même jubilatoire de voir défiler tous ces connaisseurs, tous ces experts en train de discourir, de disséquer, de s'extasier devant ce monument de la peinture flamande du XVIIème siècle. Et elle, observatrice en coin, dégusterait le pouvoir de l'illusion !

Clara n'était pas toujours aussi enjouée quant à la magie de son propre art pictural. Talent précoce, dès l'âge de sept ans, elle commençait à produire des dessins avec des perspectives à la Dali. C'est du reste grâce à ce dernier qu'elle était entrée dans l'œuvre de Vermeer. Par le biais de deux tableaux sur lesquels Dali place, au premier plan, le personnage de Vermeer, de dos. Dans « *Éléments énigmatiques dans un paysage* » il est assis sur un tabouret, peignant une toile posée sur un chevalet, à l'orée d'un désert, sous un ciel d'une intense luminosité mordorée. Dans « *Le spectre de Vermeer de Delft, pouvant être utilisé comme une table* » il est toujours de dos, un genou à terre, l'autre jambe à l'équerre, la cuisse démesurément allongée, sur laquelle Dali a posé une bouteille et un verre. Le tout dans un décor et une luminosité similaires.

Le professeur de dessin de Clara, très influencé par le surréalisme, lui avait érigé Dali en modèle. Conscient de l'incroyable facilité de la petite, il lui avait fait copier ou interpréter plusieurs toiles du maître catalan, en raison de ses inspirations baroques mais surtout pour sa technique hors pair. Et après s'être confrontée à « *La métamorphose de Narcisse* », elle avait affronté « *Éléments énigmatiques dans un paysage* ». Et ce fut, dans la foulée, sa rencontre avec son cher Vermeer. C'était pour elle le niveau supérieur, le niveau insurpassable de l'art pictural. Marquée par ce coup de foudre esthétique, Clara avait porté son Vermeer comme un emblème et comme une croix.

Adolescente puis jeune femme, empilant les diplômes (Beaux-Arts, Licence, Master en histoire de l'Art, Doctorat) à San Francisco, Paris, Londres, Vienne, elle avait cherché son style sans le trouver. Victime de sa facilité et de sa fascination pour l'académisme et le romantisme, elle n'avait pas découvert le chemin de sa propre originalité. Elle avait pourtant tenté, sous un pseudonyme, de se faire un nom dans la peinture contemporaine. Mais sa manière, quelque chose entre Vermeer, Dali, Hopper, voire Hockney, n'avait pas trouvé son public. Elle avait laissé tomber, se concentrant sur ses nouvelles fonctions de conservatrice et restauratrice au Kunsthistorisches Museum.

Hildegard n'avait pas encouragé la carrière artistique de sa fille. On pourrait même dire, sans exagérer, qu'elle l'avait plombée. En vérité Hildegard Behlmann posait des problèmes à toutes celles et ceux qui l'abordaient. Des problèmes d'évaluation. Par exemple, elle était d'une beauté cafardeuse. Mèches et frange balayaient son regard sépulcral, comme des essuie-glaces déréglés, à la fin d'un rallye en pleine mousson indienne. Son nez, en bec d'aigle, pouvait effrayer ou attirer tant il était omniprésent. Sa bouche était une offense à toutes les bouches normales, exhibant des proportions hors normes, seulement comparables à des bouches situées au fin fond de quelque tribu peule. Elle la maquillait de rouge hémoglobine ou de noir charbon, sans qu'on sache s'il y avait un lien entre son humeur et la couleur choisie. Quand elle ouvrait cette anomalie, les dents jaillissaient pour étinceler, mordre ou rayer le parquet. L'espace béant entre ses incisives finissait par brouiller une perception déjà bien chahutée. Elle marchait les épaules un peu rentrées, le poids de toutes les calamités lui faisant courber l'échine et en même temps cette disposition, par contraste, conférait à des jambes élancées une efficacité de sprinteuse. Ses longues mains, allongées de longs ongles appelaient la caresse tout en faisant redouter les balafres qui pourraient s'en suivre.

Mais les problèmes d'évaluation ne s'arrêtaient pas au physique d'Hildegard, ils concernaient aussi son caractère inflammatoire. Du magma sous l'écorce d'un volcan, avec les vibrations et les flammèches pour décor habituel. Les moments les plus dangereux étaient ceux où il ne se passait rien, rien de notable dans une torpeur douillette. Et plus la séquence durait, plus le risque d'éruption augmentait. Hildegard ne se sentait vivre que dans le drame et l'affrontement. Et si drame et affrontement n'étaient pas au rendez-vous, son génie destructeur les créait de toutes pièces. Elle avait l'art de faire déraper les situations les plus consensuelles. Elle se comportait en actrice ingérable, estimant que c'était une qualité majeure qui prouvait qu'elle était perfectionniste et qu'elle contribuait à élever le niveau de ses partenaires. Evidemment, elle ne faisait pas l'unanimité et Aldo devait développer des trésors de persuasion financière pour calmer les esprits et mener à terme les spectacles. Elle ne sentait jamais son personnage comme le sentait le metteur en scène. Pour Hildegard, Phèdre n'était pas une héroïne tragique mais une héroïne transgressive dynamitant les codes moraux, bravant les dieux et les hommes, avouant son amour interdit pour Hippolyte fils de son mari, n'hésitant pas à le compromettre et se suicidant pour niquer (c'est le mot qu'elle avait employé) tout ce petit monde de pervers et d'impuissants ! Elle avait joué ça à la hussarde, plus dans la provocation que dans le pathétique. Les critiques ne l'avaient pas ratée. Il avait fallu lui cacher les pires et édulcorer les moins mauvaises, pour éviter une tragédie encore plus sanglante que la pièce de Racine.

Hildegard ne pouvait pas concevoir que sa fille unique (en son genre) puisse un jour venir la concurrencer sur son terrain de jeu. Les planches, les plateaux, la comédie, la tragédie étaient son domaine réservé. Et quand peu après son mariage, Clara aborda avec elle le sujet, ça ne pouvait pas bien se passer.

— Tu sais ce qu'Aldo voudrait que je fasse ?

— Que tu sois une fille polie, respectueuse…

— Une petite conne qui ne fait pas de vagues, avait approuvé Clara. Mais c'est pas tout à fait ce qu'il m'a suggéré ton chevalier servant classieux.

— Le respect… pas ton truc, hein !

— Pas vraiment. Il m'a suggéré de devenir comédienne. J'ai cru comprendre que j'étais capable de faire bien mieux que toi.

Les lèvres noires d'Hildegard avaient frémi. Si ses yeux noirs avaient pu sortir des orbites ils se seraient transformés en obus. Les mots allaient partir en rafales.

— Menteuse ! Sale menteuse ! Tu inventes ! Tu veux me pourrir ma vie avec mon mari ! Il n'a pas pu te dire ça ! C'est dégueulasse ! Me comparer à toi qui n'es qu'une sale gamine effrontée ! C'est pas possible ! Pas possible ! Salope ! Il est complètement concentré sur ma carrière. Ma carrière à moi ! Tu comprends ça, petite imbécile ! Tu veux me gâcher la vie ! Tu veux m'assassiner !

Phèdre commençait à poindre sous le maquillage désordonné.

— Assassiner, le mot est faible, avait murmuré Clara. Il y a plus grave que ta carrière. Ton maquereau ne rate pas une occasion de rentrer dans la salle de bains quand je prends une douche…

— Je t'interdis de le traiter de maquereau ! Tu vas lui faire des excuses !

— Encore plus grave, dès qu'il peut me mettre la main aux fesses ou ailleurs, il ne s'en prive pas. Il m'a forcée à l'embrasser sur la bouche. La dernière fois je l'ai giflé. Ça te fait quoi ?

— Menteuse ! Mythomane ! Tu es jalouse de mon succès ! Perverse ! Je vais te faire enfermer ! Tu n'es pas ma fille !

Des larmes commençaient à raviner la sombre façade d'Hildegard, tandis que Clara continuait imperturbable.

— Pas ta fille, si seulement c'était la vérité. En revanche je veux que tu me parles de mon vrai père, je veux savoir ce qu'il est devenu, quel homme est-il, pourquoi est-il parti ? Je n'ai jamais cru un mot de ce que tu me racontais.

— Un très bel homme, distingué, jeune, on avait le même âge, le coup de foudre réciproque, je m'enroulais autour de lui, il m'appelait sa liane, il était français, des yeux hyper bleus, il pouvait me prendre trois ou quatre fois dans la nuit, il m'appelait sa tigresse, il répétait qu'il n'avait jamais vu un corps comme le mien, disait l'actrice soudain songeuse.

— Épargne-moi ce genre de détails. C'était un homme bien ? Pourquoi il s'est barré ? Il est mort ou quoi ?

— Je sais qu'il est vivant, je le sens. Je lui ai tout donné, chaque centimètre de ma peau. Il me lisait des poèmes, des bouts de roman. Il m'écrivait aussi des poèmes... j'ai dû en garder quelque part. On arrivait toujours à jouir ensemble. Il ne m'a pas oubliée, j'en suis sûre. On était jeune. J'avais plein d'admirateurs qui me tournaient autour. Il est parti. Il devait rentrer chez lui.

À cette évocation Hildegard ouvrit la bouche d'où s'échappa un rire en cascade, à la fois guttural et strident, gentil et méchant, ressemblant à quelque chose de blessé, riant et pleurant à la fois.

— Tu l'as trompé, il s'est barré. Bien joué. Il s'appelait comment ?

— Je n'ai jamais vraiment su son nom de famille... ça sonnait très français. Je l'appelais Stan. Mon amour, l'amour des sommets, l'amour givré, on ne respirait plus, l'amour en apnée, il ne faisait aucun bruit et moi j'ouvrais la bouche et je hurlais en silence, tu peux croire ça ?

— Croire ? Comment je peux croire que c'est mon père ? Tu le trompais, n'est-ce pas ?

Le rire farouche est revenu. Des cheveux ont obscurci la folie des pupilles.

— Je sais que c'est lui ! Mes tripes le savent ! Je ne le trompais pas ! C'est ce que je voulais lui faire croire mais je ne le trompais pas. Je le voulais amoureux et jaloux. Et quand il est parti je ne voulais plus voir que des femmes ! Je sais que c'est lui ! D'ailleurs tu lui ressembles tellement ! Le pauvre !

Exténuée, l'actrice s'est laissée choir sur un divan, flamme éteinte, cheveux rideaux, jambes désarticulées, fin du troisième acte, scène cinq, attendant les bravos.

Comment s'y retrouver ?

4

À dix-huit ans, ayant collectionné les bons points, les bonnes notes, les mentions, les recommandations, Clara s'était lancée, avec deux ans d'avance, dans les études supérieures. Ni Hildegard ni Aldo ne l'avaient encouragée dans ce parcours exceptionnel. Elle ne devait rien à personne. Elle sculptait sa propre statue à coups de hache, sans se préoccuper des dégâts alentour. Haute (plus d'un mètre quatre-vingt), hautaine, engendrant des torticolis à foison, elle menait une vie de nonne, dans une annexe de la maison familiale qu'elle avait transformée en atelier, dans la banlieue chic de Vienne. Fermé à double tour, personne n'avait le droit d'y pénétrer. Et personne n'avait envie d'y pénétrer, sauf Aldo qui s'y était risqué une fois et qui avait vite battu en retraite, arrosé de térébenthine.

À dix-huit ans donc, elle avait décidé de s'émanciper. À dix-huit ans, elle n'avait jamais vu le loup et elle avait décidé de le regarder en face. Les yeux dans les yeux. Quitter sa vie d'esclave et de fantôme. Sa mère l'avait aidée d'une certaine façon. À l'époque, l'actrice faisait scandale, dans une pièce de Brecht, « *Sainte Jeanne des abattoirs* », fable ouvrière et sociale dans le monde des bouchers et des fabricants de conserves. Le metteur en scène norvégien voulait quelque chose d'aride et d'ascétique quand Hildegard voulait mettre du piment dans un plat qu'elle jugeait trop fade. Et, à coup de chantage, de dépression, d'évanouissement, elle avait réussi à convaincre le scandinave de la laisser faire un striptease quand elle vient annoncer au roi de la viande qu'elle a quitté la confrérie des Chapeaux Noirs et qu'elle n'a plus de logement ni de ressources. Elle avait forcé le trait, en se présentant nue dans la scène finale qui la voit se heurter au mur de l'argent et à l'absence de Dieu, mourir comme une sainte dépouillée, défendant les opprimés et finalement recouverte de drapeaux ! Une façon littérale de se retrouver à poil, avait-elle argumenté !

— Alors comme ça, c'est toi qui as insisté pour te balader nue en Sainte Jeanne des abattoirs ? avait demandé Clara.

— Brecht voulait choquer le bourgeois mais son texte manque de force.

— Comme ça, tout ce que les spectateurs retiennent c'est que ma mère a un beau cul et une chatte noire. Bravo, ça fait le buzz, il y a foule.

— Ils vont retenir que c'est une femme qui ne se cache pas, qui va au bout de ses idées. Elle est pure, elle est sans fard, sans arrière-pensées ! Elle donne son corps à la cause des déshérités, avait rétorqué Hildegard, des sanglots dans la voix.

— Je vais me barrer d'ici. En fait je suis orpheline. Toi tu ne voulais pas de moi et l'autre ne sait même pas que j'existe. C'est charmant. Je m'en vais.

— Avec quel argent ?

— Ça ne marche plus comme ça. Je n'ai plus besoin de votre argent.

C'était vrai. Clara marcha seule dans la lumière. Elle fendit la foule. Elle enchaîna des histoires d'amour apoplectiques où elle se montrait la plus lucide et la plus cruelle. Elle devint une experte reconnue en peinture et en restauration de tableaux.

Et maintenant elle avait trente ans et des poussières, elle étalait sa science, dans le grand amphi de l'Alma Mater Rudolphina (Université de Vienne), devant des étudiants en Master. Pour expliquer les différentes étapes d'une restauration qu'elle avait elle-même effectuée, elle avait pris l'exemple du tableau « *Adam et Eve chassés de l'Eden* » peint par Masaccio au XVème siècle. Dans la première photo projetée sur un écran, on voit l'homme et la femme en pleine détresse fuyant le Jardin des Délices, nus avec pour seules parures des rameaux d'olivier cachant leurs parties intimes.

— À partir de cet état des lieux, quelles ont été les étapes qui ont permis d'arriver au résultat que vous constaterez à la fin de cette brillante démonstration ? Avant toute chose il faut replacer l'œuvre en perspective dans l'histoire de la peinture. Quand je l'ai examinée pour la première fois, j'ai senti que quelque chose ne tournait pas rond. En 1425 quand Masaccio peint cette toile à Florence pour Felice Brancacci, riche commerçant italien, l'heure n'est pas à la pudibonderie.

— C'est peut-être un faux ! s'exclama un jeune boutonneux à lunettes, en 1425 on peignait encore sur bois.

— Vous avez presque raison, sauf que la première toile répertoriée, « *La Madone avec les anges* » dont on ne connaît pas l'auteur, a été réalisée vers 1410. Masaccio faisait partie des précurseurs.

— La peinture sur panneaux de bois a perduré jusqu'au XVIIème, pourtant !

— L'une n'empêche pas l'autre, jeune homme. Je reviens à ces feuilles d'olivier miraculeusement collées sur ces zones qu'on ne saurait voir, ne cadrant pas avec l'époque. Quand on sait par ailleurs qu'en 1670 Cosme III Médicis, dit le Fanatique, est passé par là, on peut imaginer que des modifications vertueuses ont été apportées à ce tableau, comme pour les fresques sur bois de l'église Santa Maria del Carmine dont il est inspiré. Alors n'écoutant que mon intrépidité j'ai pensé que des parties génitales pouvaient se cacher sous les repeints de retouches datant du XVIIème. Banco ! Après avoir retiré la couche de cire et fait joujou avec les rayons infrarouges et la lumière ultraviolette, il s'est avéré que mon intuition était bonne et que des modifications nombreuses avaient été commises sur l'original. Les couches successives sont apparues. J'ai ensuite opéré des micro-prélèvements pour connaître les matériaux utilisés, notamment les pigments et j'ai, par exemple, constaté que le blanc était un blanc de plomb seulement utilisé à partir du XVIIème. Tout ça pour dire que la première étape primordiale est de bien comprendre ce qu'on a sous les yeux, avant de commencer à charcuter ! J'emploie cette expression à dessein car trop de retoucheurs sont des charcutiers ! Faire le bilan des outrages du temps, les coups, les cicatrices, les manques vont nous indiquer l'ampleur de la tâche. Là, c'était du lourd... Oui, vous ne levez pas le bras pour demander la permission d'aller aux toilettes, j'imagine que vous voulez poser une question !

— En effet, dit un étudiant encapuchonné.

— Ok, vous enlevez d'abord votre capuche et j'écoute votre question.

— Qu'est-ce qui vous permet justement de charcuter des œuvres d'art ? reprit l'étudiant en découvrant son crâne rasé, ne peut-on pas assimiler ce que vous faites à de la chirurgie esthétique, de la mauvaise chirurgie esthétique qui fait ressembler à des poupées Barbie ? Pourquoi ne pas laisser les œuvres vivre leur vie, de la naissance à leur mort, en acceptant la loi inexorable du temps ?

— C'est une excellente question, jeune homme. Vous voulez m'entraîner sur un terrain à la Dorian Gray. Mais les personnages dans les tableaux ne sont pas des êtres vivants, vous savez, leur nature est figée et on pourrait, certes, les laisser se dégrader, tomber en poussière mais pour quel bénéfice au niveau de la culture, de l'humanité ? Nous sommes le résultat d'une histoire de l'Art, des grottes préhistoriques, il y a trente-deux mille ans jusqu'à nos jours. Préserver les œuvres m'apparaît comme une absolue nécessité de salut public.

— Pour ça il y a le numérique !

— Quand vous ne ferez plus l'amour qu'en numérique, vous comprendrez la différence entre l'original et sa copie numérisée.

Fous rires dans l'amphithéâtre ! Le crâne rasé revint à la charge.

— Et la propriété artistique, le droit d'auteur, vous en faites quoi ? Les droits moraux, contrairement aux droits patrimoniaux, sont inaliénables, perpétuels et imprescriptibles. Un auteur ne peut pas les céder, ils sont transmis par héritage, ils n'expirent jamais et il est impossible d'y renoncer !

— Vous avez parfaitement potassé votre manuel de la propriété littéraire et artistique. La restauration ne peut se faire qu'avec l'accord de l'auteur s'il est encore vivant, avec ses ayants droit s'ils existent, sinon avec le propriétaire de l'œuvre, en l'occurrence le Musée des Offices à Florence. Pas de souci ! Je continue. On va donc passer à l'étape de l'allègement qui consiste à définir le PH (ou Potentiel Hydrogène) de la surface du tableau et trouver la bonne solution aqueuse pour décrasser la toile. Par fenêtres-tests, avec différents solvants, on procède à l'enlèvement partiel du vernis jusqu'à trouver le bon équilibre puis on y va par strates en gardant un micron de vernis originel… et peu à peu on redécouvre les couleurs d'origine et la création d'origine… et que voit-on apparaître ici… un archange Gabriel moins grimaçant, un glaive moins menaçant, une Ève moins désespérée…

Clara illustrait son propos par des photos et des animations qui la montraient en pleine action. De nombreux participants étaient plus focalisés sur son jean moulant que sur ce qui se passait au bout de ses doigts.

— Et sous les feuilles, des sexes en bonne et due forme, au centre géométrique, sans doute désignés comme coupables de cette fuite vers un monde de bruit et de fureur !

Elle fit une pause et constata qu'elle n'avait pas perdu son auditoire.

— On voit bien que les retoucheurs sans vergogne ont voulu moraliser la scène, rendre plus dramatique le péché originel… Bon, désormais c'est l'heure du masticage avec un blanc à la colle. Et là il faut une main ultra légère, mettre à niveau les trous où la peinture a disparu avec la couche picturale initiale, poncer, refixer les couches de pigments grâce à un vernissage au tampon qui va saturer la couche colorée. Après séchage on peut entamer les retouches sur les zones mastiquées. Ouf, enfin du spectaculaire !

— Madame, madame, interféra une étudiante qui s'était levée en brandissant son portable ! madame, « *L'Autoportrait en Zeuxis* » de Rembrandt vient d'être volé à Cologne, ça serait arrivé la nuit dernière !

— Mon dieu, vous êtes sûre ? Quelle est la source ?

— Une dépêche de Reuter, reprise par Die Welt.

— Je parlais de « spectaculaire » ! Si cette nouvelle est confirmée, c'est plus que du spectaculaire, c'est du… sensationnel…

monstrueux ! C'est pire que si on avait volé « *La Joconde* » ! Cet autoportrait de Rembrandt est un monument de l'histoire de la peinture. Je l'ai dans mon ordinateur, je vais vous le projeter.

Le visage rieur d'un vieillard apparut sur l'écran. Sur un fond brun sombre, Rembrandt, bonnet sur la tête, est éclairé par une lumière dorée. Dans le coin supérieur gauche on distingue un profil, dans l'ombre, sans qu'on sache s'il s'agit d'un homme ou d'une femme.

— Que voyez- vous ? demanda Clara qui ne laissa pas de temps pour une éventuelle réponse, vous voyez un génie qui a révolutionné son art, un génie qui est le recordman du monde des autoportraits. Il a peint, dessiné ou gravé les traits de son visage près d'une centaine de fois, dont cinquante tableaux.

— Un brin narcissique ! s'exclama l'étudiant au crâne rasé.

— Si on veut. Mais pas que. C'est un peu comme le reflet de l'écrivain en tant que narrateur de son roman. Ça dépasse de beaucoup le narcissisme. L'artiste au miroir est un grand thème pictural. Je vous accorde que certains se sont regardés plus que d'autres... Courbet, Cézanne, Picasso, Kokoschka, Schiele et plus près de nous Lucian Freud ! Mais ce que vous avez sous les yeux est bouleversant. C'est sans doute le dernier autoportrait peint par Rembrandt en 1663, peu de temps avant sa mort...

— Il n'est mort qu'en 1669, soit quand même six ans après, coupa un barbu à la carrure dissuasive.

— Si vous m'aviez laissé finir ma phrase vous auriez compris qu'il s'agissait de sa mort artistique. L'homme qui vous regarde, se regarde et regarde sa vie dont il pressent la fin proche et tragique, après le décès de sa femme et le scandale de son immense tableau « La ronde de nuit » qui délivre une image ultra réaliste de la police de l'époque, peu conforme à ce que le chef de cette police en attendait après la commande qu'il lui avait passée... scandale qui va tarir les commandes dont il bénéficiait encore... et il regarde sa propre mort et rit à sa propre mort en lui disant « Je t'ai vue, je ne suis pas dupe, je sais que tu guettes ton heure, je sais que tu fais du bon boulot pour abréger l'histoire, et tu crois que tu vas t'en tirer comme ça, eh bien non, j'ai compris ton petit manège ! » Je dis que c'est l'autoportrait de la lucidité, une lucidité impitoyable qui balance l'homme et la mort dans les cordes. L'homme qui se désagrège sous le coup de pinceau qui se fait impressionniste, et la mort raillée dans ce rire narquois. C'est l'affirmation d'un défi. On a passé cette toile aux rayons X et on s'est aperçu que sous la couche apparente, il y avait une première version dans laquelle le peintre s'était représenté souriant, seulement souriant. Et, si je puis dire, il en a rajouté une couche, comme pour mieux faire passer son message à la grande faucheuse.

— Et si c'était la retouche de quelqu'un d'autre ? objecta le crâne rasé.

— Rembrandt était coutumier du fait. On a effectué toutes les analyses possibles et il s'agit bien d'une évolution maîtrisée par l'artiste. Pour appuyer ce que je dis, le profil très sombre et agressif en haut à gauche, ne figurait pas dans le dessin initial. Il symbolise la perplexité devant la lucidité qui s'exprime dans le rire du vieillard. Perplexité de la mort. Soit dit en passant, le nom du tableau fait référence à Zeuxis qui était un peintre grec vivant au Vème avant Jésus Christ et qui, selon la légende, était mort de rire en faisant le portrait d'une très vieille dame.

— Que pensez-vous du vol ? demanda l'étudiante qui avait lancé l'info.

— S'il ne s'agit pas d'une fake news, cela me paraît d'une audace folle, d'une incroyable témérité ou d'une stupidité sans nom ! Je connais bien le Wallraf-Richartz Museum à Cologne et je sais que les trésors qu'il abrite y sont plutôt bien gardés. Donc, c'est déjà une performance insensée d'avoir réussi à en exfiltrer « *L'autoportrait en Zeuxis* » mais c'est tout aussi insensé de s'attaquer à la substantifique moelle de l'humanité ! On ne peut pas escamoter une telle preuve du génie humain ! C'est comme si on décidait de raser les pyramides ! Evidemment cette merveille est invendable et c'est là le danger... soit nous avons affaire à un fou qui va la mutiler ou la détruire pour de sombres raisons psychiques, soit à un maniaque qui va se la garder dans sa cave pour lui tout seul, soit à des trafiquants d'envergure qui vont négocier avec un prince blindé qui enfermera notre Rembrandt dans une chambre forte et l'exhibera une fois par an pour son anniversaire. Je suis très inquiète !

Clara termina sa conférence dans un brouhaha rampant, partagé entre la restauration du Masaccio et la disparition du Rembrandt. Elle donna rendez-vous, à ceux que ça ne manquerait pas d'intéresser, pour une prochaine conférence, dans quinze jours. Et ce serait sur le thème, incroyablement porteur tout à coup, de l'autoportrait en peinture !

5

— Une mission ?

La pluie déroulait sa symphonie sur les vitres fatiguées de la rue de Paradis. La luminosité avait encore baissé d'un cran, laissant les ombres se prélasser majestueusement et se planquer dans les coins sombres.

— Une mission, monsieur Kornélius, qui devrait vous ravir. Une mission dans un univers que vous avez fréquenté il n'y a pas si longtemps, je veux parler de l'Art. L'Art avec un « A » majuscule ! L'Art au firmament vu des plus hauts sommets, là où l'oxygène se raréfie, là où seuls des gens de votre trempe peuvent évoluer.

JFK bloqua sa respiration et emprisonna la fumée qui se débattait pour s'échapper. Grandes Jambes avait du style, des fringues qui ne sortaient pas de chez Tati, une information de premier choix, une chevalière respirant les manoirs tapis derrière des forêts de hêtres et de bouleaux, accessibles par des allées cavalières bordées de platanes. Ces visions arborées n'avaient d'autre but que de calmer le malaise insaisissable qui serpentait dans ses neurones. Le type en imposait mais dans un registre confortable qui sentait l'eau de parfum Chanel et la lotion Financière, démentant l'adage selon lequel l'argent n'a pas d'odeur.

— Quel genre de mission ?

— Laissez-moi vous raconter une histoire. J'ai fait un rêve, il y a quelque temps...

— I have a dream ! psalmodia JFK.

— Un rêve à la fois cauchemardesque et digne des « *Mille et Une Nuits* ». Il y avait une très belle jeune femme, dans un milieu modeste, qui était douée pour la peinture, et qui peignait, qui peignait à longueur de journée et de nuit pour se sortir de sa triste condition et pour que son talent soit reconnu. Elle jetait des seaux de peinture sur sa toile, elle s'enroulait dans sa toile, la peinture contre son corps nu, elle s'endormait et dans son sommeil elle imaginait un tableau. Et quand elle se réveillait et qu'elle dépliait la toile, le tableau était là, parfaitement exécuté, dans le style qu'elle avait choisi. Ensuite elle encadrait la toile et ajoutait quelques touches ultimes devant des badauds qui ne connaissaient que cet aspect final de son travail. Personne n'était au courant de son étrange pouvoir. Or un jour, un homme dont elle tomba immédiatement amoureuse, lui commanda la réplique d'un autoportrait d'un peintre célèbre. Il lui apporta une photo de l'œuvre pour qu'elle puisse s'en inspirer. Une fois seule, elle procéda selon sa méthode éprouvée. Mais quand elle se réveilla, la toile ne présentait qu'un mélange informe de couleurs. Elle répéta l'opération à plusieurs reprises mais sans succès. Elle fut alors envahie par un désespoir de plus en plus profond. L'homme vint la voir et lui demanda si elle avait réalisé son tableau. Elle éclata en sanglots et fut bien obligée de lui avouer que non, mais que si elle pouvait vivre quelque temps avec l'original, elle pourrait en faire une parfaite réplique. Le gentleman qui, de son côté, avait été séduit par les charmes de la belle, lui fit le serment de se procurer l'œuvre en question. Elle n'était pas à vendre et de toute façon hors de prix. Elle était exposée dans un musée très sécurisé. Que fallait-il faire ? Devenir un criminel ? Abandonner l'idée et ne pas tenir sa promesse ? Ses états d'âme devinrent lancinants, son indécision chronique. La belle s'impatientait… et je me suis réveillé en sursaut !

— Vous voulez que je retrouve la fille ? murmura JFK.

— J'ai ressenti un intense malaise que j'ai mis du temps à analyser. En fait la richesse du rêve me faisait regretter le calme plat du quotidien. Voyez-vous, je suis écrivain monsieur Kornélius et à ce titre j'ai besoin de forcer la réalité à sortir de son lit, quitte à la prendre au dépourvu, à la bousculer, quitte à la violenter !

— Et vous comptez sur moi pour…

JFK laissa flotter la phrase dans un no man's land où rien ne ressemblait à rien… pas de poteaux indicateurs, pas d'horizon, juste une alarme qui bipait crescendo.

— Quitte même à devenir créateur de réalité, monsieur Kornélius. Les publicitaires appellent ça le « *What if process* », qu'est-ce qui se passe « si » ? Nous sommes arrivés au « si » et j'ai besoin de vous.

La mite insistait pour se cogner bêtement contre la lampe de bureau en produisant un cliquetis mat. Grands Pieds se leva, ôta son imperméable, l'accrocha à la patère à côté de l'entrée, en extirpa une enveloppe matelassée et vint se rasseoir dans le fauteuil club éreinté.

— Romancier ? Et vous avez publié quoi, sous quel nom ? demanda JFK pour faire diversion et retarder l'échéance.

— Quelques ouvrages romanesques salués par une certaine critique mais qui n'ont pas rencontré un large public. Des ouvrages de jeunesse, pétris d'ambition, ne craignant pas d'emmener le lecteur dans des steppes arides à la Julien Gracq ou à la Hermann Hesse... « *La journée avait passé comme toutes les journées passent ; je l'avais doucement assassinée avec mon espèce d'art de vivre timide et primitif...* », une littérature exigeante, interdite au commun des mortels obsédé par la prochaine confrontation, la prochaine note de synthèse, le courrier à l'administration fiscale, la télé à réparer... l'aspirateur, la réunion de parents d'élèves, tout ce monde fourbu qui s'endort le soir au bout de deux pages en laissant choir le livre sur la carpette. Ce monde est sans pitié pour les écrivains, je veux dire pour ceux qui placent la barre là, dit-il en tendant un bras qui, cette fois, frôla le plafond.

— Quels titres, quel nom ?

— Moins vous en saurez, mieux cela vaudra pour vous, monsieur Kornélius. J'ai publié sous un pseudonyme. Appelez-moi Stanislas.

Grandes Jambes avait une tête à s'appeler Stanislas. Tout autre prénom aurait fait tache. Une lenteur de félin prêt à bondir, une désinvolture de riche, une emphase négligeant la perplexité.

— Votre mission se décompose en trois phases, trois lieux différents. Tout a été minutieusement préparé, tout a été verrouillé, si vous suivez à la lettre le plan prévu il n'y aura pas de mauvaise surprise. Première destination Cologne, au musée Wallraf-Richartz. Il s'agira de soustraire « *L'Autoportrait en Zeuxis* » de Rembrandt à la vue du public et de le mettre en lieu sûr. Deuxième destination Madrid, au musée du Prado, pour y effectuer la même opération mais cette fois avec « *Les Ménines* » de Vélasquez. Je vous parlerai de la troisième destination quand les deux premières étapes auront été franchies avec succès.

Voilà, la patate en fusion était sur la table ! Les objections devaient se compter par milliers, à commencer par la taille du Vélasquez (318 x 276 !). JFK ne put s'empêcher d'extraire du tiroir en bas à gauche deux verres et la bouteille de Jameson émaciée. Il vérifia au passage que son portable continuait à enregistrer la conversation. Tout en versant le fond de whisky dans les verres, il sentait que s'il mettait un doigt dans cet engrenage-là son corps y passerait tout entier. Le regard placide et amusé de Stanislas le confinait dans un rôle de marionnette.

— Pourquoi moi ? chuchota JFK après une première gorgée.

— Je vous l'ai déjà dit, vous aimez l'Art, vous êtes coriace, courageux et vous êtes au bout du rouleau.

— Si tout est si facile, si bien ficelé, pourquoi vous ne le faites pas vous-même ? « *Les Ménines* » est une toile aux dimensions imposantes. C'est débile ! Allez-y !

— Souvenez-vous, moi je suis écrivain, pas acteur, pas un personnage de roman.

JFK eut enfin la certitude que Grandes Jambes le prenait pour un gentil débile. Il avait réponse à tout ou mensonge à tout. Des réponses un brin désinvoltes compte-tenu des enjeux !

— Ces tableaux ne sont pas négociables et vous le savez. Leur disparition va réveiller les plus fins limiers de la planète qui gâcheront la qualité de notre sommeil, du mien en tout cas.

— Il ne sera pas question de les vendre, cela va de soi. Il faudra juste les mettre à l'abri.

— À l'abri, fin de l'histoire ? s'impatienta JFK qui louchait sur l'enveloppe matelassée.

Ce léger mouvement d'humeur servit d'accélérateur.

— Tout travail mérite salaire. Pour une mission de cette envergure vos honoraires seront conséquents, si vous acceptez, monsieur Kornélius. Mais avant de parler gros sous, considérez que vous allez participer à une « performance » d'art actuel hors du commun. Vous en apprécierez l'ampleur à l'achèvement de la troisième étape de votre mission. Nous allons prendre grand soin des œuvres et par notre « performance » nous allons les sublimer, nous allons signifier au monde entier qu'elles méritent mieux que de végéter dans des musées, si prestigieux soient-ils. Nous allons redonner vie et notoriété à ces tableaux. Nous allons faire prendre conscience à la terre entière combien ils sont indispensables à la fierté, à la dignité artistique de l'espèce humaine. C'est par le manque qu'on réalise toute l'importance de ce qu'on aime. Nous allons créer le manque, monsieur Kornélius ! Vous allez devenir un bienfaiteur de l'humanité. Je crois que vous en avez l'étoffe ! Alors c'est oui ?

De ses longs doigts, Stanislas tapotait sur l'enveloppe énigmatique. La chevalière cabotinait. Le whisky dispensait sa chaleur ambrée dans le verre à la propreté douteuse. JFK se grattait le menton hérissé par une barbe de trois jours. « Honoraires conséquents », « performance », « bienfaiteur de l'humanité », s'entrechoquaient sans trouver de cohérence.

— Un bienfaiteur de l'humanité ça vaut cher. Combien ?

— Un million. Deux cent mille maintenant, deux cent mille après la réalisation de la deuxième étape et six cent mille à l'issue de la troisième étape, à condition qu'elle soit couronnée de succès.

JFK voyait des farandoles de zéros caracoler dans tous les sens. En même temps c'était le moment de montrer qu'il était coriace.

— J'ignore quelles sont vos véritables motivations derrière tout ça mais je constate qu'elles sont chaudes, très chaudes !

— Très.

— Dans ces conditions et en tenant compte des risques que vous minimisez outrageusement, j'ai peur que le compte n'y soit pas ! Il faudrait multiplier par deux.

— Dans ce cas je me suis trompé, monsieur Kornélius. Vous n'êtes pas l'homme de la situation, dit Grandes Mains en faisant glisser l'enveloppe vers lui. C'est dommage, vous auriez pu résoudre nombre de vos problèmes, tout en accomplissant une action d'éclat.

Le coffre-fort n'était plus à portée, il allait réintégrer la poche d'où il était sorti. Son propriétaire allait se lever, repartir dans le froid et la pluie, laissant un vide béant. Un million au poker, c'était trop, beaucoup trop, surtout quand on a une main dérisoire, voire pas de main du tout. JFK avala sa dernière goutte de Jameson et se racla la gorge.

— Je suis intéressé mais déstabilisé, vous le comprenez. Disons qu'il faudrait revoir les modalités. J'aurais besoin de la moitié maintenant, un quart et un quart lors des deux dernières étapes. De plus je dois connaître dans le détail le modus opérationnel pour savoir si c'est faisable ou pas et je dois connaître aussi la teneur de la troisième étape, qui déterminera le paiement du solde.

Grandes Jambes ne s'était pas levé. Il hocha la tête avec une lenteur calculée. Il reposa l'enveloppe au centre névralgique.

— C'est à prendre ou à laisser. Bien sûr vous aurez tous les détails pratiques pour mener à bien nos performances et, croyez-moi, les risques seront minimes. Quant à la troisième phase, qui sera un peu décalée dans le temps, vous la découvrirez le moment venu. Nous sommes d'accord, monsieur Kornélius ?

Le « oui » qui sortit de la bouche de JFK fut à la fois compressé, sourd et guttural comme un râle venu de loin. Ce type était plein aux as, son baratin n'aurait pas trompé un idiot de village, mais le million était un électro aimant d'une puissance ravageuse qui annihilait toutes les réticences. Il se saisit de l'enveloppe, la décacheta, se pencha et observa, à l'intérieur, le plus grandiose des panoramas. Quatre liasses lui souriaient déjà, prêtes à combler les ornières et les précipices au bord desquels il tanguait. Plus tard, il serait toujours temps de gérer le truc à sa façon.

6

Quand, en 1967, Marie-Louise de Flognac, accoucha de Stanislas, chez elle, boulevard Raspail, elle avait exigé qu'on lui passât en boucle un trente-trois tours d'Elvis Presley, sur lequel figurait « *Love me tender* », « *A fool such as I* », « *Stuck on you* », « *It's now or never* ». Des titres de circonstance, selon elle. Autant dire qu'elle était « *Rock and Roll* » et que son mari banquier avait du mal à la cadrer. Bourgeoise bohème, elle était plus bohème que bourgeoise. Certes l'argent n'était pas une denrée rare dans le couple (son époux Tiburce ayant transformé la charge d'agent de change héritée de son père en banque d'affaires redoutablement rentable) mais Marie-Louise aimait avant tout l'Art et son indépendance. Elle était galeriste associée, rue de l'Université et prenait son job très au sérieux. Elle avait du succès, autant grâce à ses goûts éclectiques et à son flair pour les jeunes talents de l'art contemporain, que grâce à son charme baroque.

Très tôt, elle avait tenté d'initier le jeune Stanislas à la magie du trait, des couleurs, des ombres et des lumières. Les albums à colorier étaient toujours des tableaux de maîtres. L'enfant avait du mal à se concentrer et poussait comme une asperge. Néanmoins, il se familiarisa assez vite avec les cadors du Pop Art, Warhol, Wesselmann, Young… parce que ça ressemblait à ses bandes dessinées, disait-il. Mais il se familiarisa aussi avec le secret et la dissimulation. Marie-Louise évoluait bien trop en dehors des clous pour l'ultra conventionnel Tiburce qui avait besoin de respectabilité, d'une image policée dans la jungle rutilante de la Haute Finance (on mettait toujours des majuscules pour désigner cette sphère éthérée). Et pour concilier ces deux inconciliables il fallait truquer, cacher, mentir. Stanislas, qui s'était d'emblée rangé du côté de sa mère, partageait ainsi ses secrets, ses extravagances, ses sorties de route. Il contribuait, par exemple, à monter des opérations de camouflage pour abriter des sans-papiers afghans et syriens dans leurs quatre chambres de bonnes, dans la mesure où Marie-Louise avait détecté des talents de peintre et de sculpteur. Il endossait les bizarreries de l'emploi du temps de sa mère en prétextant qu'il était la cause de retards ou d'absences inexplicables. Il couvrait des prises de cocaïne et des abus de vodka en les faisant passer pour du stress inhérent au milieu impitoyable de l'Art. À ce petit jeu-là, Stanislas s'était fabriqué un costume couleur muraille et un ego tout en nuances et en effacement qui, malgré sa grande taille, le rendait souvent invisible. Et de fil en aiguille, il avait protégé sa mère, conforté son père dans l'idée qu'il pourrait lui succéder à la banque (il avait fait un doctorat de droit et Sciences Po), tout en envisageant une carrière de diplomate et plus précisément une carrière dans les Services Secrets. À part lui, devant son miroir, personne n'était au courant. Il avait cloisonné l'information.

Le déclic vint d'un copain de Sciences Po dont le père, général de brigade, avait fait les beaux jours du SDECE (Service de Documentation Extérieure et de Contre-Espionnage) avant que ledit SDECE ne soit considéré comme trop clandestin par un président de gauche (Mitterrand) et démantelé, en 1982, au profit de la DGSE (Direction Générale de la Sécurité Extérieure). Le général s'était retrouvé placardisé à la tête du Service de l'Administration des Ressources Humaines, le SARH dont on disait, malgré tout, que son pouvoir de nuisance était considérable. Toujours est-il que Stanislas trouva cet allié dans la Boutique et qu'il entra par la grande porte, après avoir passé avec succès le concours de la fonction publique (catégorie A), au Service des Liaisons Extérieures qui gère, coordonne et assure le suivi de l'ensemble des relations de la Direction Générale de la Sécurité Extérieure avec ses partenaires. Un truc à la fois ronflant et flou, en parfaite adéquation avec son charme et sa prestance caméléonesque. Très vite il s'imposa comme un as du renseignement et de la persuasion clandestine. À la fin des années 90, un de un de ses hauts faits d'armes fut le retournement d'un agent russe en poste à l'ambassade de Russie à Paris. Le major Nicolaï Paltlov, responsable de la propagande et de l'espionnage culturel (sic), était un personnage fantasque, bon vivant, fréquentant assidument les milieux artistiques de la capitale. À la Boutique, certains pensaient que son champ d'action était bien plus étendu que ne l'indiquait l'intitulé de ses fonctions. Il avait des correspondants, des relations dans tous les milieux, notamment chez les politiques et les syndicalistes. Il intervenait fréquemment, sous couverture d'une société écran, dans des ventes aux enchères, avec des offres conséquentes qui faisaient le bonheur des Sotheby's, Drouot, Artcurial et autre Christie's. Les sommes rondelettes qu'il engloutissait à tort et à travers, sans qu'il soit possible de discerner une quelconque ligne directrice, questionnaient les têtes pensantes du Service. Stanislas l'avait côtoyé à plusieurs reprises lors de vernissages, à Beaubourg, à Orsay, au Louvre et il avait déambulé avec lui dans les allées de la FIAC (Foire Internationale de l'Art Consternant, comme on disait à la Boutique) au Grand Palais. Il avait noté son aisance à tutoyer les grands de ce monde, Lindsay Owen-Jones, Jean-Luc Lagardère, Jack Lang, Catherine Deneuve, Alain Delon... son aisance à enchaîner les shots de vodka et les embrassades avec les galeristes et les artistes de tous poils. Il avait donc naturellement été chargé de copiner avec le major, de percer quelques-uns de ses mystères, de comprendre ses motivations et de mesurer l'intérêt qu'il y aurait à le transformer en agent double.

Le major Paltlov avait un faible (plusieurs en réalité) qui se situait plutôt en dessous de la ceinture. Il voyait les femmes comme un troupeau bêlant dans lequel il suffisait de choisir les plus en forme, pour les consommer tant qu'elles étaient fraîches, encore sous le coup de son aplomb à la James Bond. Il avait du charme, distillé par sa carrure de lanceur de poids, par ses yeux d'un bleu angélique, par ses mains de pianiste virtuose, par sa voix hifi s'échappant d'enceintes Harman Kardon de deux mètres de haut. Stanislas avait repéré la faille et s'engouffra en lui présentant une travailleuse du sexe, Paloma, trilingue (russe, français, anglais), cunnilingue, une brune aussi explosive que discrète, à laquelle la Boutique faisait appel pour quelques piges sophistiquées. La manœuvre s'avéra d'autant plus payante que le major sembla s'enticher de la donzelle et que Stanislas, la faisant passer pour une cousine, agissait comme un chaperon responsable de sa moralité. Le major devait changer de registre et montrer patte blanche sentimentale avant de montrer autre chose. Il apprenait la patience, la persévérance et les confidences commencèrent à suinter. Il n'avait pas d'attache familiale à Moscou, il avait peu goûté la perestroïka responsable de la dislocation de l'URSS, il appréciait néanmoins d'être passé par le KGB et de faire partie de la douillette nomenklatura, il détestait les Américains qui avaient roulé son pays dans la farine à l'occasion des négociations sur le désarmement et quelque part il avait honte du chaos économique, politique et financier qui sévissait dans feu l'empire des tsars. Il était mûr pour un grand classique de l'espionnage : le retournement.

Et le major s'était retourné plutôt deux fois qu'une. Dans un premier temps, Stanislas avait compilé des informations biographiques sur le conseiller d'ambassade, laissant apparaître quelques zones spongieuses et quelques incohérences qui obscurcissaient la logique de l'ascension rapide de Paltlov dans la hiérarchie. Ce qui était plutôt bon signe, les profils trop simplistes n'étant pas reconnus comme potentiellement instructifs. Puis il s'avéra que Nicolaï était encore plus complexe que prévu. Paloma, avec laquelle il commençait à avoir une certaine intimité, rapporta qu'hormis quelques embrassades musclées et quelques stripteases au pied levé, il ne se passait rien. Rien de sexuel. Nada ! Et plus le temps passait et plus le major tenait des propos élogieux sur Stanislas, l'élégant cousin. Paloma, qui s'y connaissait en typologie masculine, diagnostiqua une tendance homosexuelle, sans doute refoulée. Évidemment, ça ne simplifiait pas les affaires de la Boutique. Mais il fallait s'en accommoder car le budget de l'opération, baptisée *Paribanou*, qui mobilisait pas mal de forces vives du Service et qui traînait en longueur, n'était pas extensible.

À l'occasion d'une vente aux enchères chez Artcurial, après un repas extravagant chez Laurent, aux frais de la Princesse, Stanislas passa à l'offensive. Une aquarelle de Dufy, provenant de la galerie maternelle, comme hors d'œuvre, une rémunération chaudement calibrée pour des informations non moins calibrées comme plat de résistance et la perspective d'une relation intime fondée sur des non-dits, enrobés dans le secret défense, comme dessert. Et, cerise sur le gâteau, quelques tuyaux crevés sur la politique maison de désinformation culturelle. Nicolaï mordit à l'hameçon. Il mouilla quelques journalistes, syndicalistes, artistes censés rouler pour la sainte Russie. Il révéla quelques taupes plus ou moins dormantes dans des ministères et des entreprises du CAC40. Il fournit des plans stratégiques chiffrés concernant des investissements masqués et des cyberattaques dans des activités sensibles (énergie, santé, transports). Bien sûr il fallait faire le tri mais les récoltes étaient plutôt bonnes. Et Stanislas dans tout ça ? Il louvoya. Il garda la perspective d'une relation plus intime avec Nicolaï aussi évanescente que possible, aussi longtemps que possible. Et quand le major fut suffisamment compromis, il demanda à être dessaisi de l'opération *Paribanou* et insista pour être affecté au « Patrimoine clandestin de la DGSE ». Il obtint gain de cause, dans la mesure où ce pactole enfoui faisait l'objet d'une gestion fantomatique et débridée et dans la mesure où les candidats pertinents ne courraient pas les rues.

Le budget de la DGSE, qui fait partie du budget de la Défense, est voté par le Parlement. Jusqu'ici tout va bien. Mais, parallèlement, furtivement, existe un patrimoine clandestin (le Patclan pour les initiés), à l'origine constitué par une grosse partie des indemnités versées par l'Allemagne à la France, en application du Traité de Versailles de 1919. Toujours à l'origine, ce pactole n'était, en principe, pas destiné à financer des opérations de la DGSE mais à rester gentiment disponible pour assurer la continuité de l'État en cas de crise majeure (gouvernement en exil, invasion par un ennemi, destruction nucléaire ou bactériologique !). Sauf que… la nature ayant horreur de l'immobilité comme du vide, on a commencé, dans les années 80, à jongler avec les milliards de francs qui faisaient peu de petits, avec l'idée de les faire se multiplier. On a, par ailleurs, étendu la destination de ces fonds à une sorte d'argent de poche permettant de sortir du liquide 365 jours par an, tout en évitant les lourdeurs administratives, les traces éventuelles et, surtout, la permission des politiques. Résultat, des agents, basés à Genève, ont traficoté dans des produits financiers toxiques et ont enchaîné des gains mirobolants et des pertes abyssales. Ça faisait mauvais genre. Des politiciens candides (Jospin, Alliot-Marie) ont tenté d'abolir cette folle machinerie. En vain.

Quand Stanislas de Flognac est arrivé au Patclan, en fin politique, il a mis en place des procédures de contrôle internes (avec des contrôleurs chargés de ne pas contrôler les opérations d'optimisation ni les fonds glissant dans les caisses noires) et (pour plus de solennité) il a créé une « Commission ad hoc » assistée d'un membre de la Cour des Comptes (caution morale imparable). À partir de là, il a pu déployer son sens du placement, de l'esquive, de la contre-attaque. Il a diversifié les investissements en sortant du tout financier, avec une prédilection pour la mode et pour les œuvres d'art. Surtout la peinture.

Et c'est à cette période que Stanislas a senti vibrer sa fibre artistique, si longtemps cajolée par sa mère. Une fibre artistique ténue et hésitante pour commencer. Il avait aimé dans le désordre ses copains Warhol et Wesselmann mais aussi Manet, Van Gogh, Degas, Rousseau, Renoir, Vlaminck, Poynter, Alma-Tadema, Dali, Delvaux, Bacon, Hockney, Klimt… et en même temps il se méfiait des monuments comme Picasso ou Monet et il ne s'aventurait pas trop chez les grands Classiques, comme s'il jugeait son bagage encore insuffisant. Puis vint la période des coups de foudre ! Coup de foudre pour Hopper, à tel point qu'il tenta de reproduire deux de ses plus célèbres toiles : « *Morning Sun* » et « *New York Office* », sur lesquelles une femme hiératique est inondée de soleil dans un paysage urbain géométrique. Pourquoi Hopper ? Parce qu'il a la modestie, la platitude à fleur de peau, disait-il. Parce qu'il offre à l'observateur une rêverie mélancolique dans un décor figé où fourmillent les possibles. Parce qu'il impose des cadrages insolites. Parce qu'il génère une perplexité créative, tant on se sent souvent comme exclu du tableau. Ainsi dans « *Eleven a.m* », une femme nue est assise dans un fauteuil, le buste penché, les coudes appuyés sur les cuisses et regarde par la fenêtre. Elle se laisse chauffer par les rayons du soleil mais le spectateur ignore ce qu'elle regarde et ne voit pas son visage de profil, caché par ses cheveux. Elle a accès à ce que celui qui se trouve en dehors du tableau ne peut pas voir. La frustration du voyeur déçu, voilà le génie de Hopper ! C'est pourquoi nous avons acquis « Eleven a.m », un investissement remarquable, avait asséné Stanislas à ceux qui s'étonnaient, à la Boutique, d'une telle audace.

Autre coup de foudre, Egon Schiele ! Le briseur de tabous, le fan de l'autoportrait. Insoumis, rebelle, provocateur, Egon ira jusqu'à la case prison, en 1912, pour détournement de mineure (non avéré), utilisation de modèles enfantins, représentation de couples lesbiens enlacés, outrage à l'Eglise catholique en peignant une nonne en habit religieux s'abandonnant à l'étreinte d'un cardinal revêtu de l'habit sacerdotal (« *Cardinal et nonne-Caresse* ») ! Et pour faire bonne mesure, « L'hostie rouge », une aquarelle où une jeune fille tient dans sa main le phallus en érection et surdimensionné du peintre, présenté au spectateur comme un objet de culte. Scandale en même temps qu'autoportrait ! Jusqu'à sa mort, à 28 ans, emporté par la grippe espagnole, il réalisera une centaine d'autoportraits alors qu'au même âge, Rembrandt, un champion en la matière, n'en avait produit qu'une cinquantaine. Stanislas, en dehors des copies de Hopper, s'était essayé à l'autoportrait et il avait conçu cette tentative comme une espèce d'autodérision. Il s'était vite aperçu de la difficulté de l'exercice cantonné à la caricature et dès qu'il avait voulu s'en affranchir, il n'avait pas pu trouver le ton juste ni l'inspiration qui le ferait sortir des sentiers battus. Sans parler des problèmes de style. C'est à cette occasion qu'il avait décidé qu'il serait meilleur en écriture qu'en peinture. Mais Egon Schiele était passé par là.

— Pourquoi Egon Schiele, avait demandé Marie-Louise de Flognac à son grand fils ?

— Il ose !

— Oser peut ne pas suffire.

— Il plonge dans son ego ! Il le piétine, le cajole, sans complaisance. Son impulsion créatrice le pousse à s'étaler sur la table d'autopsie et à se disséquer dans une espèce de volupté mystérieuse.

— Et dans un style qui a très vite échappé à l'académisme du moment, note bien, le rapprochant de son ami vénéré Gustav Klimt.

— Mais je trouve qu'il va plus loin que Klimt. Il ne s'épargne rien. Dans « *Autoportrait se masturbant dans un pardessus noir* » il soumet ses pulsions à une implacable exploration. Une expression indéfinie sur son visage, entre vide et mélancolie. Il est concentré sur un plaisir... sans le narcissisme d'une relation physique et sentimentale avec l'autre.

— Très pointu ! Tu as raison, *mein sohn, ich liebe dich* ! fredonna Marie-Louise à la manière de Marlène Dietrich, en ouvrant le livre d'art de Fischer consacré à l'artiste. Il va plus loin quand il explore son propre corps, il le disloque, comme dans « *Homme nu assis* »... tu vois... poils, parties génitales, côtes saillantes, articulations sont fixés sans... baratin.

— Stylisation de la laideur, on pourrait dire ! Ça préfigure Bacon, non ? Il y a aussi la légèreté, l'humour. J'adore ce dessin « *Schiele dessinant un modèle nu devant la glace* ». Tu le connais ? Plusieurs niveaux de réalité : il est à l'arrière-plan, en train de dessiner son modèle, son très sexy modèle, qu'on voit de dos et de face, la vue de face étant celle qui se reflète dans la glace. Tu vois ce que je veux dire ? Tu peux le trouver ?

— Voilà... voilà... Mais tu remarqueras son air concentré et dubitatif, comme s'il doutait d'être à la hauteur de cette chair frémissante.

— Oui, comme s'il ne voulait jamais se donner le beau rôle.

— Pas comme Vélasquez dans « *Les Ménines* », qui se pavane en peintre officiel triomphant, conclut Marie-Louise.

Ce passage du coq à l'âne, laissa Stanislas songeur. Il avait entendu parler de ce tableau mais ne le connaissait pas. Il se dit que ça manquait à sa culture, d'autant qu'il était de plus en plus branché « autoportraits ». Il se promit donc d'aller y voir de plus près. Le tableau était au Prado à Madrid. Ça tombait bien puisqu'il devait s'y rendre dans quelque temps pour rencontrer un honorable correspondant de la DGSE.

7

Le jour où le cœur de Tiburce de Flognac s'était laissé glisser du mauvais côté de la réalité, celui dont on ne revient pas, il avait encore palpité suffisamment longtemps pour que son propriétaire ait la possibilité de faire quelques recommandations à son fils unique, Stanislas, alors âgé de quarante-neuf ans.

— Je ne sais pas ce que tu fricotes dans les Services Secrets mais je crois qu'il serait temps de passer aux choses sérieuses, tu ne crois pas ?

— C'est quoi « les choses sérieuses » ?

— La Finance ! Je ne me suis pas cassé le cul (il devenait vulgaire sur la fin) pendant quarante ans pour que mon œuvre périclite parce que mon grand crétin de fils fait le mariole chez les espions ! Bon Dieu, tu vas reprendre les rênes, il y a une équipe formidable, le marché est porteur, c'est du billard !

— Du billard à trois bandes ?

— Ne fais pas le malin Stanislas, ne soit pas dilettante comme ta mère, confite dans la peinture à l'huile, capable de dilapider des fortunes pour ce gribouilleur de... euh Bastiat...

— Basquiat !

— Basquiat. Je sais que tu la suis dans ses délires soi-disant artistiques mais que ça ne t'empêche pas d'avoir les pieds sur terre ! Un jour tu vas, tu dois prendre ma succession et ce sera peut-être dans pas très longtemps.

Tiburce ne croyait pas si bien dire. Quatre semaines plus tard une hémorragie cérébrale le faucha en plein Conseil d'Administration, alors qu'il se remettait à peine d'un mini infarctus. Stanislas ramassa un gigantesque paquet d'actions et s'assit dans le fauteuil présidentiel de papa. Ce ne fut pas une sinécure. Les jeunes loups de la Finance, nourris aux produits toxiques, aux bonus et aux parachutes dorés avaient décidé de lui faire la peau. Mais Stanislas avait la peau dure et une sacrée faculté de résilience. Il fragmenta la coalition en nommant Directeur Général le jeune loup le plus brillant et en lui faisant miroiter une montée au capital de l'entreprise. Puis il négocia, dans une opacité digne de la DGSE, la vente de la banque familiale. Le mieux disant fut BNP PARIBAS qui, pour Stanislas, avait en outre l'avantage d'être un groupe français. Cocorico ! 117 millions d'euros tombèrent dans l'escarcelle de l'agent secret. Ça permettrait de voir venir.

En toute logique et par nécessité, il envisagea sa démission de la Boutique pour s'adonner à ce qu'il commençait à détecter comme étant ses vraies passions, l'écriture et la peinture. Il ne savait pas encore sous quelles formes il les assouvirait mais il trouverait bien quelque formule magique qui coaliserait les deux.

Ah, l'écriture ! Il l'avait lâchement abandonnée, en rase campagne, au milieu de brouillons saturés d'ennui et de larmes séchées, de carnets truffés de citations et autres débuts de romans se terminant par des points de suspension. Pourtant, à vingt-cinq ans, après une avalanche de lettres de refus laconiques, il avait réussi à convaincre un petit éditeur qui, moyennant l'achat de trente exemplaires, avait accepté de le publier. Ce n'était pas glorieux mais le seul fait de voir sa prose compactée en livre avec une couverture où figurait son nom d'écrivain l'emplissait d'un bonheur à la fois jubilatoire et discret. Maintenant il était écrivain et personne ne pourrait dire le contraire. Il pourrait même s'en servir comme d'un objet de séduction. Avec les femmes c'était une entrée en matière imparable. Rien que pour ça, il avait l'impression d'avoir rentabilisé l'opération. Non qu'il fût un coureur compulsif mais quand même… Sans promotion, l'ouvrage attira quelques centaines de lecteurs. Le sujet, à l'aube du vingt et unième siècle, était plutôt prémonitoire : un jeune homme entre dans le métro parisien à Nation, sous sa parka il dissimule une ceinture d'explosifs. Un chapitre par station, intensifiant le suspense d'une potentielle explosion. Un rail-movie pouvant se terminer à la station Étoile ou dans les étoiles ! Il avait trouvé malin d'intituler l'ouvrage « *Nation-Étoiles* ». Dans la foulée, il avait récidivé avec un autre roman, « *Hildegard Dixit* », beaucoup plus autobiographique dont le prétexte était sa relation tonitruante avec une actrice autrichienne.

Cette « chienne », comme il la qualifiait, avait achevé son éducation sentimentale et sexuelle. C'était drôle et plaisant et ça frôla le millier d'exemplaires. Mais bon, ce n'était pas l'écriture absolue à laquelle il aspirait. Trop figurative, trop respectueuse de la réalité. Ça ne décollait pas ! Son souci avec la réalité résidait dans un équilibre introuvable : trop réelle et plombante ou trop au-delà de la fiction et pas crédible. La réalité l'encombrait mais il en avait besoin pour combler son déficit d'imagination. Et, au fond de sa conscience bouillonnante, avait germé l'idée de forcer la réalité, sa réalité à devenir romanesque. Le « comment » restait encore à inventer mais son choix de se lancer dans les services secrets n'était pas étranger à cette entreprise littéraire. Il vivrait dangereusement dans la dissimulation, la séduction, les faux semblants, les pièges et ça finirait bien par produire une histoire qui tiendrait la route !

Avant de démissionner et de dire adieu à ses collègues/agents du Patcland (Patrimoine Clandestin de la DGSE), Stanislas voulut effectuer une dernière mission du côté de Madrid. L'honorable correspondant qu'il devait rencontrer l'avait alerté sur les agissements présumés délictueux d'un membre éminent de l'ambassade de France. Celui-ci était fortement soupçonné de divulguer des informations classées « secret défense », notamment dans le cadre des réunions de l'OTAN, au profit de la Chine. Mais, jusqu'à ce jour, il avait été impossible de le confondre. Or il semblait désormais établi qu'il était mêlé à un trafic de faux tableaux vendus comme des vrais à des négociants et collectionneurs chinois. La plupart du temps il s'agissait de copies et de « à la manière de » Mondrian, Pollock, de Staël et autre Soulages, enfantins à imiter dans leur candeur abstraite ! Mais cette fois l'affaire se corsait puisqu'on se retrouvait au seizième siècle en compagnie de Caravage, avec le risque d'un scandale médiatique qui pourrait éclabousser l'ambassade de France à Madrid.

Stanislas avait retrouvé son honorable correspondant dans un bar situé sur la Plaza Mayor.

— Bonjour Diego, toujours aussi gominé !

— J'ai des cheveux qui frisent trop ! Toi Stanislas tu n'as pas ce problème.

— Quoique… quand il pleut ça ondule un peu. Stanislas passa des doigts effilés dans sa tignasse à la Mermoz. Café, thé, chocolat ?

— Gin Tonic.

— Bonne idée. Deux Gin Tonic, demanda Stanislas de sa voix biblique à la serveuse la plus proche. Dos por favor !

— Ça me rappelle les boîtes de nuit sur la Costa Brava dans les années quatre-vingt.

— Parlons bas mais parlons clair, Diego. Je n'ai pas bien saisi en quoi cette histoire de Caravage pouvait concerner La Boutique et mon Patcland. Evidemment je serais preneur si…

— Notre ami de l'ambassade dont on taira le nom est un voyou. Il fait fuiter des trucs sensibles avec le concours présumé de sa charmante femme chinoise. Mais nada, impossible de les coincer. Malins comme des… pandas. Et Caravage peut vous aider à les faire tomber.

Diego ménagea le suspense en épongeant un front aussi luisant que ses mèches imbibées de brillantine.

— Je t'écoute.

— Avant ils faisaient dans le tout-venant, les abstraits, les cubistes. Facile. Maintenant, c'est du costaud. Le « *Narcisse* » du Caravage ! Peint à la fin du seizième, l'original est censé être au palais Barberini à Rome…

— Pourquoi censé être ?

— Déjà l'attribution de ce tableau à Caravage fait débat. Mais bon, il a été authentifié par plusieurs experts… disons qu'aujourd'hui le doute sur la nature du « *Narcisse* » exposé à Rome vient du fait qu'il a été manipulé plusieurs fois pour restauration et qu'on n'est plus sûr du tout que celui qui est là soit bien l'original.

— Une copie ?

— Une remarquable copie et pendant ce temps-là l'original qui a refait surface par des canaux mafieux, se baladerait dans le coin, travesti en copie et va faire l'objet d'une transaction que nous pourrions organiser, tout en laissant croire à notre ami diplomate que c'est lui qui la pilote ! Il faudrait faire vite.

— Fascinant ! Mais pour intervenir efficacement faut-il encore prouver que l'original de Rome n'est qu'une copie.

Stanislas se mit tout à coup à adorer ce genre de labyrinthe hypnotique capable de brouiller tous les repères et de vous endormir pour le compte. N'était-ce pas une désopilante ouverture romanesque ?

— C'est évident, mon cher Poirot, dit finement Diego. C'est pourquoi je crois qu'il faudrait missionner d'urgence une expertise à Rome pour en avoir le cœur net.

— Mais les Italiens n'ont rien fait ?

— Ils ne sont pas au courant. Pour l'instant c'est un truc de Services Secrets.

— Tu m'en diras tant ! Et donc il faut trouver un expert compétent et irréprochable, on va dire ça comme ça, pour faire le job.

— Une experte ! J'ai sous la main peut-être la meilleure dans ce domaine, compétente, irréprochable, elle est à Madrid pour quelques jours…

— Capable de la plus grande discrétion ?

Stanislas commençait à échafauder des scénarios improbables quant au cheminement et à la destination finale de ce « Narcisse » qui lui faisait penser à la « *Métamorphose de Narcisse* » de Dali, le premier tableau sur lequel il avait flashé, à la Tate Gallery, à quinze ans, lors de son premier séjour à Londres. L'émotion était intacte et l'incitait bizarrement à s'investir plus que de raison dans ce nouveau chapitre. En s'y prenant bien, ce faux vrai Caravage pourrait terminer son odyssée dans le coffre-fort du Patclan ou, pourquoi pas, dans le sien !

— Je la crois honnête, discrète, digne de confiance, souligna Diego avec conviction.

— Tu as couché avec elle ?

— Mon dieu non ! Elle m'intimide.

— À ce point-là ! Tu es pourtant un dur à cuire. Et elle est française ?

— Autrichienne mais elle parle français, anglais, espagnol…

— Et allemand, bien entendu. Donc experte top niveau, polyglotte et intimidante, quel tableau ! Tchin !

Les Gin Tonic pétillaient dans leurs verres comme l'imagination de Stanislas.

— Tchin ! Tu ne crois pas si bien dire, on dirait un tableau cette femme, un Waterhouse ou un Edward Poynter, si tu vois ce que je veux dire.

— Vaguement… des peintres victoriens ?

— Oui, qui faisaient dans la volupté, ajouta Diego les yeux clignotant.

— Et elle se nomme ?

— Clara Behlmann, conservatrice, restauratrice, historienne de l'art au Kunsthistorisches Museum de Vienne.

Stanislas digéra l'information qui arrivait à l'improviste, avec un effet rétro insolite, comme une balle de tennis amortie sur une terre-battue détrempée. Pourquoi les souvenirs reviennent-ils en blocs ou en lambeaux ? Pourquoi sont-ils fiables ou pas ? Pourquoi cette impression de balle qu'on ne va pas rattraper ? Certes il avait fréquenté dans sa prime jeunesse, à Vienne, une Behlmann, Hildegard, folle à lier, qui avait inspiré son deuxième roman et qui s'était évanouie dans les brumes de son imaginaire vagabond. Aujourd'hui ça n'était plus que quelques saynètes surexposées, un corps blanchâtre et sculptural qui l'aspirait vers le néant après des émotions trop fortes. À Vienne, il y avait sans doute des Behlmann à tous les coins de rue et Stanislas se dit que la réalité ne déraillerait peut-être pas à ce point-là.

— Tu disais qu'elle était à Madrid ? Joignable ?

— Elle est au Westin Palace, près du Thyssen-Bornemisza et pas très loin du Prado.

— Chère ? Tu l'as sondée ?

— J'aurais bien aimé… la sonder ! Non, sérieusement, vingt mille plus les frais.

— Ah oui, quand même !

— Ça les vaut, s'exclama Diego !

Ce coquin de Diego était bien péremptoire ! Stanislas le soupçonnait d'avoir effectivement sondé la belle experte ou tout au moins de l'avoir poussée dans des retranchements pas très… catholiques.

— Dis-moi, les Italiens vont nous laisser expertiser comme ça, sans poser de questions ?

— J'ai un correspondant à Rome qui est intime avec le conservateur du Barberini. Je l'ai rencontré. Ils ne demandent que ça les ritals, que ce foutu tableau soit authentifié… enfin ré-authentifié.

— Ou pas.

— Ou pas… en plus si ça ne leur coûte rien, ils nous dérouleront le tapis rouge, ils sont fauchés.

Stanislas réfléchissait à cent à l'heure. Avait-il intérêt à ce que ce « *Narcisse* » soit reconnu urbi et orbi comme l'original peint par Caravage ? Pas sûr. S'il était authentifié, celui qu'ils allaient intercepter ne vaudrait plus rien. À contrario, s'il ne l'était pas ce serait une excellente affaire, à condition que tout ceci reste confidentiel.

— Quel que soit le résultat, il faudrait que les Italiens fassent profil bas, dit Stanislas.

— Ouais, on a tous intérêt à faire profil bas. Ce qu'on veut c'est coincer notre rigolo et après constater l'étendue des dégâts au niveau du renseignement, n'est-ce pas ?

Stanislas commençait à voir tout ça d'un peu loin. C'est fou comme des millions sur un compte en banque peuvent modifier notre perception des choses. Il était focalisé sur « *Narcisse* », sur ce mystérieux Caravage et sur cette Autrichienne au nom évocateur.

— Avant de prendre une décision définitive, j'aimerais bien rencontrer cette Clara. Tu as un document, une photo d'elle ? Il faudrait que je sache à quoi elle ressemble.

— J'ai une photo d'elle sur mon portable... en fait plusieurs... prises à l'improviste. Regarde.

Si Diego ne lui avait pas montré ces photos, à cet instant précis, l'histoire aurait sans doute pris une tout autre tournure. Stanislas accusa le coup. Il y avait là trois images dans la foule : une de face où elle regardait le ciel, une de profil, échevelée, une de dos où elle tendait un bras long et nu. C'étaient des photos qui auraient pu figurer dans Vogue ou dans un magazine de cinéma ! La nana, la fille ou encore la femme captait la lumière comme personne. Ça ne simplifiait pas les choses. Belle à ce point-là, ça pouvait brûler !

— Tu es certain de ne pas l'avoir sautée ?

— Je m'en serais aperçu, roucoula Diego.

— Alors écoute-moi bien. Tu vas manager l'ensemble de l'opération. C'est ok pour vingt mille mais frais compris. Moi, je ne veux pas apparaître officiellement. Je voudrais la rencontrer mais de façon impromptue, par hasard. Comment faire ?

— Je sais qu'elle sera au Prado entre seize et dix-huit heures car j'ai rendez-vous avec elle à la sortie du musée. Si tu veux avoir plus de chances de la trouver, va du côté des peintres du dix-septième, c'est son rayon ! Et après...

— Il n'y aura pas d'après, coupa Stanislas, on ne se connaît pas ! Je veux juste la sentir...

— Hmmm, snif, snif !

— C'est malin ! Juste l'évaluer, me faire une idée, savoir si c'est la femme de la situation. Je ne vais pas lâcher vingt mille balles comme ça sans... précaution.

— Je te comprends mais tu risques d'avoir trop peu de temps pour approfondir un tel sujet, objecta Diego.

8

À seize heures trente, Stanislas entama son périple dans les galeries du Prado. Il passa en revue les Flamands, Bosch, Brueghel (escale devant « *Le Triomphe de la Mort* »), Rubens, Van Dyck, Rembrandt (salut à « *Artémise* »), il enchaîna, en allongeant la foulée, avec les Français, Poussin (génuflexion au « *Triomphe de David* »), de La Tour (clin d'œil au « *Joueur de Vielle* »), Watteau. Le tout en trente minutes chrono sans avoir croisé l'intrigante autrichienne. Peu de monde. Il pénétra dans l'univers de la renaissance espagnole. Il snoba Ribera, Murillo, Cano, Ricci et tant d'autres, à peine un coup d'œil au Greco et le voilà dans salle de la magie Vélasquez. Il eut à peine le temps d'effleurer « *Les Fileuses* » que le chef d'œuvre s'imposa à lui : elle était là-bas, assise sur la banquette au milieu de l'allée, observant « *Les Ménines* ». Bizarrement il regarda sa montre, sans vraiment chercher à savoir quelle heure il était. Il dégaina son portable, zooma et la photographia de profil ainsi que l'imposant tableau de Vélasquez, en biais. Pourquoi ? Pourquoi pas ! Elle avait le dos très droit, la nuque délicate, un chignon d'où s'échappaient des flammèches vénitiennes. Il s'avançait lentement, très lentement. Elle était immobile. Tout, absolument tout, lui était venu en même temps : l'allure, la peau, les ondes, l'arête rectiligne du nez, la bouche… il s'attardait sur la bouche, indescriptible, une bouche qui donnait envie. Il avançait lentement tandis que son pouls accélérait. Le cou qui ferait pivoter sa tête si jamais il lui parlait. Le corps aussi, les angles droits du bassin aux cuisses puis des cuisses aux genoux. L'absolue fixité d'une statue. Il devinait l'intensité du regard scannant l'œuvre en clair-obscur. Il ralentissait encore. Encore trois mètres. Comme un gouffre de silence. L'espace qui se déformait. Le sol qui vibrait. Deux mètres. Il regarda le tableau pour faire diversion. Il fixa la jeune infante blonde, la plus éclairée, au premier plan. Un mètre : à portée de main. Il s'arrêtait, il l'observait à la dérobée. Il se sentait coupable, coupable de lui voler la pureté du moment. Maintenant il était à sa hauteur, immense au-dessus d'elle assise, murée dans sa communion avec les mystères de l'Art. Il allait parler. Mais le pouvait-il ? Il aurait voulu dire qu'il avait fait la Guerre de Cent Ans ou qu'il venait de sauter à l'élastique depuis l'un des piliers du Golden Gate. Mais c'était elle, Clara Behlmann, qui vampirisait l'une des toiles les plus importantes de la peinture occidentale.

— Humm, est-ce que Vélasquez n'en fait pas un peu trop, là ?

— Un peu trop, c'est à dire ? dit-elle sans lever la tête, d'une voix qui ne pouvait être que celle-là, avec un doux accent austro-hongrois.

— Il se représente en peintre officiel de la royauté en escamotant de la toile le roi et la reine qu'il est censé peindre. Peut-être le signe d'un ego qui raconte « Je peux tout me permettre » ! dit Stanislas d'une voix qu'il ne connaissait pas.

— Je ne dirais pas qu'il en fait trop mais qu'il en fait plus. Plus que n'importe qui ! Songez que vous avez devant vous l'autoportrait qui a ringardisé le genre, avant, pendant et après, à quelques exceptions, Rembrandt, Vermeer, Caravage… Il en fait plus parce qu'il ose. D'abord, en 1656 quand il attaque « *Les Ménines* », il est déjà peintre officiel de Philippe IV donc il n'en a rien à secouer d'affirmer son statut. Ce qu'il cherche est un saut créatif qui va propulser son art dans une autre dimension. L'illusion ! On ne comprend rien à ce tableau si on ne discerne pas dans cette composition sophistiquée l'illusion de l'Art et de la vie qu'il représente ! Diego ne se prend pas au sérieux, il nous dit « regardez, regardez bien, tout n'est que faux-semblants ! »

Elle n'avait toujours pas levé la tête vers lui. Il demeurait planté là, tel un sémaphore coincé, peut-être jusqu'à la fin des temps.

— Tout est vrai, tout est faux, continua Clara s'adressant au tableau. La vie est un songe. On est bien dans l'appartement de Vélasquez au palais de l'Alcazar, aux murs ce sont bien des « *Métamorphoses* » d'Ovide peintes par Rubens et des copies de Jordaens peintes par Mazo. Les personnages sont tous identifiés autour de l'infante Margarita. Cette petite fille pense être au centre de l'attention et du tableau. Elle n'est qu'un faire-valoir, un prétexte et ses demoiselles d'honneur qui l'entourent se trompent aussi. Elle n'est pas le sujet du peintre, elle ne figure pas sur la toile de Diego et pourtant elle est bien là, captant une bonne part de la lumière ! Les autres regardent ailleurs, vers l'extérieur, vers nous qui les regardons. Ils ne nous voient pas, nous sommes des fantômes et pourtant nous sommes bien là et d'autres viendront nous remplacer quand nous ne serons plus là ! Diego lui a le pinceau à la main, il nous fait face, il est à la manœuvre et il nous manœuvre ! Il nous fait croire qu'il étudie son sujet, le couple royal, hors champ, à notre place, celle d'où on admire le tableau ! Il nous fait croire que le couple royal est reflété par le miroir au fond de la pièce alors que ledit miroir reflète le tableau que Vélasquez est en train de peindre. Tout est vrai, tout est faux ! Il nous lâche un indice : le roi et la reine sont très floutés dans le miroir, encore au stade de l'esquisse et non pas le reflet de la réalité supposée telle qu'il la dessine, précise et structurée. Vélasquez nous fixe, droit dans les yeux alors que son pinceau approche de la palette pour saisir la couleur sur laquelle il devrait être concentré. Il nous dit « l'Art est au-delà du réel, le réel est manipulé, l'Art manipule le réel et s'en affranchit ! ». Vous pouvez passer devant cette œuvre et ne rien voir. Vous pouvez n'y voir qu'un prétentieux portraitiste de cour, asservissant les dix autres personnages à sa gloire. Mais vous pouvez aussi constater que tous les personnages tournent le dos à l'artiste sauf Nieto, un parent de Vélasquez, qui se tient à l'arrière-plan dans l'encadrement d'une porte ouverte et lumineuse. Il est au point de fuite de la perspective, le seul à embrasser l'ensemble de la scène et à pouvoir interpréter ce qui s'y passe. Il sort, il a compris le double, le triple jeu. Il nous laisse juge d'imaginer l'envers du décor.

Lorsqu'elle pivota avec une légèreté de somnambule, ses yeux de lapis-lazuli, dans un imperceptible décalage, décryptèrent son interlocuteur au-dessus d'elle.

— Vélasquez en fait plus, vous comprenez.

Il n'était pas certain d'avoir tout compris, tout en étant persuadé qu'elle avait raison. Ils étaient seuls (était-ce possible ?) dans la salle de l'autoportrait mirobolant. Si grand à côté d'elle assise, il se sentait petit. Il voulait détourner son regard mais ne le pouvait pas. Il hochait la tête. En signe d'approbation ? Oui, il approuvait la mélodie vocale, la candeur effrontée des lapis-lazuli, l'élégance vestimentaire implacable d'une femme qui traversait les âges et les fuseaux horaires avec la même désinvolture et la même efficacité. Jamais il n'avait été confronté à quelque chose d'approchant. Il avait connu des femmes, beaucoup de femmes. Il avait eu des coups de foudre, il avait vécu des passions mais rien d'approchant. Il était un amant compliqué, sentimental, toujours avide de dimension romanesque. Il se lassait vite. Un tic de langage, une vulgarité comportementale, un manque d'humour, un manque de culture, une ardeur sexuelle mitigée, le faisaient fuir sans donner d'explication. Il avait failli se fiancer (sinon se marier) à deux reprises.

Une première fois avec une étudiante de Sciences Po avec laquelle l'intimité était devenue dense et cérébrale. Et puis, un beau jour, elle s'était entichée d'une banane retenue par du papier collant sur une planche de contreplaqué, œuvre intitulée « Le comédien » par le sublime (disait-elle) artiste Maurizio Cattelan, lequel avait fait sensation à la foire de Basel Miami, en trouvant preneur, moyennant la somme de 120.000 $ pour chacun des quatre exemplaires ! Stanislas pouvait pardonner beaucoup de choses mais pas ça ! En plus, elle s'était mise à l'appeler « mon trésor ». Il avait cru qu'elle plaisantait. Mais non ! Quand il avait rencontré ses parents, elle avait insisté « voici mon trésor, Stanislas, qui déteste Maurizio Cattelan ». Il avait trouvé que l'expression ne déparait pas l'intérieur vieillot de la maison parentale de L'Haÿ-les-Roses et les croûtes qui ornaient les murs. Malgré un visage raphaélique, une paire de seins pointus comme dans les années cinquante, des hanches accueillantes, il avait mis fin à une idylle qui avait duré plus d'un an. Un record.

Une deuxième fois il avait failli plonger avec une belle liane sombre et ténébreuse, cheveux noirs, yeux noirs, ongles peints en noir, habits noirs. Un style affirmé. Une voix noircie par la nicotine. Anarchiste, citant « L'Unique et sa propriété » de Max Stirner à tout bout de champ. Et jouant du piano en virtuose. Après l'amour, elle voulait toujours faire des gammes sur sa colonne vertébrale. Une fois il lui avait demandé de lui interpréter « *Les Barricades Mystérieuses* » de Couperin. Elle lui avait répondu qu'il fallait pour cela qu'elle trace sur son dos les 52 touches blanches et les 36 touches noires. Ce qu'elle avait fait. Et elle s'était mise à jouer, à cheval sur ses fesses. Elle fredonnait en même temps qu'elle enfonçait les touches, tantôt avec l'ongle tantôt avec l'extrémité du doigt. Avec Bach et Liszt ce fut encore plus virtuose. Les vibrations réveillèrent sa libido assoupie. Il voulut se retourner pour entamer un autre récital mais elle s'accrocha si bien au clavier qu'il dut l'éjecter du lit sans ménagement. Le front de la belle heurta une table de nuit et le sang se mit à gicler sur les draps blancs. S'en suivit une période d'incompréhension et de rupture.

Il y en avait eu d'autres des femmes, beaucoup d'autres (c'est combien « beaucoup » ?), à commencer par cette Hildegard, un impromptu de jeunesse... beaucoup d'autres, que son envergure, sa manière composée, sa nonchalance, son sourire à la George Clooney, avaient contribué à séduire. Il avait pris du bon temps, beaucoup de bon temps dans des bras innombrables, de toutes les couleurs, de toutes les textures mais maintenant il était entré dans la cinquantaine, célibataire et le temps se gâtait.

— Vous comprenez ? appuya-t-elle.

— À ce point-là, je n'imaginais pas. Je suis encore un béotien, vous savez mais je m'accroche !

— Il serait peut-être temps, dit-elle avec un sourire indulgent à couper le souffle.

— En effet... Vélasquez mérite mieux que mes approximations.

— Mais votre thèse peut se défendre ! Rien n'est vrai, il suffit d'argumenter. À qui ai-je l'honneur ?

Allait-il succomber à la tentation, allait-il lui demander connement, son numéro de téléphone ? Pire, allait-il lui proposer de prendre un verre quelque part ? Heureusement, là, dans l'instant, il ne se sentait pas à la hauteur. Il comprenait que s'il entrait dans ce jeu-là, il allait bousiller ses chances à tout jamais. Il devinait qu'avec celle-là il n'y aurait pas de deuxième chance. Il ne pourrait pas être évasif comme il savait si bien le faire. Ça ne marcherait pas.

— Je vous l'ai dit, je ne suis qu'un touriste béotien dont l'humilité n'a d'égale que l'envie d'en savoir plus. Et là je viens de prendre une bonne leçon !

— Vélasquez pourrait peindre notre scène. Il intitulerait ça : « *L'impertinente humilité* » ! Je crois que vous êtes tout sauf humble, monsieur le béotien.

Bien entendu elle avait raison ! Il s'était égaré dans un méchant pétrin dont il fallait s'extraire.

— Je n'ai pas d'arrière-pensées. D'ailleurs je vais partir sans vous demander qui vous êtes et sans vous dire qui je suis… et il ne put s'empêcher d'ajouter : malgré l'envie que j'ai du contraire.

— Vous êtes opaque, dit-elle en mettant la main en visière sur son front, à cause du contre-jour.

— Qui sait si Vélasquez ne nous réunira pas une autre fois ? J'ai été ravi. Au revoir.

Son pas résonna dans la galerie. Il voulait se retourner. Il voulait revenir. Il voulait l'enlacer en technicolor. Si Vélasquez avait vu ça, il aurait encore complexifié son tableau. Il sortit. Chaleur accablante, pensées accablantes. Il faudrait trouver une idée. Une grande idée !

Une demi-heure plus tard, Diego récupéra Clara Behlmann à la sortie du Prado. Ils allèrent prendre un verre au bar de l'Hôtel Mora tout proche. Elle avait l'air songeur.

— Je viens de croiser un drôle de type qui faisait semblant de ne rien comprendre à Vélasquez !

— Oh, il y en a qui font semblant de ne rien comprendre et qui ne comprennent rien en fait, répondit Diego en pensant à Stanislas.

— Dites-moi, cher Diego Saura, qu'est-ce qui se cache ou qui est-ce qui se cache derrière cette expertise ? Quelle mouche a piqué les Italiens de vouloir faire expertiser un chef-d'œuvre qui risque d'être un faux et de tarir la manne touristique qui va avec ? Et pourquoi faire appel à vous et à moi ? Ils ont des experts de valeur, non ? Alors c'est quoi l'histoire ? J'aimerais mieux en avoir le cœur net, sinon...

Elle laissa sa phrase lourde de menaces, en suspens. Diego savait que le terrain était glissant et qu'avec la Behlmann, il ne fallait pas trop jouer au malin. Sinon... elle était capable de tout envoyer balader.

— Ce magnifique Caravage a subi quelques restaurations dans les années 90 et il est possible que dans les dédales de ses périples son authenticité ait été malmenée et aujourd'hui, le conservateur, mon ami Marcello Vitti, s'interroge. On lui rebat les oreilles et...

— Et vous me prenez pour une oie sauvage... ou blanche et vous imaginez que je vais prendre ça pour argent comptant ? D'ailleurs à propos d'argent, c'est quoi ce montant délirant que vous avez accepté ? Vingt mille ! J'ai l'impression que j'aurais dit cinquante mille, c'était pareil. Pour cinq ou six jours de boulot, à condition d'avoir un laboratoire d'analyse à proximité, vous rigolez ! Je sens une espèce d'urgence pas claire derrière tout ça ! Dites-moi, Diego...

À chaque fois qu'elle prononçait son prénom, il avait des frissons.

— Je ne suis pas habilité à... J'ai un devoir de réserve, vous comprenez, dit Diego mezza-voce en réalisant qu'il situait l'affaire à un niveau embarrassant.

— Qui est le donneur d'ordre ? Qui va me payer ? Vous êtes conscient qu'il y aura des frais de laboratoire en plus ! On n'en est plus à la radiographie et au microscope de papa... carbone 14, dendrochronologie, microscopie électronique à balayage, microfluorescence X, spectrométrie, tomographie, résonance magnétique nucléaire, ça vous parle ? Pour ce que j'en sais, un examen ne suffira pas. Il faudra une analyse pour identifier les composants. Je connais un bon labo à Rome. Qui va payer ?

Le front de Diego était redevenu luisant. L'avalanche de technicité lui faisait comprendre avec retard, pourquoi elle avait été inflexible pour que ses honoraires soient hors frais. Fallait-il en référer à Stanislas avant d'aller plus loin ? Après tout la Behlmann saurait lui faire passer la pilule… c'était son problème. Et la caisse noire du Patclan était inépuisable.

— Je vais vous payer.

— Avec votre argent de poche ! Qui est le donneur d'ordre ? Qui manipule qui ? Si vous ne me le dites pas, mon petit Diego, je rentre chez moi. Alors qui ?

Diego Saura n'avait pas la prétention d'être un tombeur. Sa taille modeste, son embonpoint camouflé à l'aide de vestes trop grandes, de pantalons trop larges, ses petits yeux trop rapprochés, sa tonsure criante entre les mèches noires, ne lui permettaient pas de jouer dans cette catégorie. Depuis longtemps il s'était spécialisé dans le style bon enfant, drôle, attentif, compassionnel. Ses ambitions n'en étaient pas moindres pour autant. Même un monument comme Clara ne l'effrayait pas. Il y avait sans doute de l'inconscience mais qui ne tente rien n'a rien, n'est-ce pas ?

— Écoutez… je sais que cette affaire assez précipitée peut paraître bizarre…

— C'est le moins que l'on puisse dire, coupa Clara.

— Mais non ! Elle est limpide, limpide pour qui connaît les tenants et les aboutissants. Moi je les connais. Il n'y a pas d'entourloupe. C'est légal, il n'y a pas d'argent sale. Je m'en porte garant. Vous me connaissez…

— Ben pas tant que ça justement !

— Voyons Clara, nous avons toujours eu des relations civilisées dans le cadre culturel de mon Ministère et je souhaite qu'elles le demeurent, voire plus… plus que culturelles… je peux simplement vous dire, et c'est une confidence absolue qui doit rester absolument entre nous, qu'il y a dans le circuit un Service Secret…

— Lequel ?

Diego aurait voulu lui faire plein de confidences sur l'oreiller, comme dans les films d'espionnage. Il en était loin mais il pouvait tenter d'entretenir un semblant de suspense.

— Vous ne vous attendez pas à ce que je vous le dise. Vous connaissez ma loyauté. Plus tard je serai peut-être délié du Secret Défense et là je vous raconterai l'histoire… plutôt banale en vérité, ajouta-t-il pour atténuer la bourde qu'il était en train de commettre… tout ça pour faire le beau.

Tout d'un coup, Clara trouva cette situation amusante, voire même excitante. Elle allait mettre les pieds dans un truc marécageux à souhait, très bien rémunéré (peut-être même sans fiscalité, avec les Services Secrets on pouvait s'attendre à tout !), et elle se trouvait face à un type sympa qui bavait devant elle.

— Mon cher Diego, il faudra vite dissiper tout ce brouillard, en effet. En attendant il me faut un ordre de mission en bonne et due forme. Qui va l'établir ?

— J'ai prévu cela avec mon ami Marcello Vitti et les fonds passeront par lui.

— Je serai donc missionnée par la Galerie Nationale d'Art Ancien du Palais Barberini à Rome.

— Exact… dit Diego soudain rasséréné.

— Bien. Mais dites-moi encore une chose, vous attendez quoi en vérité de cette expertise ? Je veux dire est-ce qu'il y a une conclusion à laquelle serait plus favorable votre Service Secret ? Faux ou authentique ? Ouvrez-moi votre cœur !

S'il répondait sincèrement à cette question, à savoir qu'il était préférable que les trafiquants croient que leur Narcisse était l'original et donc qu'il valait mieux conclure à un faux, il accréditerait l'idée d'un tripatouillage qu'il avait courageusement combattu et perdrait tout espoir avec l'affolante créature qui lui souriait ingénument.

— Je sais parfaitement que vous me taquinez, chère Clara, et que votre verdict sera irréprochable. C'est tout ce qu'on souhaite. Et secret professionnel.

— À la vôtre, dit-elle en tendant vers lui sa sangria.

Le lendemain matin ils étaient dans l'avion, direction Fiumicino, aéroport Léonard-de-Vinci. Diego, en classe éco, était aux prises avec un accoudoir récalcitrant et un joyeux bambin qui n'arrêtait pas de lui donner des coups de pied. Clara, elle, avait exigé la Classe Affaire, là où le champagne remplace la bière tiède et les canapés au foie gras les cacahuètes. Elle avait somnolé sur son siège presque à l'horizontale. Elle avait rêvassé à ce « *Narcisse* » du Caravage qu'elle connaissait, bien entendu, mais qu'elle n'avait admiré qu'une seule fois, il y avait près de dix ans, lors d'une expo à Vienne. Une toile tout en clair-obscur, coupée à l'horizontale en deux parties pratiquement égales : au-dessus Narcisse agenouillé au bord d'une eau stagnante, en-dessous un reflet incertain dans le liquide très sombre. Pas de fioritures autour, fond noir. Un gros plan sur la scène. Qui est ce Narcisse ? Que contemple-t-il ? Qui est l'auteur de ce tableau ? Des mystères à éclaircir. Un Cluedo d'envergure ! Électrisant ! Elle s'était endormie.

À Rome un van Uber les attendait, conduit par un chauffeur empressé qui leur signalait les palais, églises, fontaines et autres monuments qui jalonnaient leur itinéraire. La fontaine du Triton du Bernin fut la dernière curiosité avant le Palazzo Barberini, palais baroque du dix-septième, doté d'une belle façade reposant sur des arcades. Ils montèrent directement au bureau de Marcello Vitti, qui donnait sur un jardin avec des buis taillés à la française.

La pièce était vaste, ensoleillée. Marcello n'avait pas peur de la clarté. Il était debout à l'autre extrémité, il allait tendre les bras pour les accueillir. Clara l'examinait avec un détachement d'entomologiste. Il aurait sursauté s'il avait connu les pensées qui traversaient son esprit. Indiscutablement, Marcello était italien ! En d'autres termes il s'était déguisé en italien : fine moustache, crinière sombre ondulante, œil satisfait, sourire rehaussé par le bronzage, costume à rayures trop prononcées, cravate trop flashy, chaussures trop pointues ! Il était trop Marcello ! Et ça réjouissait Clara qui, tant qu'à faire, voulait du sensationnel, du folklorique. Il embrassa Diego avant de la saluer en esquissant un baisemain, limite théâtral. Il parlait fort, comme dans les opéras entre deux parties chantées.

— Diego m'a tellement parlé de vous et je suis quand même surpris par votre apparition ! Il m'avait dit beaucoup de belles choses mais il était en-dessous de la vérité, le coquin !

— Il ne faut pas se fier aux apparences. On s'emballe, on s'emballe et après on est déçu, on se dit mais où est la compétence promise ? J'ai acheté de l'expertise et je n'ai que de l'amateurisme. Le challenge est de taille, n'est-ce pas ?

— Je ne faisais pas allusion à la compétence, rétorqua Marcello légèrement refroidi, mais vous avez raison, l'habit ne fait pas le moine comme on dit. Mais permettez-moi de dire qu'en l'occurrence l'habit incite… euh… à en savoir plus.

— Une veste Chanel toute simple et un jean Levis encore plus simple, quant à mes bottines… vous pourriez croire que je suis une pauvresse.

— Loin de moi cette idée ! Là n'est pas l'essentiel. Voulez-vous un café ?

— Alors l'essentiel sera un café non italien. De grâce pas d'expresso !

Marcello comprenait que la partie serait serrée. Cette nana avait du répondant. Elle avait tort de le prendre un peu de haut, lui semblait-il. Il n'avait pas le souvenir d'une femme qui lui ait résisté. Il était dans sa quarantaine flamboyante, l'Art était son terrain de jeu, sa famille (une femme, un enfant) était parquée (et s'en trouvait bien) dans une magnifique villa au-dessus du parc Borghèse, quoi d'autre ? Il avait une Ferrari noire (c'était plus classe) qu'il aimait bien faire miauler dans les rues étroites (c'était meilleur pour l'acoustique) de Rome.

— Très bien, chère Clara, je peux vous appeler Clara…

— C'est déjà fait, coupa Clara malicieuse !

— Donc, chère Clara, un café américain et deux expressos, n'est-ce pas Diego ?

— Ça me va, dit Diego qui comptait les points. Et si nous passions aux choses sérieuses ?

— Mais le café est une chose sérieuse, non ?

— Plus sérieuse que Caravage ? Il faut voir… ajouta Clara pensive.

Après cette mise en bouche, ils se rendirent au rendez-vous du Caravage, en passant sous les fresques du grand salon, peintes par Pietro da Cortona. Avant d'arriver à destination, ils saluèrent « *Vénus* et *Adonis* » du Titien, le « *Christ et la femme adultère* » du Tintoret (toujours la femme adultère et jamais l'homme adultère, pensa Clara), « *La Fornarina* » de Raphaël et enfin, tout près du but « *Judith décapitant Holopherne* » de ce bon vieux Caravage. C'était lundi, jour de fermeture, ils étaient maintenant seuls devant l'énigmatique « *Narcisse* ». Le cadrage resserré sur la scène était puissant, la palette chromatique agressive, la construction circulaire harmonieuse. Le noir, comme un noir spatial, rendait éclatante la moindre lumière mais le reflet dans l'eau noire paraissait à Clara un peu plus clair que le souvenir qu'elle en avait conservé.

— Pour commencer, il y a un doute originel sur l'attribution de cette œuvre, remarqua Clara, en rompant le silence compassé. Certains ont cru, à cause d'un relatif manque de finesse notamment dans le visage, que ce tableau pouvait être attribué à Orazio Gentileschi ou à Bartolomeo Manfredi, des contemporains du Caravage. Personnellement je pencherais pour Manfredi, tant son « *Mars châtiant Cupidon* » présente une manière très similaire. Mais depuis l'expertise de Roberto Longhi en 1914, qui a conclu à la paternité du Caravage, aucune recherche digne de ce nom, avec des moyens modernes, n'a été entreprise. Je me trompe ?

— Vous vous trompez, chère Clara, répondit Marcello. Des expertises ont été diligentées dans les années 90, rayons X, carbone 14, qui ont confirmé l'authenticité de la toile alors exposée, à la suite de quoi une restauration a été effectuée.

— Ça c'était au siècle dernier ! C'était bon pour la datation mais pour la personnalisation on était encore au jardin d'enfants. Mais ne pinaillons pas, disons que le vrai « *Narcisse* » dans cette composition est bien un tableau fin seizième début dix-septième et que la devinette est dorénavant de savoir si celui qu'on a sous les yeux est le vrai de vrai ou un faux de faux. Là je ne me trompe pas ?

Marcello n'aimait pas trop qu'une femme ramène sa science, comme ça, sans y être invitée. Elle le faisait passer pour un petit garçon or Marcello n'était pas un petit garçon, Marcello était un mâle italien qui baignait dans l'Art à longueur de journée et qui revendiquait sa place dans l'establishment culturel de son pays d'éminente culture. Mais il lui fallait reconnaître que cette nana avait décidément un foutu charme… et quelques arguments.

— Comme vous dites, ne pinaillons pas, chère Clara. On va se faire une bonne petite expertise pépère, profiter un peu de Rome et tout rentrera dans l'ordre, j'en suis persuadé.

— Qu'est-ce que vous appelez « l'ordre » ?

— Notre sublime « *Narcisse* » est bien l'œuvre du Caravage, aboya Marcello !

— C'est aller un peu vite en besogne. On a toujours envie qu'un faux soit vrai, à moins d'être tordu ou à moins d'une énorme bévue comme quand un original de notre cher Caravage, « *Les Tricheurs* », a été vendu aux enchères chez Sotheby's en tant que copie, pour 53.000 euros ! Cependant l'histoire de l'Art regorge de faussaires, et c'est pas vous qui me direz le contraire. Vous êtes aux premières loges.

— Ne nous emballons pas et surtout ne nous égarons pas. L'Histoire de l'Art ne nous a pas attendus. On va faire du bon boulot ! En attendant, si nous allions déjeuner ?

— Quand pourrai-je disposer de ce charmant compagnon ? ajouta Clara, professionnelle.

— Dès demain, après les formalités d'usage.

9

Il y avait la rue de Paradis qui ne faisait pas honneur à son nom à l'approche de l'hiver, macadam luisant comme dans les films noirs, passants courbés sous les bourrasques, ombres fugitives de chiens errants, pollution acide comme un citron avarié. Et il y avait Jean-François Kornélius, Détective Privé de son état, recroquevillé dans son bureau du cinquième étage. S'il avait pu observer son reflet dans un miroir, il aurait été épouvanté. Entre deux piles branlantes de dossiers en jachère, s'inscrivait son buste affaissé comme si la terre ayant servi à son modelage n'avait pas eu le temps de sécher. Les yeux tombaient, le nez piquait du nez (rien n'était plus juste !), la bouche formait un arc de cercle résolument orienté vers le bas, les joues elles-mêmes semblaient ne pas pouvoir résister à la pesanteur. Çà et là, les traces d'un passé glorieux étaient encore détectables mais il aurait fallu fouiller avec la conviction tatillonne d'un ethnologue pour les mettre à jour. Une imposante écharpe, constellée de cratères de cigarette, enserrait son cou et occultait en partie son nœud papillon rouge d'une fausse allégresse. Sa veste en velours côtelé ne s'était pas encore remise de sa sortie sans parapluie. Un courant d'air s'en donnait à cœur joie entre les fenêtres et la porte au grand verre dépoli et venait chatouiller ses narines. Il éternua puis il alluma une autre cigarette avec le mégot de la précédente tout en se disant que ces cigarettes-là avaient le goût de celui qui est en train d'arrêter de fumer. Car il était en train d'arrêter ! Même s'il ne faisait pas le décompte, il sentait intuitivement qu'il y avait de la baisse dans l'air. Il sentait tout aussi intuitivement que les affaires ne marchaient pas fort et qu'il allait falloir enclencher une vitesse qui ne soit pas la marche arrière. Dans son dos, le poster de James Dean, façon Warhol, avait tendance à se décoller.

On venait de lui parler (un informateur, ancien d'Artcurial comme lui) d'un Caravage qui avait émigré de Madrid vers Rome où il attendait preneur dans la plus stricte clandestinité. C'était potentiellement un truc énorme dans la mesure où le tableau en question était sans doute l'original ! Il espérait un coup de fil pour en savoir plus. Il lâcha quelques ronds de fumée qui se désagrégèrent immédiatement dans le flux d'air humide qui traversait la pièce. Il était plus versé dans l'Art contemporain qu'il méprisait le plus souvent mais Caravage était un gros poisson qu'il ne fallait pas laisser filer. Le téléphone en bakélite (coquetterie et vestige des années cinquante qui le reliait à ses maîtres Peter Cheyney et James Hadley Chase ayant conçu des Privés qui l'inspiraient), le téléphone en bakélite donc tressauta sur son socle et émit un son fêlé.

— JFK Détectives Privés (officiellement il mettait des « s » pour suggérer qu'il n'était pas seul dans son officine), bonjour, je vous écoute.

— Monsieur Kornélius ?

— En personne.

— Bonjour ou bonsoir plutôt. Votre ami JM, vous voyez qui je veux dire, m'a conseillé de prendre contact avec vous pour une affaire d'importance. Il serait utile que nous nous vissions (fichtre il employait le subjonctif et il avait un accent indéfinissable !) dans les plus brefs délais. Dans une heure au bar du Shangri-La, place d'Iéna, c'est possible ?

Ce n'était pas la porte à côté mais JFK finit par accepter, non sans avoir donné le sentiment à son interlocuteur qu'il devait jongler avec un agenda surchargé. Cette fois, après avoir tenté de se recomposer une allure décente, il enfila un imper de Détective Privé grand cru. Il descendit ses cinq étages en petite foulée pour se donner l'illusion d'un regain de forme et il héla un taxi qui, miraculeusement, maraudait dans le coin.

Il n'était jamais entré au Shangri-La, le dernier né des palaces parisiens. Rien n'échappait au luxe un poil tapageur, pas un centimètre carré de moulure, de marbre, de tapis, de parquet, de fresque, de dorures, de lustres. Le bar était situé sur la droite, au milieu d'un couloir qui aurait pu servir pour une course de cent mètres. Les pas étaient assourdis, les voix étaient assourdies, bref le silence était assourdissant conclut JFK. Des gerbes de fleurs étincelantes, derrière lesquelles on pouvait jouer à cache-cache, trônaient sur des tables marquetées, elles-mêmes reposant sur des rosaces incrustées dans le sol. Il bifurqua sur sa droite. Le bar se voulait intime. Venant des lumières frivoles, il fallait cligner des yeux pour s'habituer à la pénombre équivoque. Certains disaient que c'était pour laisser le temps, à ceux qui n'auraient pas dû se trouver là, de fuir par une porte dérobée. JFK s'avança bravement, seul son nœud papillon de chez Charvet était à la hauteur. Il scruta l'assistance, qui n'était pas nombreuse, à la recherche d'un mâle blanc lisant le Financial Times. Il était assis (ou « vautré » pensa JFK) sur un canapé vert, en-dessous d'un monumental cheval fougueux. Il n'avait pas l'allure de l'emploi, pensa encore JFK. Gros, mal rasé (ou était-ce un effet de mode ?), les cheveux longs et rares ramenés en catogan, un truc brillant dans une oreille, des sourcils accusateurs quand il leva des yeux sombres de son journal. Sa veste claire, informe, pouvait rivaliser avec celle de JFK.

— Monsieur Kornélius, je suppose ?

JFK avait brossé de lui-même un portrait plutôt flatteur et l'idée qu'il ne puisse pas le reconnaître l'avait effleuré.

— Pour vous servir.

— À propos de servir, vous prenez quoi ?

— Whisky. Jameson, si possible.

— Douze ans d'âge ?

— De préférence, je me hasarde rarement à moins, répondit finement JFK.

— Vous avez raison, autant en profiter avant de croupir dans un cachot infesté par les rats, dit l'interlocuteur doté d'un accent possiblement slave, en égrainant un petit rire aigu qui faisait penser à une porte grinçante.

— C'est une entrée en matière qui en vaut une autre. Je ne suis pas fan des cachots donc si l'affaire qui nous intéresse devait y conduire je me passerais de ce douze ans d'âge. À qui ai-je l'honneur ?

— Asseyez-vous. Mon nom ne vous dira rien et c'est mieux ainsi. Appelez-moi Sasha pour la commodité.

Ce type n'était pas vraiment à sa place dans le décor, ça ne cadrait pas avec les chambres à mille euros. Mais après tout, JFK non plus ne cadrait tellement avec le décor. Et le type était recommandé par un vieux pote. Alors… JFK éternua, conclusion logique d'une journée passée sous la pluie et dans les courants d'air. Il se délesta de son imper exténué sur le fauteuil d'à côté.

— Je ne vais pas y aller par quatre chemins, reprit Sasha, si nous faisons appel à vous c'est parce que vous êtes détective, capable de détecter n'est-ce pas et connaisseur en peinture. L'affaire est simple : nous avons en notre possession une peinture de Caravage, « *Narcisse* » et des gens mal intentionnés croient que c'est un faux alors que nous sommes persuadés du contraire…

— C'est qui « nous » ? Je ne travaille pas avec des inconnus.

— La famille, on y reviendra. Un héritage auquel on ne s'attendait pas. Cette toile dormait dans un grenier. On aurait besoin d'une expertise très sécurisée et d'une enquête sur l'acheteur potentiel, savoir si c'est pas un margoulin ou quoi…

Sasha se grattait la nuque, le nez, indices fréquents de mensonge. Ça tintait dans l'oreille de JFK comme une grosse histoire pour les nuls. Un Caravage sorti de nulle part, ben voyons ! Ça ressemblait à un remake du « Judith et Holopherne » découvert par un commissaire-priseur, Marc Labarbe, dans un grenier toulousain et attribué par le cabinet Turquin à Caravage… Expertises, contre-expertises, doutes, hésitations de l'État, et finalement vente aux enchères avortée et transaction secrète avec un acheteur privé inconnu ! Hmmm ! Il y avait peut-être un gros paquet à la clef mais ça n'était pas sans risque… Ceci dit, compte tenu de l'état alarmant de ses finances, JFK n'allait pas trop faire la fine bouche. Il fallait néanmoins y mettre les formes.

— Que fait le tableau à Rome ? Il n'était pas à Madrid à une époque ?

— Vous avez quelque chose contre Rome, monsieur Kornélius ? C'est là qu'il a été découvert, dans une villa appartenant au père italien de ma femme, à son décès. Le décès du père s'entend.

— J'entends, j'entends bien… Pourrait-il y avoir des relents mafieux dans cette histoire, j'allais dire ce conte de fées ?

JFK avait tendance à voir de la mafia partout dès qu'il s'agissait des Italiens.

— Monsieur Kornélius, je pourrais me sentir vexé. Je vais mettre ça sur le compte de vos réflexes de Détective Privé, ce qui est plutôt rassurant et me prouve que vous n'êtes pas prêt à faire n'importe quoi. Vous êtes donc partant !

— Pas si vite…

— Mon temps est précieux, mon cher, alors c'est maintenant ou jamais.

— Ok. Qui dois-je rencontrer, quand puis-je voir le tableau, qui est l'acheteur ? Et il y a aussi la question de mes honoraires.

— Tout ça est légitime. Le tableau est visible dans la villa de mon ex beau-père, en présence de mon cousin, Sergueï Romanov (un nom de triste renommée, songea JFK), et c'est un diplomate français, basé à Madrid, qui représente le groupe d'acquéreurs… je crois. On pourra organiser un rendez-vous. Ce qu'il nous faut dans l'immédiat c'est un expert à notre botte qui va authentifier notre « Narcisse ». Quant à vos honoraires ils devront être justifiés.

Trois choses faisaient tiquer JFK : l'hésitation au moment de nommer l'acquéreur, l'expert à sa botte et la justification de ses honoraires. Sur le dernier point, son tarif horaire à 140 euros lui paraissait impraticable, il opterait donc pour le forfait journalier. Voire plus si affinités !

— Ma durée d'intervention étant impossible à définir, n'est-ce pas, je vous propose mon forfait journalier à 1400 euros, plus frais de mission. En ce qui concerne l'expertise, il faut que je réfléchisse… bien entendu vous voulez une expertise sincère.

— Je ne sais pas ce que vous entendez par « sincère ». Je veux que notre « *Narcisse* » soit authentifié, c'est tout ! Et si vous faites du bon job, vos honoraires me paraissent adéquats.

JFK ne s'attarda pas sur l'expertise pour laquelle il prévoyait déjà une partie serrée. Il avait apporté dans sa sacoche une convention d'honoraires qu'il mit à jour et fit prestement signer à Sasha. Contre toute attente il obtint même un chèque d'acompte de 1.500 euros. Cela faisait très longtemps qu'il n'avait pas autant apprécié un Jameson 12 ans d'âge. Il partirait dès le lendemain pour Rome, laissant Sasha penser qu'il donnait la priorité à cette mission, au détriment de toutes les autres qu'il avait en cours… et qui n'existaient pas.

10

Ce jour-là, ce matin-là, Rome n'était pas Rome. Rome avait égaré sa « Dolce Vita ». Adieu le baiser de Marcello Mastroianni et Anita Ekberg dans la fontaine de Trevi. La fontaine était vide, entourée de palissades, secouée par les marteaux piqueurs. Rome attendait JFK dans ses miasmes, dans une brume maladive aux accents londoniens. Même ses poumons, rompus à la cigarette, y trouvaient à redire. Un embouteillage paresseux, tout en agressivité mélodramatique, serpentait de l'aéroport au centre-ville. Quelques klaxons désabusés retentissaient au petit bonheur la chance, pour clamer l'intolérance à une telle douleur. Tant de voitures pour autant de cercueils qui trimbalaient des morts-vivants. JFK, comme dans « *Huit et demi* », eut envie de s'extraire du taxi et de s'échapper de ce génocide en courant sur les toits de tôle pétrifiés. Puis, comme tout un chacun, il se consola avec son portable.

La veille, il avait eu le temps, par Booking, de se dégoter un hôtel pas trop cher, près du Colisée : le Monti Palace Hôtel, via Cavour, à 70€ la nuit en promo. Il avait aussi réfléchi à l'épineuse question de l'expertise pour laquelle il avait laissé entendre qu'il maîtriserait. Il n'en était rien. Compte tenu de l'urgence, il fallait quelqu'un sur place ou qui puisse venir très rapidement. Il pouvait consulter internet comme un petit Privé minable et amateur qu'il se refusait d'être, même si les apparences commençaient à le contredire. Du coup, il avait cherché dans son réseau de contacts et bingo il avait retrouvé les coordonnées de Clara Behlmann ! Certes leur dernier tête-à-tête (ou plutôt « corps-à-corps ») avait été scabreux, mais du temps avait passé et son souvenir s'était enjolivé de douces ambigüités, qui lui faisaient croire qu'elle avait partagé son plaisir toxique. Il avait appelé le Kunsthistorisches (quel nom barbare !) à Vienne et sa secrétaire, oh miracle, l'avait informé que miss Behlmann était à Rome pour quelques jours ! S'il avait encore un vieux doute sur la pertinence de son choix, cette information avait balayé ses hésitations. Il tenait la sommité qu'il lui fallait, spécialiste de la période du Caravage, qui clouerait le bec aux éventuels contradicteurs, quel que soit le verdict. En plus, il crevait d'envie de la revoir...

Le chauffeur du taxi donnait par moments l'impression qu'il s'endormait. Il ne faisait pas partie des conducteurs irascibles, plutôt des résignés ou de ceux qui n'en avaient rien à secouer de rien. La radio diffusait « *Una Lacrima Sul Viso* », le tube des années soixante de Bobby Solo. En écho, JFK étouffa un sanglot, tant l'embolie circulatoire lui paraissait désespérée. À côté, une camionnette laissait échapper une fumée noire d'une densité inquiétante. Quelques motos et scooters parvenaient à se faufiler au prix de contorsions comiques. De temps à autre un doigt d'honneur jaillissait pour faire comprendre aux acharnés de la bagnole qu'ils l'avaient bien dans l'os. Sur l'écran de son iPhone 8, JFK avait fait apparaître le numéro de Clara. Il suffisait de le toucher pour relancer l'histoire. Allait-elle l'envoyer se faire foutre, allait-elle être captivée par sa proposition ? Clara avait du tempérament, de la répartie mais Clara avait aussi le sens des affaires et pourrait être flattée par son offre. Il effleura le numéro. À la quatrième sonnerie elle répondit.

— Oui ?

— Bonjour, Jean-François Kornélius.

— C'est une plaisanterie ?

— Presque ! Je suis dans un taxi qui se fait doubler par toutes les tortues du coin, je viens de l'aéroport, c'est un cauchemar... Bobby Solo...

— C'est bien ce que je disais, c'est une plaisanterie !

Il fallait jouer serré et très vite, pensa JFK.

— Non Clara, ce que j'ai à te dire est extrêmement (mince, les adverbes ralentissaient le rythme !) important, de grâce ne raccroche pas, je vais être bref.

— On se tutoyait ?

— Il me semble, oui.

— Je vous écoute.

Il fallait prendre le truc dans l'ordre, naturel, sobre, convaincu, cool…

— Euh… voilà, je suis officiellement (putain pas d'adverbes !) mandaté pour expertiser un tableau du dix-septième et m'assurer que l'acheteur est sérieux, solvable.

— Quel tableau du dix-septième ?

— Un Caravage, « *Narcisse* ».

Il y eut un blanc qui se prolongea à tel point que JFK crut que la communication était coupée.

— Comme c'est étrange, finit par reprendre Clara, je croyais que ce « *Narcisse* » était à la Galerie Nationale d'Art Ancien.

— Effectivement, au Palais Barberini. Mais il y a un doute. Celui dont je parle a été exhumé d'un grenier, version officielle, et il semblerait qu'il soit candidat pour être l'original ! Je ne l'ai pas encore vu, j'ai rendez-vous en fin de journée, si j'arrive à entrer dans Rome.

La vie était ironique et imprévisible ! Clara, après deux jours d'analyses de plus en plus sophistiquées, en était à avoir de sérieux doutes quant à l'authenticité du « Narcisse » de Barberini. La présence de ce nouveau venu lui ouvrait les portes de la fantaisie, de la comédie et pourquoi pas de la tragédie ! Au diable la routine ! Elle avait envie de s'amuser, tout en faisant son métier qui, cette fois, lui apportait l'insolite sur un plateau. Et puis ce Kornélius… il avait quelque chose… et ils avaient des comptes à régler !

— Je suis chère, cher Jean-François…

— Alors ça t'intéresse, dit JFK presque incrédule, ne pensant pas que ça irait aussi vite. Nous aurons tout le temps de parler de vos émoluments (il mélangeait le « tu » et le « vous »)

— Et ça se passe où cette entrevue narcissique ?

— Tu pourrais venir ! Ce serait génial, on gagnerait du temps. Je t'envoie l'adresse par sms. J'ai rendez-vous à 18 heures. C'est dans Rome, derrière le Colisée.

— Devant à 18 heures ?

— Tu ne veux pas qu'on parle un peu avant ? demanda JFK soudain méfiant de la facilité de l'enchaînement.

— On va d'abord vérifier qu'il ne s'agit pas d'un gros canular. Après on parlera en adultes.

Il eut l'impression que cette dernière phrase contenait une dose de menace diffuse. Après avoir raccroché, il eut tout à coup la sensation d'être digéré par un énorme boa constrictor et que tous les véhicules n'étaient là que pour satisfaire son énorme appétit et que plus ça allait et plus on s'approchait du point de non-retour et que tout se déverserait pêle-mêle dans une fosse gigantesque, et tomberait dans son estomac. Il sombra dans une torpeur chahutée. Il ne reprit ses esprits qu'à la hauteur du Vittoriano, la pâle et imposante meringue érigée en l'honneur de Victor-Emmanuel II, que la pollution rendait avantageusement fantomatique.

La via del Sambuco, ruelle touristique en arc de cercle le jour, coupe gorge la nuit, ressemble à une impasse sans en être une. D'un côté elle débouche sur la via Zingari, de l'autre sur la via Clementina. Quelques immeubles fatigués, quelques murs rongés par le lierre, une encoche, une quinzaine de marches, une porte faite de matériaux disparates assemblés par un as de la bricole. À priori c'était là que reposait le « *Narcisse* » de père inconnu. On était à moins de dix minutes à pied du Colisée et pourtant on pouvait se croire paumé au fin fond d'une bourgade en Calabre. Le cerveau de JFK avait enclenché des contorsions qui lui faisaient froncer les sourcils et plisser le front, tandis qu'il attendait Clara. Il en avait vu d'autres dans sa vie chaotique mais peut-être arrivait-il à une espèce d'incandescence qu'il n'avait encore jamais approchée. Déjà, le lieu était déconcertant. Quand Sasha lui avait parlé de villa, il avait imaginé huit cents mètres carrés de plain-pied, une piscine miroir à débordement, quelques statues ailées en marbre de Carrare et des cyprès défiant les cieux de leur pointe acérée. Le contraste était déstabilisant. On pénétrait dans une autre histoire. Comment Clara, si lumineuse, allait-elle apprécier la situation ? Elle arrivait. Il réajusta son nœud papillon faussement guilleret. Elle montait l'escalier. Il entendait claquer ses talons sur les dalles disjointes.

— Charmant !

— C'est pas le palais des Mille et Une Nuits… Encore que… Attendons de passer la porte. Je suis ravi de te voir, te revoir.

— Qu'est-ce que tu fabriques dans cette aventure, dans cette blague ? Tu es mandaté par Artcurial ?

Au moins, elle le tutoyait ! C'était déjà ça de pris. Et putain elle était encore plus irrésistible qu'avant, drapée dans une saharienne vert foncé qui lui rappelait la couleur d'une Jaguar Type E qu'il avait bichonnée quelques années durant. Le blond vénitien de ses cheveux en liberté était juste raccord.

— Je ne suis plus chez Artcurial, je suis maintenant Détective Privé, à mon compte…

— Ah oui, oui, oui, on est donc bien dans une affaire scabreuse plus que dans un canular ! J'imagine que tu ne te déplaces pas pour rien et que tu as pour mission de rendre clair ce qui est trouble.

— En quelque sorte.

— Tu sais dans quoi tu mets les pieds, ajouta Clara, qui, elle, semblait le savoir.

— J'ai pris mes précautions. Allons-y.

JFK aurait eu du mal à préciser de quelles précautions il s'agissait, à part le flingue qu'il avait laissé dans sa valise à l'hôtel. Il n'y avait pas de sonnette à la porte décadente. Il frappa trois coups secs suivis de deux coups moins secs… c'était le code qu'on lui avait indiqué… tout était dans la nuance « sec moins sec » ! La caverne ne s'ouvrit pas tout de suite, les secondes défilant sans relâche. Clara observait incrédule. JFK priait pour que son interprétation du code ait été la bonne. Il n'osait pas recommencer, comme quand on va essayer pour la troisième fois, devant le distributeur à billets, de saisir le code de sa carte bleue. Et puis la porte s'ouvrit. Une punk se tenait dans l'embrasure, aucun doute n'était permis : touffe iroquoise, maquillage gothique, piercings à tous les étages, tatouages sur tout ce qui dépassait d'une combinaison noire en cuir ou simili archi moulante, rangers à plateforme qui devaient peser une tonne chacune.

— C'est pourquoi, demanda-t-elle, dans un anglais mâtiné d'autre chose ?

— Nous venons pour le tableau, murmura JFK.

— Ah la croûte de Sergueï ! Quelle horreur ! Dégénéré !

Ils la suivirent dans un couloir si sombre que JFK s'attendait à ce qu'une trappe s'ouvre sous ses pieds. À L'extrémité de ce boyau, deux sombres balèzes les arrêtèrent, les fouillèrent des pieds à la tête (dans cet ordre-là) et leur confisquèrent les portables. Pour JFK, qui avait l'intention d'enregistrer ce qui allait se raconter, ce fut une frustration. Enfin ils débouchèrent dans une salle grande comme un terrain de football. Bric-à-brac étourdissant dans lequel cohabitaient canapés défoncés, lits de camp, jukebox, punching-ball, armoire normande, rocking-chair, table de billard sur laquelle s'étalaient les reliefs de pizzas à moitié consommées. Et au milieu de tout ça, éclairé par un spot qui tombait du plafond, le Caravage majestueux ou dégénéré, installé sur un chevalet. Clara fut comme aimantée. Dès qu'elle avait posé le regard sur « *Narcisse* », le reste avait sombré dans les ténèbres. Elle s'approcha. Qu'avait-il de plus celui-là ? Que regardait-il dans l'eau plus sombre que celui du Barberini ? Le ciel ? Les petits oiseaux ? Son reflet ? Un reflet qu'il ne connaît pas ? Un reflet qui l'intrigue ? Son expression est songeuse, perplexe. Un reflet mortuaire, un avant-goût de la mort ? Contrairement aux exégèses psychanalytiques sur le thème, Clara ne percevait pas ici le reflet qui rattachait Narcisse au monde mais au contraire qui l'accablait de solitude. Peut-être à cause ou grâce à l'environnement bordélique, elle ressentit au plus profond que ce Caravage-là était bien l'œuvre du Maître. Elle n'avait pas eu cette émotion pour l'autre. Elle retrouvait son Caravage exubérant, voyou, charmeur, criminel, celui qui avait été emprisonné, celui qui allait chercher les mendiants pour en faire ses modèles, celui qui avait transformé son Art en passeport pour l'éternité. Le Caravage était ce « *Narcisse* » désenchanté, un autoportrait dont le sombre reflet illustrait les sombres pensées de son créateur. Ce n'était pas du Manfredi, pas une copie, c'était une vibration qui venait des étoiles. « Merci mon Dieu », chuchota-t-elle.

JFK s'était dirigé de l'autre côté pour saluer, affalé sur un pouf, son hôte qui devait être Sergueï Romanov, lequel était enveloppé dans un survêtement bardé de bandes réfléchissantes. Des cheveux sombres et bouclés lui tombaient en abondance devant les yeux, des cheveux qu'il chassait en se contorsionnant la bouche pour souffler vers le haut.

— Détective, n'est-ce pas ?

— Pour vous servir. Jean-François Kornélius, voici ma carte.

— Mon cousin m'a dit. Il m'a dit que vous seriez conciliant.

— À propos de quoi ?

— De tout ! s'esclaffa Sergueï, éclatant d'un rire rauque, guttural, inquiétant.

— Je pense qu'avec ma collaboratrice nous allons vous satisfaire.

JFK fit signe à Clara de les rejoindre. Chemin faisant elle évalua la situation. D'un côté elle allait très probablement conclure que le Caravage du Barberini était un faux. D'un autre côté elle allait sans doute conclure que celui-ci était l'original. Quelles seraient les conséquences ? Diego Saura et le sieur Vitti l'avaient déjà enfermée dans un secret professionnel absolu. Ils n'avaient aucun intérêt (surtout Vitti et son musée) à ce que leur Caravage passe pour une vulgaire copie. Ici, dans ce bouge surréaliste, ils allaient faire le forcing pour que soit reconnue l'authenticité et pouvoir le négocier au meilleur prix. Ils étaient tributaires de sa décision. Sacré moyen de pression !

— Clara Behlmann, historienne, conservatrice, spécialiste du dix-septième et alentour, experte… et Sergueï Romanov, dit pompeusement JFK.

— Un lien de parenté avec les Romanov de funeste mémoire ? demanda Clara en dévisageant Sergueï qui se leva comme propulsé par un ressort qui aurait jailli du pouf.

— Aucun ! Je crache sur les tzars oppresseurs du peuple !

— Vous crachez sur Poutine alors ?

— Elle vient d'où cette pute ? cria Sergueï à la cantonade, réveillant quelques types ressemblant à des automates déguisés en gardes du corps et disséminés dans l'immensité.

JFK sentant que la partie était mal engagée, botta en touche.

— De Vienne, elle vient du plus grand musée de Vienne. C'est la meilleure caution pour légitimer la qualité de votre peinture. Le certificat qu'elle délivrera sera inattaquable. C'est ce que vous attendez, n'est-ce pas ?

— J'attends d'abord qu'elle ferme son clapet !

— Ça ne va pas être possible là, Jean-François, dit Clara souriante.

— Je crois que monsieur Romanov voudrait qu'on se concentre sur l'essentiel. Monsieur Romanov, d'où vient ce tableau exactement ?

Clara commençait à avoir sa petite idée. Elle avait noté, dans son bref face à face avec la toile, trois ou quatre restaurations nécessaires, restaurations qui auraient sans doute dû être effectuées une vingtaine d'années auparavant quand elle avait quitté le musée à cette fin. Apparemment, elle n'y était jamais retournée, remplacée par une excellente copie. Et depuis…

— Je vous l'ai déjà dit, d'un grenier ! Votre problème c'est pas de savoir d'où vient ce truc mais où il va aller et dans quelles conditions. Votre problème c'est un bon certificat de sortie ! Vous me comprenez ?

— Monsieur demande que le cas échéant je délivre un faux certificat, admit Clara malicieusement.

— Elle a tout compris ! Mais je suis sûr que ce truc est vrai, pas vrai ma cocotte ?

— Il faut que j'expertise, mon coco.

Le rire de Sergueï secoua une nouvelle fois les fondations de cet endroit indéfinissable, un loft, une caverne ou encore un temple, une mosquée ou même un hangar.

— Elle a de l'esprit la pinup ! hurla Sergueï. J'aime ça, c'est ça qui me fait bander !

— Un faux certificat, ça va vous coûter cher, monsieur Romanov, roucoula Clara. Cinquante mille pour la certitude que vous aurez l'expertise qui vous convient. Je mets ma réputation internationale en jeu. Ça les vaut bien. C'est même donné à la réflexion.

JFK était sidéré par le culot de Clara. Il s'attendait à quelques vociférations en retour mais il n'en fut rien. Au contraire, Sergueï demanda à la punk, qui se faisait une ligne non loin de là, sur une table basse, d'aller chercher une vodka avec trois verres. Elle s'exécuta et revint, après avoir disparu dans un coin dérobé, avec une Absolut givrée et trois verres en cristal finement ciselés, sur un plateau cabossé, récupéré dans une brocante ou dans une poubelle. Un lustre vénitien poussiéreux diffusait une lumière vacillante. On était aux confins du baroque et de l'impressionnisme. Et il n'était pas question de ne pas trinquer.

— Za zdorovie ! proclama Sergueï en engloutissant son Absolut. À la santé de notre authentique Caravage ! L'affaire est réglée, n'est-ce pas ?

— Moyennant un acompte de vingt-cinq mille pour que j'entame le travail, dit Clara.

— Mais elle me plait cette hyène ! Je vais la couper en morceaux ! Quinze mille !

— Vingt-cinq mille ou je m'en vais ! répondit Clara en vidant sa vodka cul sec.

— En dollars ?

— Je préfère ça à la roupie.

D'un pas lourd, Sergueï disparut dans une autre zone ténébreuse, même si les bandes réfléchissantes de son survêtement clignotèrent un moment. Il revint avec une enveloppe kraft, ayant déjà manifestement servi à autre chose, qu'il tendit à Clara. Le paquet n'était pas très épais. Elle l'ouvrit et y distingua une liasse de billets de mille dollars à l'effigie de Grover Cleveland. JFK l'aperçut et pensa immédiatement que ces billets étaient faux ou n'avaient plus cours légal. Il se garda bien de faire part de son incrédulité. Tout ceci lui paraissait, comment dire, surréaliste ! Clara semblait satisfaite. Sergueï se tourna vers lui.

— À nous deux, monsieur Kornélius, c'est bien ça ?

— Jean-François Kornélius, JFK pour les amis.

— Je veux toutes les informations possibles sur ce monsieur de La Blandinière, notre acheteur déluré (?). Sa surface financière, sa situation, sa famille, ses relations, ses tics, ses tares, est-ce qu'il est homo, pédo, proxo, est-ce qu'il trompe sa femme ? Ça serait bien qu'il soit pédophile par exemple, en cas de coup fourré on pourrait s'en servir. Tout !

— Surface financière jusqu'à combien ? Vous en voulez combien de ce Caravage ?

— Je me suis renseigné, dix millions de dollars.

— C'est le bas de la fourchette, hasarda JFK.

— C'est pas une vente aux enchères, hein ! Derrière ils font ce qu'ils veulent. On a dix jours devant nous. Maxi !

JFK fit le calcul : avec une com de 10% il se mettrait un million dans la poche et même à 1% ça ferait encore 100.000 ! Clara allait palper 50.000 comme qui rigole et lui, si ça durait dix jours, 14.000 à tout casser ! Humiliant ! Bon, il avait joué petit bras et il passait pour le cocu de l'affaire ! Il décida de ne pas en rester là.

11

Quand ils étaient sortis, à la nuit tombée, de la via Sambuco, de la caverne de l'ogre ou encore du troglodyte des malfrats, ils avaient échangé un regard complice, embué de vodka car il avait fallu trinquer trois autres fois pour obtenir la permission de s'éclipser.

JFK avait récolté quelques informations sur l'acheteur, à commencer par l'adresse où il créchait. Quant à Clara, elle avait négocié en vain de pouvoir exfiltrer le tableau de sa grotte. Il faudrait qu'elle procède à son expertise sur place en amenant le matériel dont elle avait besoin. Bizarrement, ça n'avait eu pas l'air de trop la perturber. Étaient-ce les effets anesthésiants de l'alcool ou une insouciance irresponsable ? L'irresponsabilité n'était pas la marque de Clara, pensa JFK transi dans son imper Burberry savamment élimé, alors qu'une bruine sournoise commençait à compliquer la circulation de tout le monde. Clara avait sorti de son sac un Kway ultra léger et ultra seyant, de l'avis de JFK. On était en automne. Rome n'était plus Rome, juste un vaste chantier à ciel ouvert d'où l'on exhumait des pierres branlantes, des torses sans bras ni têtes, des peintures effacées, des mosaïques éparpillées, des morceaux d'amphores, du verre pilé, des boîtes de conserve, des ordures ménagères d'un autre âge… Le Colisée résistait tant bien que mal à l'oxyde de carbone mais son état général laissait à désirer… il redoutait, par- dessus tout, ces gouttelettes acides qui s'infiltraient dans ses entrailles spongieuses. Le Panthéon, fermé temporairement pour travaux qui n'en finissaient pas, faisait grise mine. Le Vatican n'était pas mieux loti… chaque jour de nouvelles lézardes apparaissaient dans les endroits les plus improbables, le dôme, la chapelle Sixtine, les appartements pontificaux. Il valait mieux ne pas regarder de trop près les fresques de Michel-Ange.

Sur le trottoir ils enjambèrent un clochard, sous un béret de chasseur alpin, un portable grand format collé à l'oreille, un chien assoupi devant lui et une timbale remplie de pièces, peut-être draguées dans une fontaine. La misère n'était plus ce qu'elle était, elle exhibait maintenant l'arrogance du siècle. JFK crut entendre au passage « Va te faire enculer ! », ne sachant pas si cette injonction s'adressait à lui ou à Clara. Alors qu'ils débouchaient sur la via Panispema, ils s'arrêtèrent pour héler un taxi, voire deux taxis. Mais la mission s'avéra vouée à l'échec. Heure de pointe, travaux, pluie, s'ingéniaient à faire fleurir un embouteillage qui soutenait la comparaison avec celui de la matinée.

— On est mal barré, conclut Clara. Je te propose de faire une petite marche dégrisante jusqu'à mon hôtel, le Westin, via Veneto. On aura le temps de faire le point sur cette charmante affaire.

JFK ne s'attendait pas à cela. D'abord le tutoiement puis l'hôtel. Compte tenu de leur passé tumultueux, Clara n'avait pas froid aux yeux ! Mais peut-être ne s'agissait-il que de la raccompagner au Westin et après, tchao ! Garde du corps en quelque sorte. Chemin faisant (via Milano, Palais des Expositions, via del Quirinale, via delle Quatro Fontane, vicolo Barberini, fontaine du Triton) ils dissertèrent sur la dernière séquence, malgré les scooters, vélos et trottinettes qui se ruaient sur les trottoirs pour échapper à l'embolie.

— Ils sont pittoresques nos hôtes. La fouille était très appuyée ! C'était comment pour toi ? demanda Clara.

— Assez appuyée. Je voulais enregistrer. Tant pis.

— Dommage ! Sur internet c'était le buzz garanti. On se serait cru dans un mauvais remake d'un film d'espionnage, « *L'Affaire Cicéron* » ou « *L'Espion qui venait du froid* » ou un truc comme ça, non ?

— Comme si tout était falsifié. On était peut-être filmé pour une émission de Caméra Cachée ! Tout était bidon, non ? Tu en penses quoi du Caravage ?

Clara n'avait pas trop envie d'avouer ce qu'elle en pensait vraiment. Pas envie d'avouer qu'elle avait pris un coup au plexus en découvrant le chef-d'œuvre. Elle avait envie de jouer sa partition en solo. Elle allait faire son expertise avec les moyens du bord qui seraient suffisants car en son for intérieur, la vodka aidant, il n'y avait pas de doute !

— C'est difficile. Je ne peux pas me prononcer sur un coin de table. Sacrés enjeux ! dit Clara évasive.

— Ce qui est sûr c'est qu'ils payent bien ! 50.000 pour toi, sans vraiment sourciller… ça ne te met pas la puce à l'oreille ?

— J'adore vos expressions « la puce à l'oreille » ! Ça pique ! Ils ont confiance en moi… dans ma réputation et ils croient, peut-être à tort, avoir découvert la poule aux œufs d'or.

— Je ne crois pas qu'ils te connaissaient avant que je te présente… Quant au « *Narcisse* », si c'est un faux, il est bien imité.

— Sais-tu que Caravage a peint un « *Bacchus* » vers 1592 dans lequel il a magnifiquement brouillé les pistes ? Les plus fins limiers hésitent entre trois théories : une interprétation du dieu romain, un autoportrait ou un portrait de Mario Minniti, un amour de jeunesse avec lequel il avait des relations sexuelles. Pour moi Caravage a mélangé les trois ! On est entre le naturalisme et l'allégorie, baignant dans un jus de plaisirs sensuels évanescents. Tout ça pour dire que Caravage est un mystificateur avec lequel toutes les surprises sont possibles.

— Tu m'en diras tant ! ajouta JFK.

Ils arrivaient à l'entrée du Westin, sous un haut-vent en forme d'éventail. Le crachin breton n'en finissait pas. Les cheveux de JFK avaient absorbé tout ce qu'ils pouvaient absorber et ouvraient maintenant les vannes, entretenant des ruisseaux que les rides canalisaient jusqu'au bout du nez, aux coins de la bouche, au bas du menton. Une rigole s'était frayé un chemin au creux de sa nuque, franchissant allégrement son col de chemise et se perdant dans les reliefs encore saillants de son dos. Clara n'avait pas ce problème, elle avait une capuche. Il se dit qu'il devait faire plus pitié qu'envie et qu'il devait demeurer digne dans l'adversité. Pas question de quémander un grog bien chaud, pas question de quémander une douche, un peignoir de bain moelleux, et encore moins une étreinte sauvage dans des draps de satin !

— Tu ne vas pas rester là, si ? demanda Clara en enlevant sa capuche.

— Je vais y réfléchir… Je vais peut-être me métamorphoser en fontaine pour l'éternité, qui sait ? On me jettera des pièces.

— Je pourrais te faire une proposition malhonnête…

— En tant que Détective Privé, je suis plutôt habitué et friand de ce genre de… proposition !

— Que dirais-tu d'un grog bien chaud, dans ma chambre ?

JFK fut pris de panique, pensant tout à coup qu'il avait peut-être formulé sa dernière réflexion à haute voix. Cependant il ne fallait pas manquer le coche.

— Si tu as un sèche-cheveux qui traîne, je ne dirais pas non.

— Ça devrait pouvoir se trouver.

Ils montèrent au cinquième, chambre 501. Une suite, en fait, s'ouvrant sur un salon aux murs tapissés de rouge et sur une chambre princière dans les gris et rouge avec un lit à baldaquin sobre et des meubles style regency. Plutôt cosy pensa JFK et bien insonorisée car quand il avait refermé la porte d'entrée, celle-ci lui avait paru aussi lourde et épaisse qu'une porte de coffre-fort.

JFK et les femmes, toute une histoire ! D'abord avec sa mère, une femme soumise (en apparence) et dépressive, se plaignant constamment de maux de tête, de ventre, de jambes, d'articulations quand ça n'était pas les reins, l'estomac, le foie… elle s'appelait Marjorie et elle était une planche anatomique animée, constellée de points rouges qui marquaient autant de foyers inflammatoires. En outre, elle était étrangement belle. Des yeux gris (peut-être gris-bleu) grands et très écartés, un nez long et fin, légèrement busqué, une bouche expressive d'une amplitude assez sauvage, découvrant des dents pleines d'appétit. Le tout encadré par une chevelure brune, lisse et ébouriffante. Elle était grande, fine, un peu taillée comme une nageuse, mais fluide. Mais déprimée, aussi. Pourquoi ? JFK suspectait son père d'aller voir ailleurs, tout en n'arrivant pas à discerner si c'était parce qu'il allait voir ailleurs que sa mère était déprimée ou bien si c'était parce qu'elle était déprimée que son mari, Philippe, allait voir ailleurs. Jamais il ne put se faire une conviction. Son père disait qu'elle ressemblait à Kay Kendall, une actrice anglaise, décédée d'une leucémie en 1959. JFK fit des recherches et trouva la comparaison assez pertinente. Comble d'ironie, Marjorie fut emportée par une leucémie alors que JFK n'avait que dix-sept ans et qu'il était amoureux de cette mère anxieuse et souffreteuse. Pourtant elle le rembarrait systématiquement quand il voulait se blottir contre elle comme un chien battu ou perdu, pour étancher quelque chagrin d'enfant. Elle n'était pas câline, elle était déprimée ! Plus tard, son père, journaliste, étant de plus en plus évanescent, la conjoncture avait changé. La déprime de Marjorie ayant pris de l'ampleur, de même que la carrure de son fils, il advint que ce fut elle qui vint se blottir dans les bras musclés de JFK, non sans provoquer, chez son rejeton, des érections fréquentes. Il l'enlaçait, il la caressait, il frôlait ses seins, ses cuisses avec une candeur vitreuse qu'elle semblait apprécier. Quand elle se dégageait enfin de cette emprise équivoque, il partait se masturber dans sa chambre. Il arrivait même parfois qu'il éjacule dans son jean, émettant quelques soubresauts, avant d'avoir terminé la séance de réconfort avec sa mère. Œdipe se frottait les mains.

Dans ces conditions, abandonné prématurément par Marjorie, son périple avec les femmes s'avéra globalement désastreux.

À la recherche de sa Kay Kendall, JFK avait le chic pour séduire ou être séduit par des filles, des femmes, disons des nanas qui toutes étaient extrémistes, de gauche ou de droite, qui toutes le rudoyaient, qui toutes développaient des théories fumeuses sur l'évolution de la société et sur le rapport entre les hommes et les femmes. Rien que le fait de parler du rapport « hommes-femmes » les mettait dans tous leurs états pour la bonne raison qu'il était inadmissible de commencer par les hommes. Il fallait dire : rapport « femmes-hommes » !

L'une des plus emblématiques dans cette galerie de portraits, avait été la brune Paulina, petite fille et fille d'adversaires acharnés du Caudillo Franco, lequel avait fait disparaître le grand-père corps et biens dans ses geôles peu hospitalières et forcé le fils à s'exiler en France, où il avait épousé une passionaria, exilée comme lui, qui lui avait donné une fille, Paulina. Avec un tel pédigrée, il était peu probable que cette enfant fût un havre de paix ou encore un refuge pour un amant en quête de plaisir sans chichis. De Kay Kendall elle avait l'allure mais ça s'arrêtait là. JFK était tombé dans le panneau. Elle méprisait les hommes (à l'exception de son père et de son grand-père, dont elle pensait néanmoins que les actions auraient dû être plus virulentes !) et comptait bien faire payer à tous ces mâles, sa vie durant, leur lâcheté congénitale. Elle méprisait la société française qui avait accueilli sa famille, aux motifs qu'elle n'avait pas suffisamment aidé (voire pas aidé du tout) les Républicains espagnols, qu'elle était inféodée au grand capitalisme apatride, qu'elle se foutait des petites gens, qu'elle était machiste et qu'elle avait un siècle de retard au plan sociétal. Il s'agissait là des principaux griefs mais il y en avait bien d'autres que JFK découvrit avec un déplaisir croissant, en même temps qu'il végétait sous l'emprise de son charme ravageur et dissolu. Par exemple, faire l'amour (elle avait un appétit très au-dessus de la moyenne et ça pouvait prendre des proportions compulsives) devait ressembler à une punition pour JFK. Elle lui attachait les mains et les pieds (elle était experte en nœuds de toutes catégories, si l'on peut dire !) elle pouvait le fouetter avec un martinet et pouvait le laisser moisir ainsi, nu sur le lit, pendant des heures, durant lesquelles elle lisait (de préférence les révolutionnaires russes et les socialistes libertaires du dix-neuvième) ou disparaître pour ne revenir à tâtons que la nuit tombée, le dévorer, le chevaucher et l'insulter en le traitant de suppôt des oppresseurs. Curieusement, JFK y avait trouvé son compte, lui que la chose terrorisait, lui qui n'avait connu que les frôlements équivoques dans les jupes de sa mère. Il n'avait pas l'initiative et ça le soulageait d'un poids énorme. À la longue, cependant, il avait tenté de modifier le scénario et s'était heurté à une résistance farouche, voire violente. Il n'était pas digne de la pénétrer ! Ça ne se produisait que parce qu'elle en avait besoin, il n'était qu'un instrument au service de son plaisir et il aurait même été de bon ton qu'il ne jouisse pas comme n'importe quel crétin macho ! Il avait protesté, réfuté et avait fini par se prendre une canette de bière qui avait rebondi sur son crâne avant de s'écraser sur sa collection de verres du Rhin en cristal de Bohème à 200 euros pièce. La goutte de trop qui l'avait ramené à lui-même ! Il avait chassé l'intruse en l'aspergeant d'Air Wick wc à la senteur de pin.

Une autre figure marquante de sa collection de poupées ravageuses, quelques années plus tard, s'appelait Marie-Roberte. Comme Paulina, elle était extrémiste mais à l'autre bout du spectre, là où la droite se confond avec la démagogie populiste souverainiste. Elle venait de la Touraine, la belle province française, celle de la douceur de vivre, de l'équilibre, du beau parler, du fleuve indolent, des châteaux, des Descartes, des Balzac, Buffon, Anatole France et bien d'autres. Elle venait d'une famille de notables (mère cardiologue, père chirurgien), épris d'art (surtout de peinture) et d'écologie bon enfant. Marie-Roberte qui, comme Paulina, détestait les hommes, à commencer par son père, détestait aussi les femmes, sa mère ne lui témoignant qu'un minimum d'attention. Jugeant que ses parents n'étaient pas à la hauteur de l'admiration qu'ils auraient dû lui manifester, elle avait décidé de les contourner par la droite et d'enfourcher toutes les contestations des laissés pour compte de la mondialisation, de la France de la clope et du diesel, des modestes qui se sentaient menacés dans leur identité par l'immigration et par des élites de plus en plus permissives. Elle était encartée au FN, elle distribuait des tracts, elle déchirait les tracts adverses, elle animait des réunions houleuses, elle était capable de faire le coup de poing, elle jurait comme un charretier, elle voulait être le prototype même de ce qui pouvait faire honte à ses parents et à leurs amis bien-pensants. Et puis elle avait débarqué à Paris pour faire des études de sociologie, la tarte à la crème des révolutionnaires en herbe. JFK l'avait rencontrée à la Rhumerie, un pub du boulevard Saint-Germain, plutôt fréquenté par des bobos gauchos. Elle était seule et son air esseulé, justement, l'avait attiré, outre son allure Kay Kendall toujours opérationnelle dans ses schémas directeurs.

Contrairement à Paulina, en amour elle avait besoin d'un mâle asservi qui fasse le boulot, qui parle fort, qui dégage les immigrés et qui, au lit, la fasse grimper aux rideaux sans qu'elle ait trop d'efforts à faire. Elle hurlait pendant l'acte, si bien qu'il ne savait jamais si et quand elle avait atteint l'orgasme ou si elle avait mal quelque part. Il s'inquiétait par rapport aux voisins de son immeuble qui, pensait-il, le regardaient avec un air méfiant, depuis que Marie-Roberte était venue s'installer chez lui. Elle n'avait jamais ses règles, du moins c'est ce qu'il constatait, et il se demandait si elle n'était pas perpétuellement enceinte. Grâce à elle, JFK apprenait son nouveau rôle de mec carré, à la cool, un peu sectaire sur les bords tout en évitant d'interférer dans la sphère politique. Dans ce domaine il restait discret. Jusqu'au jour où Marie-Roberte l'entraîna par surprise dans une réunion FN underground ! Elle le présenta comme un poulain (pour ne pas dire un étalon) de la cause lepéniste. Il n'en croyait pas ses oreilles. Il voyait autour de lui des boules à zéro, du cuir, des paquets de Gitanes ou de Gauloises, des pintes de bière, des autocollants, des drapeaux, des pots de colle, des banderoles, des barres de fer, un pied de biche... quelques filles aux cheveux gras, mal fagotées, pas féminines pour deux sous. Il entendait des discours martiaux dans lesquels revenaient souvent les mots « peuple, enculé, salopard, frontière, immigration, bougnoule, pédé, islamiste, pourriture, mensonge, souveraineté, noir, révolution, force, leader, patrie » ! À l'époque, concepteur-rédacteur dans une agence de pub, JFK songeait aux slogans qu'il aurait pu concocter à partir de ce bouillon de culture pour synthétiser l'image du FN. Il en souriait intérieurement quand un skinhead tatoué de deux mètres l'interpela pour lui demander son avis. JFK, dans un sursaut héroïque et dérisoire, déclara (peut-être pour faire le malin devant Marie-Roberte et la punir du traquenard dans lequel elle l'avait entraîné), déclara donc, en reprenant la phraséologie ambiante, qu'il se sentait plus proche des enculés, des salopards, des bougnoules, des pédés (il omit les islamistes), des pourritures, des noirs que du reste ! La riposte ne se fit pas attendre et malgré une résistance non dénuée de style, JFK fut péniblement exfiltré (un œil au beurre noir, le nez tuméfié, quelques ecchymoses cachées) par une Marie-Roberte qui ne lui pardonna pas d'avoir ainsi sapé sa crédibilité. Ça tombait bien, JFK ne croyait plus en leur destinée.

— Ça fait combien de temps ? demanda JFK en ôtant son imper dégoulinant.

— Combien de temps quoi ? interrogea Clara.

— Qu'on s'est vu la dernière fois, à Vienne.

— Un bail ! Je dirais trois ou quatre ans. Et cette dernière fois tu m'avais fait… une drôle d'impression, non ?

JFK se doutait bien que cette… anecdote allait revenir sur le tapis. Il s'étonnait même qu'elle ne fût pas survenue plus tôt, contrariant cette réunion dans la suite du Westin Excelsior. Il avait vaguement imaginé une parade.

— Je ne sais pas ce qui s'est passé, ce soir-là. J'ai pris deux champagnes qui traînaient encore sur le bar… ça vient peut-être de là… je ne sais plus, j'ai bu aussi… bon, on était pas mal bourré, je crois.

— Pas mal… mais pas à ce point-là ! Figure-toi… je vais te faire une confidence : je me souviens d'un orgasme dans les ultra-violets, si, si ! Et je m'interroge encore pour savoir si tu y étais pour quelque chose ou pas.

— C'est une question ? demanda JFK sur ses gardes.

— Une putain de question !

Répondre oui, c'était avouer qu'il avait abusé d'elle en profitant de son état. Répondre non, c'était avouer qu'il ne s'était pas activé pour lui procurer cette extase. Dilemme.

— Je vais aussi te faire une confidence… j'ai eu aussi des éclairs qui m'ont traversé le corps, cette nuit-là… j'étais incapable de te résister. J'en ai profité… dans un état second et… je suis ravi, très heureux que tu en aies aussi profité, si je puis dire.

— C'est malin, objecta Clara. Tu as le chic pour te donner un rôle… disons acceptable. Bravo ! Mais tu es un sacré son of a bitch ! Je crois que ce soir-là, tu as voulu me faire payer la première fois, quand tu n'avais pas été à ton avantage, non ?

— Sans doute un peu de ça, mais pas que…

JFK supposa qu'on allait passer à autre chose. Il obtint la permission d'aller dans la salle de bain pour se sécher les cheveux. Le miroir lui renvoya un reflet qu'il ne souhaitait à personne. Un clodo n'aurait pas voulu de lui comme copain d'infortune, pensa-t-il. Les boursouflures sous ses yeux avaient prospéré, depuis les dernières quarante-huit heures, bien aidées par le manque de sommeil. Il lui semblait que ses pommettes et son menton coulaient comme un camembert trop fait. Quant aux cheveux, ils avaient pris trop de liberté pour revenir rapidement dans le droit chemin, même avec un sèche-cheveux turbo compressé. Son costume sur mesure, vestige de ses années festives chez Artcurial, commençait à accuser son âge, les bretelles rouges suggéraient une salle de marché dans laquelle un trader aurait perdu ses nerfs et le nœud papillon de guingois faisait penser à l'hélice d'un Constellation en rade sur le tarmac de l'aéroport de Chandernagor, submergé par la mousson. Il essaya de composer, de se composer un personnage qui pourrait exalter ses faiblesses pour en faire des forces, un peu comme au judo. Mais l'ambition lui parut démesurée au moment où retentit la voix de Clara.

— Hello Kornélius, tu dors ?

— Sacré chantier ! répondit JFK en pénétrant dans la chambre en bras de chemise, chambre soudain plongée dans la pénombre.

— Installe-toi, je vais prendre une douche, dit Clara l'air de rien.

« Installe-toi » mais où ? Il avait déjà éprouvé ce sentiment que Clara avait toujours un coup d'avance. Il n'allait quand même pas se mettre au lit, dans son lit à elle. La lumière tamisée lui redonnait un semblant de contenance. Les stigmates de sa vie approximative seraient moins flagrants. Son ventre serait moins voyant. Il s'installa dans un fauteuil Regency, lisant la dernière édition du Monde sur son portable. Il lisait n'importe quoi, sans pouvoir envisager ce qui allait se passer. C'était trop fort, trop loin, trop vrai. Et puis, subrepticement il se mit, malgré tout, à envisager... elle sortait de la salle de bain, dans la blancheur de sa nudité absolue, telle une Andromède ayant brisé ses chaînes et émergeant victorieuse du monstre marin et de l'océan, sans l'aide de Persée ; elle se dirigeait vers le lit (là il marquait un temps d'arrêt... que faisait-elle ? elle se penchait, il admirait pudiquement ses fesses, elle ouvrait le lit, comme on ouvre une boîte de sardines, des draps de satin rose ou bleu-clair, elle se retournait vers lui, il admirait des seins et un triangle pâle qu'il connaissait déjà et...) donc elle se dirigeait vers l'étendue sur laquelle elle l'inviterait à le rejoindre ; elle dirait « Tu attends quoi, Jean-François, nous ne sommes plus des ados, nous sommes des grandes personnes qui peuvent assumer leurs envies, satisfaire leurs pulsions sans se prendre la tête, allez viens, faisons-nous du bien, on l'a mérité, non ? » Elle dirait cela ou autre chose... c'était pourtant vrai qu'elle ressemblait à cette Andromède peinte par Edward Poynter devant laquelle il avait bavé le temps d'une expo à Orsay ; elle dirait encore « La galaxie spirale d'Andromède et notre Voie Lactée se rapprochent à la vitesse de 120 km par seconde, la collision est prévue dans 4 milliards d'années, alors il n'y a pas de temps à perdre, viens me rejoindre ! » Oui, elle pourrait dire un truc comme ça et lui, sourire aux lèvres, il s'extrairait de son fauteuil, laisserait tomber ses oripeaux, la prendrait dans ses bras et lui murmurerait « Profitons de ces 4 milliards d'années, même si ce sera un peu court pour jouir de ce plaisir infini qui nous attend. » Non, débile, peut-être qu'il ne dira rien, en fait. Il la soulèvera, il l'allongera sur le satin, il caressera l'entière surface de son corps galactique, il viendra au-dessus d'elle, il verra les étoiles dans ses yeux et le ciel s'ouvrira, bien au-delà des étoiles visibles et il pénètrera dans un univers inconnu, puisque les deux premières fois ils étaient déconnectés et ils ne voyaient que le plafond ; elle poussera des gémissements assourdis qui décupleront son ardeur à la satisfaire.

On frappa à la porte de la suite 501 du Westin Excelsior de Rome. JFK laissa son évocation en plan tout en restant scotché sur son Regency. Un laps de temps indéfini passa. Et à nouveau des coups sur la porte, plus violents cette fois. Il entendit Clara qui demandait « Qu'est-ce qui se passe ? » Et encore des coups accompagnés de mots « Ouvrez ! Police ! » JFK jaillit enfin de son siège et vint prendre conseil auprès de Clara dans l'entrebâillement de la salle de bain. Elle était enroulée dans une serviette éponge, sans défense, à la merci du premier flic venu ou dieu sait qui, pire encore. « Vas ouvrir, dit-elle, sinon ils risquent de défoncer la porte, on n'a rien à cacher. » JFK songea à ce qu'il y avait sous la serviette et ne fut pas tout à fait de cet avis. Néanmoins il s'exécuta en réajustant ses bretelles. Trois Carabinieri, en grand uniforme, apparurent dans l'encadrement de la porte. « Désolés de vous déranger, nous avons un mandat de perquisition, concernant la chambre de madame Clara Behlmann. C'est bien ici ? » Le plus grand exhiba l'ordre en question.

— C'est bien ici, rétorqua JFK, mais vous avez vu l'heure, normalement on n'a pas le droit…

— Ne vous inquiétez par pour nos droits, ni pour les vôtres. Ça va se faire dans les règles.

— Qu'est-ce qui va se faire dans les règles, qu'est-ce qui se passe ?

— Perquisition. Vous n'êtes pas madame Behlmann, je suppose. Merci de nous montrer votre pièce d'identité.

Pendant que le plus petit enregistrait le passeport de JFK, le plus grand continua.

— Où est madame Behlmann ?

— Dans la salle de bain, dit sèchement JFK.

— Bien entendu… Il faudrait qu'elle en sorte rapidement.

Clara sortit en peignoir, un long peignoir blanc en tissu éponge qui lui arrivait aux chevilles. JFK fut un peu soulagé, sans très bien savoir pourquoi.

— Messieurs c'est une heure plutôt cavalière pour venir perturber des honnêtes gens ! Vous pouvez m'expliquer ce qui me vaut, ce qui nous vaut l'honneur de votre irruption dans ces lieux ?

— Bonsoir madame. Les trois Carabinieri s'inclinèrent. Suite à la requête de monsieur Marcello Vitti, conservateur du musée Barberini, et après constatation des faits, nous avons reçu l'ordre de nous transporter ici, pour vérifier que le tableau volé ne se trouve pas dans cette suite.

— Quel tableau volé ? s'étonna Clara.

— Un Caravage. Le « *Narcisse* » du Caravage !

— En quoi cela concerne-t-il madame ? objecta JFK.

— Madame est chargée de l'expertiser, n'est-ce pas ?

JFK tomba des nues sur lesquelles il flottait encore. Clara ne lui avait rien dit ! La salope ! Ça faisait deux « Narcisse » à son palmarès et elle ne disait rien.

— Je suis en effet chargée de l'expertiser. J'ai encore travaillé dessus hier matin et « *Narcisse* » était en pleine forme et plutôt bien gardé, je crois. Cela me surprend énormément. Mais faites votre travail. Proprement, s'il vous plait.

— Merci.

Le grand, le moyen et le petit Carabinieri s'exécutèrent, minutieusement et plutôt proprement. N'ayant rien trouvé, et ayant vérifié qu'il n'y avait pas de voiture planquée dans le parking, ils demandèrent à Clara et JFK de bien vouloir se tenir à disposition des autorités pour de plus amples informations.

Une fois seuls, pataugeant dans quelques effluves d'Aqua di Selva oubliés par les hommes en uniforme, ils s'observèrent comme s'ils se voyaient pour la première fois ou comme s'ils se demandaient ce qu'ils faisaient là. JFK sentait son rêve de posséder cette créature de rêve lui échapper. Clara était contrariée d'avoir été exposée dans cette situation vaudevillesque et démasquée pour sa double expertise. Elle rompit le silence.

— Cocasse ! Tu en penses quoi ?

— Tu m'as mené en bateau. Tu joues sur deux tableaux, c'est le cas de le dire !

— Très fin comme remarque ! Je suis tenue au secret professionnel. Pas le droit de parler à qui que ce soit de mon job pour le Barberini.

— Mais je ne suis pas n'importe qui ! s'offusqua JFK. Nous sommes partenaires dans une entreprise risquée qui nécessite une transparence totale entre nous !

— Parce que toi, tu es transparent ! Tu n'as aucune idée derrière la tête…

— Pas la moindre, dit JFK en mentant effrontément. Et tu en penses quoi du « Narcisse » envolé, vrai ou faux ? Ton intervention est terminée ? Je suis certain que tu as déjà ta petite idée ?

— Pas la moindre, rétorqua Clara en mentant effrontément.

La suite fut du même acabit. Ils conclurent que se concentrer sur le « Narcisse » encore en course était plutôt la chose à faire. Elle procéderait à son analyse chez Sergueï Romanov, pendant qu'il irait cuisiner François de La Blandinière, l'acheteur potentiel.

12

Rome n'avait toujours pas repris ses esprits. Le sol des rues et des trottoirs était devenu collant. Pas glissant, collant. Luisant aussi, avec des papiers de toutes sortes (dont certains biodégradables pas encore biodégradés) enkystés dans l'asphalte. Les Romains, d'ordinaire si démonstratifs, rasaient les murs. La bruine sapait méthodiquement la bonne humeur de la ville éternelle.

À présent, JFK portait un jean (son pantalon de costume n'étant plus mettable, même pour faire genre...) un gilet en cachemire aubergine, un nœud papillon jaune (pour pallier l'absence de soleil), sa veste de costume gris-fer et son imper Burberry, indémodable, inusable, râpé jusqu'à la moelle. Accessoirement, il avait glissé dans sa ceinture son dévoué Beretta 40, 15 coups, Clara lui ayant laissé entendre que des Services Secrets rôdaient peut-être à la périphérie de cette affaire. Il se rendait d'un pas humide au 9 de la via Giovanni Pierluigi da Palestrina, près de la piazza Cavour, où il devait rencontrer le dénommé de La Blandinière. Il avait eu du mal à l'obtenir ce rendez-vous, mais il avait fini par persuader son interlocuteur, en lui faisant comprendre qu'il avait enquêté sur lui (enquête express ayant révélé un profil de diplomate atypique - ou typique - porté sur l'argent, le sexe, les tableaux de maîtres et la Chine). Il lui avait même dit qu'il en savait plus sur des agissements nettement en marge d'une saine légalité (un genre de bluff souvent payant pour faire sauter les verrous les plus costauds) !

En montant au quatrième étage d'un bel immeuble en pierre de taille, JFK ne s'attendait pas à un accueil particulièrement chaleureux. Il fut servi. L'appartement dans lequel il pénétra (4 mètres sous plafond), était froid, lugubre, presque vide. Une sorte de geisha, abusivement moulée dans un sarong de soie moirée, l'accueillit et le conduisit, à petits pas saccadés, jusque dans un salon peu meublé mais regorgeant d'estampes japonaises (ou chinoises) tapissant les murs. Il attendit un bon quart d'heure, comme chez le dentiste (technique de déstabilisation bien connue), assis sur un canapé vert pistache, inconfortable parce que trop profond. Tandis qu'il décryptait une estampe intitulée « *Récit de la Chambre de l'Ouest* », possiblement de l'époque Ming, une porte latérale laissa entrer celui qui devait être François de La Blandinière, long, fin, élégant (presque trop, chemise rose, cravate mauve foncé, œillet blanc à la boutonnière, costume gris perle, cintré, chaussures bicolores). Il s'était mis à l'heure italienne, mais si c'était pour se fondre dans le décor, c'était raté. Son visage en lame de couteau (voire de rasoir) n'était que saillances. Ses cheveux châtains et lisses, plaqués en arrière, ses yeux vert pâle, ses lèvres pourpres, ajoutaient à l'impression de féminité, peut-être excessive, qu'il dégageait.

— Je ne vous propose pas à boire, je suis pressé, dit-il en se dirigeant vers une desserte et en se servant un whisky, coulant d'une carafe en cristal ciselé. Que voulez-vous ?

— Je suis sensible à votre sens de l'hospitalité. J'aimerais que vous me disiez qui vous êtes, qui vous représentez, où va partir le tableau, d'où vient l'argent, quelles sont vos garanties financières et comment se fait-il qu'un diplomate comme vous s'embarque dans un tel trafic?

— Vous croyez que je vais vous servir ça sur un plateau ? Trafic ! Vous êtes minable ! Une petite frappe... La voix du diplomate partait dans les aigus.

— Je ne suis pas petit, objecta JFK en se levant, et je ne frappe pas les types dans votre genre !

— Quel genre, nom de Dieu ?

— Efféminé.

Le visage effilé du diplomate s'empourpra. JFK sentait la situation se tendre à la vitesse de la lumière. Il aurait fallu qu'il devienne lui aussi diplomate. Mais c'était trop mal parti.

— Vous allez me présenter des excuses immédiatement ! hurla de La Blandinière.

— Je crois que je vais trouver un autre acheteur que vous ! Vous n'êtes pas fiable, mon vieux, vous vous emportez comme une gonzesse !

Les mâchoires du diplomate se contractèrent. Il baissa les yeux sur ses ongles manucurés.

— Petite frappe ! Mon commanditaire représente trois fois la valeur boursière de L'Oréal, barrez-vous ! Je ne parlerai qu'à votre...

— Qu'à mon quoi ? l'interrompit JFK qui commençait à se demander si gérer le truc en solo et trouver son propre acheteur ne serait pas préférable.

— À votre receleur ou votre propriétaire ou votre je sais pas quoi...

— C'est toi « j'sais pas quoi » La Blandinière ! En plus d'avoir l'air d'une gonzesse, tu as une tronche de bidouilleur, d'espion, oui d'espion, je me suis renseigné !

Un coup de bluff dans le noir, au hasard, qui toucha juste. « Gonzesse, bidouilleur, espion », des mots qui définissaient trop bien le diplomate qui se sentit démasqué sans pouvoir le supporter. Il fit un pas vers JFK, et balança son lourd verre en cristal en direction de sa tête. L'esquive poussive de JFK fut suffisante pour lui éviter le pire. Le verre rebondit sur son épaule et alla se fracasser contre une estampe qui se fracassa à son tour. On ne rigolait plus. Le temps n'était plus au persiflage. JFK exhuma son Beretta qui lui chatouillait la fesse droite et braqua l'homme à l'œillet.

— C'est bien ce que je pensais, Blandinière, des manières de gonzesse, de traître, pas de sommation ! Pas gentil, pas élégant pour deux sous, malgré tes pompes en bichromie. Maintenant il va falloir cracher le morceau, mon petit Blandinière. Je veux toutes les infos financières, juridiques, patrimoniales, intimes, sur toi. Si tu ne me les donnes pas, je vais te démolir à petit feu, je vais te faire un portrait à la Picasso !

— Fils de pute ! Ta pute de mère a dû coucher avec la pire des raclures pour enfanter un bâtard comme ça ! dit le diplomate d'une voix éraillée.

C'était juste l'insulte qu'il ne fallait pas proférer ! Toucher à Marjorie, la maman dépressive, n'était pas une bonne idée. Ça déclenchait, chez JFK, une réaction en chaîne qui partait du bulbe rachidien pour atterrir, en une fraction de seconde, dans le poing droit qui, lesté du Beretta, vint choper l'homme à l'œillet, pile sur l'arête du nez. Nez qui explosa comme un brugnon. La vocalise qui suivit, démarra sur une note perchée tout en haut, voix de tête et se prolongea dans une octave plus grave, voix de poitrine qui invoquait Anne (en fait il appelait sa femme Ahn qui signifie « rayon lumineux » en chinois) ! Ahn, moulée dans son sarong, fit irruption dans le dos de JFK, un joujou chromé à la main. Dans son élan, elle vint taper sur le bras tenant le Beretta. Un coup partit qui perfora le larynx (et peut-être la veine jugulaire) du diplomate dont le chant s'interrompit immédiatement. En fait, la balle provenait du revolver Dan Wesson chromé de la jeune Chinoise en furie qui, après un instant de stupeur, tourna son arme vers JFK, lequel n'eut d'autre solution que d'appuyer deux fois sur la détente. « Rayon Lumineux » fut catapultée, à la renverse, deux taches rouges se déployant sur le sarong comme sur un buvard. La fête était finie. Les deux membres du couple La Blandinière gisaient à quelques mètres l'un de l'autre. Plus tard leurs sangs se mêleraient peut-être dans une même rigole. En attendant JFK réagit en détective éberlué et malgré tout méthodique. Bizarrement il ne se soucia pas des voisins qui auraient pu être alertés par les détonations. Il pensa : je n'ai rien touché dans cet appartement, à part le canapé, les deux cadavres sont face à face, la balle dans la gorge est celle du revolver de la femme (revolver qu'elle tenait encore d'une main crispée), les deux autres balles proviennent de mon Beretta qui n'est pas une arme enregistrée, j'en ai un autre à Paris qui lui l'est, je peux, après l'avoir essuyé, le mettre dans la main du diplomate et me casser en évitant de laisser la moindre trace, et je ne crois pas qu'il y ait la moindre trace de ma venue dans l'agenda du mort, tellement il ne voulait pas me recevoir et n'avait pas plus de quelques minutes à m'accorder, enfin bon, c'est un risque à courir, j'aviserai, il faut maintenant sortir d'ici en évitant de croiser qui que ce soit et espérer qu'il n'y ait pas de caméras de surveillance dans les parages, mais ça peut faire une scène de crime potable, crime passionnel pour un duo ayant surement des choses à cacher… ah il y a encore le verre de whisky et l'estampe pulvérisée… un mouvement d'humeur, un gros accès de jalousie d'un type facilement hystérique !

JFK sortit de l'immeuble sans croiser âme qui vive. Il réintégra son Monti Palace Hôtel, via Cavour, en jouant les passe-muraille. Plus furtif, pas possible ! La cohue romaine avait parfois du bon. Arrivé dans sa chambre, au lieu de se tasser un whisky ou de prendre un bain, ou encore de prendre un whisky dans le bain, il s'affala sur le lit sans ôter le moindre composant de sa panoplie de détective. Seul son vieux Beretta manquait à l'appel. Et ça n'était pas rien car on allait forcément entrer dans une zone de turbulences. Il faudrait trouver une cohérence sans faille à ce qui venait de se passer. Deux cadavres, un acheteur envolé, un commanditaire furax, une blonde dépitée, une enquête, un vrai/faux Caravage dans la nature et un autre exhumé d'un grenier, peut-être même des services secrets, ça faisait beaucoup de choses avec lesquelles jongler. Maintenant, JFK anticipait les maux de tête, les sanglots et les doses massives d'analgésiques qu'il ingurgiterait pour paraître encore à la hauteur d'une situation qui lui échapperait, dans laquelle il serait broyé. Il avait perdu un bras, peut-être deux et, sur le coup, il n'avait pas eu mal. Il s'était baladé comme un canard sans tête (même pas mal), il avait pensé, réagi, arbitré, comme si son intégrité n'avait en rien souffert. Illusion ! Pourtant, allongé sur le lit, il n'avait peut-être jamais été autant Détective Privé de sa vie. C'était tortueux, douloureux mais ça rejoignait les Callaghan, Marlowe et autres Jackson qui avaient connu, bien avant lui, des épisodes aussi corsés que celui-là ! Bon Dieu, il fallait se secouer ! Dans un premier sursaut, il avait songé à appeler Sergueï Romanov pour lui servir son interprétation de l'épisode qu'il venait de vivre, tout en l'accusant, pourquoi pas, de l'avoir envoyé dans la gueule d'un loup névrosé et armé jusqu'aux dents. Peut-être un peu tangent, non ? En même temps, pour faire passer la pilule, il revenait à son idée première : trouver lui-même un acheteur (il avait conservé son réseau et pensait à un Corse ayant des accointances avec une branche sicilienne de la mafia), acheteur avec lequel il pourrait empocher une indécente commission. Il hésita. Sergueï n'avait ni le sens de la mesure, ni le sens de la nuance. Il hésita et visualisa Clara, dans sa suite, en train de prendre un whisky dans son bain. Il avait besoin d'elle. Et pas seulement charnellement mais aussi sentimentalement et techniquement. Il fallait qu'elle authentifie le

« *Narcisse* », qu'elle cautionne son histoire et qu'elle couche avec lui, « Détective Courage » ! Elle était femme. Elle en savait bien plus que lui sur la fragilité des apparences, sur les faiblesses de l'homme quand il se croit au top. Elle le guiderait, elle lui éviterait les pièges, elle ne le laisserait pas tomber dans l'à-peu-près. Il appela. Il aurait voulu dire « Je viens d'échapper à une embuscade, deux fous m'ont tiré dessus, j'ai pris une balle dans la tête mais ils sont morts ! »

— Allo, c'est Jean-François, je ne te dérange pas ?

— Si, pourquoi ?

— Il y a un problème, dit JFK d'une voix blanche, énorme problème.

— L'acheteur est mort !

— Non...Tu es déjà au courant ?

— Presque... Tu n'as pas une voix de vainqueur ! Raconte !

— Quand je suis arrivé là-bas, j'ai sonné mais la porte était ouverte, je suis entré, un couloir, un salon et là deux corps étendus, face à face, du sang, du sang coulant du cou de l'homme, du sang sur le ventre de la femme, chacun une arme dans la main, les yeux fixes, sans vie, j'ai évité de marcher dans le sang, j'ai vérifié qu'ils étaient morts, le pouls, et je suis reparti en évitant de me faire remarquer...

— Tu es sûr qu'il s'agissait bien de notre diplomate distingué ?

— Certain. En tout cas conforme à la photo montrée par Romanov. Et elle, ça doit être sa femme, style geisha. Il trafiquait avec la Chine, non ?

La voix de JFK avait retrouvé son lustre. Il allait pouvoir vérifier si son histoire tenait la route.

— Ton histoire ne tient pas la route, dit Clara malicieusement. Déjà, comment se fait-il que la porte soit ouverte alors qu'on serait en présence d'un règlement de compte intime ? Porte ouverte pourquoi, pour qui ? Ensuite...

— Peut-être y avait-il un tiers qui s'est barré ? hasarda JFK.

— Ensuite, (Clara éluda la remarque), ensuite un couple qui s'auto détruit avec une telle radicalité… moi je suis enquêteur, je flaire tout de suite un coup fourré, je pense immédiatement à une mise en scène ! Tous les deux un flingue dans la main encore fumant ! Élémentaire mon cher Watson ! Tu n'as pas eu l'impression d'une mise en scène, toi ?

Le metteur en scène JFK avait évidemment cette impression. Clara n'avait pas l'air de s'affoler, elle prenait même tout ça du bon côté, lui semblait-il. Peut-être était-il temps de jouer cartes sur table. S'il voulait s'en faire une alliée indéfectible, il fallait la compromettre ! Délicat. Alors il lui a raconté comment ça s'était vraiment passé, n'omettant aucun détail, enjolivant à peine son flegme, sa capacité à organiser le désastre et à compliquer la tâche de tout Sherlock Holmes en herbe. Clara a bien écouté.

— Et maintenant ? demanda-t-elle.

JFK fut pris d'une réminiscence nerveuse, la chanson de Bécaud : « Et maintenant que vais-je faire, de tout ce temps que sera ma vie… » Une fraction de seconde, il eut envie de lui répondre en chantant. Et puis non… ridicule, irresponsable, deux morts, réclusion à perpette ! Non…

— Maintenant… garder cette histoire au chaud. Donner ton verdict sur la qualité du « *Narcisse* », trouver un autre acheteur pour calmer Romanov.

— Pas simple tout ça, mon petit Jean-François, pas simple. En tout cas on s'amuse comme des fous avec toi ! Moi qui ai horreur de la monotonie, tu me combles ! Je vais te dire un truc qui me vient comme ça, à propos de scène de meurtre. J'ai été, je crois, la première à faire un lien entre le tableau de Jacques-Louis David « *La mort de Marat* » et « *La Mise au Tombeau* » du cher Caravage, on y revient toujours, tant la position des corps est similaire, avec le bras droit pendant et la tête affaissée en arrière. Deux mises en scène, la première étant manifestement inspirée de la seconde. Tout ça pour dire que… malgré les deux siècles d'écart entre le Christ et Marat, on peut déceler des indices de concordances qui intriguent. Il ne faut pas sous-estimer les Sherlock en herbe, comme tu dis.

13

Débriefer un fiasco n'est pas la chose la plus rigolote du monde. Stanislas de Flognac avait convoqué à Paris, dans son bureau du 141 boulevard Mortier, la fine équipe qui avait enregistré une glorieuse déconvenue dans l'affaire « Blandinière », nom de code « Reflets », sans doute une allusion voilée au « Narcisse » du Caravage. Stanislas aurait souhaité quitter La Boutique sur un fait d'armes retentissant, au lieu de quoi il allait devoir éponger quelques frais inutiles et les sangs mêlés (ils avaient fini par converger dans un même ruisseau) d'un diplomate français et de son épouse chinoise. Autant dire que Stan (comme l'appelait affectueusement son assistante dévouée) était de fort méchante humeur. Il mâchonnait un chewing-gum, ce qui ne lui arrivait jamais, pour estomper le goût âcre de la défaite. Comment en était-on arrivé là ? Les guerres secrètes se livrent souvent dans des bureaux qui ne payent pas de mine. Là on risquait de terminer en place publique avec la guillotine dressée au milieu. On était en fin de journée, entre chien et loup, une lueur cafardeuse pénétrait encore par une baie à la transparence douteuse. Étaient assis autour d'une table ovale, outre Stanislas et son assistante dévouée, Élisabeth, Diego Saura, en charge de « Reflets » sur le terrain, deux officiers de liaison, Monica Fischer pour l'Espagne et Elio Marini, pour l'Italie. Tout ce qui allait se dire et se faire serait classé « Secret Défense ».

— Alors, on se frise les moustaches ? attaqua Stanislas, sans trop de précision.

Silence dans les rangs. Les affaires douteuses étaient une spécialité de la Maison mais, en l'occurrence, on avait atteint un degré jamais vu.

— Qui peut m'expliquer pourquoi cette banale opération se termine en... déroute ? C'est Waterloo alors qu'on attendait Austerlitz ! Et qu'on ne vienne pas me chercher sur les moyens ! J'ai mis les moyens ! Qu'est-ce qui a merdé, Diego ?

— Un enchaînement de circonstances dont certaines malheureuses, plaida Diego. Au début on a assuré : le vol maîtrisé du « *Narcisse* » de Barberini, alors que le tableau se trouvait, soi-disant, sous bonne garde dans une filiale du Laboratoire Gilles Perrault à Rome et sous l'expertise de madame Clara Behlmann. À ce jour, personne ne peut savoir que c'est nous qui avons fait le coup.

— Des suspects crédibles à part nous ?

— Peut-être. Ensuite il y a l'entrée en fanfare des Carabinieri, qui ont éventé l'affaire beaucoup trop tôt mais qui nous ont permis de faire apparaître un acteur déterminant dans le déraillement qui a suivi. Elio…

Elio se leva, geste peu perceptible compte tenu de sa petite taille, brun, massif, vif, le verbe coloré dissimulant une véhémence de tous les instants.

— Grâce à mes contacts dans la police, nous avons découvert que lors d'une perquisition à l'hôtel de madame Behlmann, dans sa chambre, pour vérifier la présence ou non du tableau, un homme se trouvait in situ, en tenue légère.

— Qui était ce con ? laissa échapper Stanislas.

— C'est là où l'affaire se corse, continua Elio. Après enquête et filatures, nous sommes en mesure d'affirmer que c'est un citoyen français, Détective Privé, ayant ses bureaux à Paris…

— Mais qu'est-ce qu'il foutait là ? coupa Stanislas.

— Ce monsieur a, semble-t-il, été engagé par notre faux possesseur du deuxième « *Narcisse* », pour faire expertiser le tableau et obtenir des renseignements sur notre diplomate acheteur, pour plus de vraisemblance. C'est Romanov qui aurait dû se charger du boulot. C'est un parent à lui, vivant à Paris, qui lui aurait conseillé ce détective. C'est ce monsieur qui, à son tour, aurait chargé Clara Behlmann…

À chaque évocation du nom de Clara, Stanislas ressentait une brève décharge du côté de l'aorte ou de la veine cave, brouillant les messages reçus.

— Et dans la chambre, comment était-elle cette femme, s'enquit-il.

— Euh… Elle était surprise, apparemment elle ne comprenait pas…

— Je veux dire « dans quelle tenue était-elle ? » força Stanislas.

— En peignoir… ou en tout cas pas en habit de ville.

— Et comment s'appelle ce con ?

— Jean-François Kornélius. On a son pédigrée. Assez gratiné, ajouta Diego.

Se pouvait-il que Clara Behlmann se soit laissée séduire, soudoyer par un type aussi louche, par un minable petit Privé ? Stanislas ne pouvait pas l'imaginer. Les ondes qui émanaient d'elle, lui disaient le contraire. Ce salopard la manipulait. D'une façon ou d'une autre, il la faisait chanter. Il connaissait ce genre de personnages avides de coups tordus et d'argent facile !

— Continuez.

— Le Kornélius en question, reprit Elio, est allé, le lendemain (on l'a filé), rencontrer notre diplomate/agent double, dans l'appartement qui appartient au père de sa femme, le dénommé Wang. C'est là que ça a vraiment dérapé. Le diplomate et sa femme tués par balle.

— Deux armes différentes, poursuivit Monica Fischer, grande femme brune à l'allure sportive, avec lesquelles les deux tourtereaux se seraient tirés dessus, contre toute vraisemblance. On ne comprend pas bien ce qui a pu se passer, vu que le mari a été abattu avec l'arme de sa femme (un Dan Wesson répertorié) et que la femme a été abattue avec un Beretta (non répertorié), pouvant appartenir soit à son mari, soit à Kornélius. La scène de crime que nous avons visitée après le départ du détective nous laisse perplexes. Les Blandinière avaient chacun leur arme à la main ! Le résultat n'avantage personne…

— Sauf si ce petit con de détective a décidé de jouer la partie en solo et de se substituer à l'acheteur pour favoriser un autre acheteur, coupa Stanislas.

— C'était une belle souricière, dit Diego avec une touche de regret dans la voix. Blandinière était mûr, on l'aurait cueilli et Clara Behlmann nous aurait désigné le vrai « *Narcisse* »...

— Sauf que Kornélius a été plus rapide que nous pour la brancher sur le deuxième « *Narcisse* »... trancha Stanislas.

— On a laissé la scène du crime en l'état. S'il y en a un qui peut se faire du souci, c'est Kornélius mais apparemment il n'a pas laissé de traces. On a passé l'appartement au peigne fin, ordinateurs et tout, et on n'a malheureusement pas découvert de dossier compromettant feu notre diplomate, précisa Diego.

La mise en scène avait été coûteuse et grandiose mais le film avait été pourri par un grain de sable nommé Kornélius, comme dans « *The Party* », film dans lequel Peter Sellers, simple figurant, fait exploser, avant l'heure, un énorme décor.

— Si je comprends bien, on se retrouve avec deux « *Narcisse* » sur les bras. On en fait quoi, maintenant ? demanda Stanislas.

— Je serais d'avis de remettre, à la place qu'il a quittée il y a plus de vingt ans l'original au Barberini, ils sont toujours aussi défaillants niveau sécurité, et de laisser l'autre vivre sa vie secrète de copie mafieuse, ça nous évitera quelques complications. Clara Behlmann reprendra son expertise et se demandera si la réalité n'a pas dépassé la fiction ! conclut Diego.

— Tu oublies que cette femme est brillante et qu'elle connaît, en grande partie, les deux faces de l'histoire. En tout cas, c'est un sacré cadeau que nous faisons à nos amis italiens... Ils vont être plus riches de 50 millions d'euros au bas mot... sans le savoir ! C'est râlant ! dit Stanislas.

C'est à peu près à ce moment-là que les planètes se sont alignées dans la sphère émotionnelle de Stanislas. Comme un jongleur qui, sous ses pieds, vient de stabiliser la planche reposant sur un cylindre et va récupérer les cinq balles qui sont encore en l'air. Le temps décomposé qui suit, offre une clarté mystérieuse et chaque geste a la précision d'une mécanique céleste. De ce fiasco, de ce magma, il allait faire surgir la lumière, il allait façonner son Grand Œuvre, sa pierre philosophale. Oubliées les basses besognes de la Boutique et du Patclan ! Il allait passer dans la stratosphère, jouer avec les apparences, ordonner la réalité pour en faire un roman. Un défi à la mesure de son élan vital qu'il avait toujours bridé. Ses quelques tentatives romanesques étaient demeurées obscures, confidentielles, parce qu'elles manquaient de flamme, de passion, d'authenticité, de folie. Et de précision. Ça partait dans tous les sens et, en même temps, c'était trop sage, trop attendu… même s'il y avait le coup de théâtre à la fin… mais justement trop attendu, le fameux coup de théâtre ! Non, il fallait s'extraire du cadre grimaçant de la vie qui impose sa routine et ses coups de théâtre ! « Tout est vrai, tout est faux » lui avait dit cette Clara devant « *Les Ménines* » de Vélasquez. Elle avait raison ! Il sentit un mouvement d'expansion qui le propulsa dans les cellules intimes de l'Art, là où les codes tombent les uns après les autres, comme les cartes d'un château. Il se leva. Il était toujours en équilibre sur la planche reposant sur le cylindre. Il sentait qu'aucune bourrasque ne pourrait désormais le faire tomber ni changer de cap. Il allait concentrer toute son énergie mentale, physique sur un projet qui prenait l'allure d'une entreprise littéraire, d'une ivresse mystique : Il allait séduire Clara Behlmann tout en châtiant Jean-François Kornélius !

14

Ces jours-ci, JFK ne se souciait plus du temps qu'il faisait à Rome. Il avait d'autres chats à fouetter. Il ne sentait plus la pluie qui dégoulinait dans son cou ni l'imperméabilité douteuse de son Burberry saturé. Il était préférable, pensait-il, de déguerpir d'ici, vite fait. Il avait cependant quelques comptes à régler, quelques bilans à tirer, avant de prendre la tangente. Il essaya de hiérarchiser les urgences dans son esprit encombré par ces coups de feu intempestifs et tout le sang qui allait avec. Il chercha d'abord à joindre Romanov pour lui expliquer sa façon de penser. En noir et blanc. Noir, pour l'avoir envoyé chez les fous, des fous qui ne trouvaient rien de mieux à faire que de se canarder juste avant qu'il n'arrive ! Ça des acheteurs sérieux ? Du foutage de gueule, oui ! Sans compter le risque de se prendre une balle perdue et le risque de se voir impliqué et traîné en justice ! Blanc : décidément il méritait mieux que ses modestes honoraires, au moins le triple voire plus s'il dégotait un amateur d'art plein aux as, qui ne ferait qu'une bouchée du « *Narcisse* » ! Il avait des relations. C'était le moment de s'en servir. Il avisa son portable qui ne demandait qu'à chauffer. La sonnerie se perdit dans les limbes, avant qu'une voix d'outre-tombe ne lui indique que ce numéro n'était pas en service. À la quatrième tentative il finit par croire ce qu'on lui disait. Il s'interrogea pour savoir s'il devait, malgré tout, se rendre à nouveau via Sambuco, dans le repaire d'Ali Romanov. C'était scabreux mais il avait trop à perdre s'il abandonnait. Et la situation financière dans laquelle il s'enfonçait, comme dans des sables mouvants, ne lui laissait pas trop le choix.

Il marcha dans Rome, parfois à l'aveuglette, comme il le faisait depuis quatre jours. Il avait tendance à bifurquer brutalement à angle droit, voire en épingle à cheveux, persuadé qu'il était suivi. Depuis la veille et le sang perdu par les Blandinière, cette impression s'était renforcée et virait maintenant à l'obsession. La géométrie de ses parcours semblait n'obéir à aucune logique. Quiconque l'aurait suivi comme ça, juste pour voir, aurait fini par avoir le tournis et se serait perdu dans la ville où il avait vécu depuis sa naissance. Il traversait les artères au mépris de toute prudence, déclenchant des salves de klaxons dont les Romains, il est vrai, ne sont pas avares. Il frôlait les vitrines, guettant son reflet et tout ce qui se passait autour. Il pilait au milieu de la foule provoquant tamponnements et embouteillages sur les trottoirs. Il faisait des demi-tours sur lui-même, telle une girouette frappée du syndrome Gilles de la Tourette. Autant dire que sa progression vers la via Sambuco ne fut pas une mince affaire. D'autant qu'il s'engouffra dans une arrière-cour de la via Margutta pour échouer dans la galerie Inch', galerie d'Art Actuel désopilante. Il y avait là des installations toutes plus « actuelles » les unes que les autres. Des alignements de fourchettes rouillées et une seule fourchette pimpante dépassant les autres (titre : La Reine des Fourchettes), des tas de billes en agate collées au milieu de cercles dessinés à la craie (titre : Récréation), des toiles d'araignée géantes perlées de gouttes fluorescentes ou encore un diptyque exhibant des sphères en plexiglas, l'une contenant une carte du monde froissée (titre : Un monde chiffonné), l'autre contenant plusieurs feuilles de papier de toilette ayant sans aucun doute servi à essuyer des fesses douteuses (titre : Au-delà de Duchamp. Référence transparente à L'urinoir Renversé, présenté comme « *Fontaine* » par l'un des princes du Dadaïsme). Après quelques déambulations erratiques, JFK s'était retrouvé au fond d'une pièce trapézoïdale, derrière un monceau de pneumatiques dans lesquels zigzaguaient des souris téléguidées. Et là une femme l'attendait, barrant l'accès à un escalier en colimaçon qu'il aurait volontiers gravi. Une femme pour moitié blanche (côté droit) et pour moitié noire (côté gauche), et pas seulement la robe mais aussi les cheveux, le visage, les mains. Faisait-elle partie de l'installation pneumatique, était-elle une simple visiteuse folklorique ou bien un guide capable de lui faire toucher les subtilités d'un tel bazar ? Elle lui dit qu'elle était là pour faire franchir un palier dans l'ésotérisme rationnel, s'il acceptait de monter cet escalier à sa suite. Se perdre en ce moment dans l'ésotérisme n'était peut-être pas une si mauvaise idée, songea JFK. Il suivit docilement la dame pour se retrouver dans une suite hérissée de tentures brisant les perspectives et découvrant çà et là des amalgames d'objets du quotidien agencés de telle sorte qu'ils sublimaient leur laideur en laideur sublime. Rien ne résiste à la laideur, pas même l'humour. Ils franchissaient des degrés qui laissaient JFK pantois, jusqu'à ce qu'ils s'arrêtent devant une étendue blanche et carrée, entourée de cordes comme un ring de boxe. La dame invita JFK à enjamber les cordes et à la suivre sur cette surface reposante qui s'avéra être moelleuse, de la texture d'un matelas. Ils évoluaient dans une lumière sombre et bleutée, fluorescente. La dame dégrafa le haut de sa robe blanche et noire qui glissa jusqu'à ses pieds. Un corps nu, bicolore, de bodybuilder jaillit comme un sabre de son fourreau. Jamais JFK n'avait vu des pectoraux aussi façonnés (au moins 4 tablettes de chaque côté !), des biceps aussi moulés, des cuisses aussi carénées, des fesses aussi agressives ! Comment la robe avait-elle pu cacher cette panoplie ? Ça tenait du sortilège ! Et malgré tout cet arsenal, elle était belle. Son pubis mi blanc, mi noir, scintillait comme si chaque mini poil était électrifié. Ok, ça n'était pas une beauté à la Clara Behlmann mais une harmonie surréaliste émanait de cette sculpture vivante.

— Vous pouvez être le héros et le éros d'une performance contemporaine, dit la dame musclée.

— Mais encore ?

— Je suis sèche, étroite, frigide. Si vous dégrippez la machine, vous serez le premier à réaliser cet exploit et vous aurez droit au titre convoité de PD, « Premier Dégrippeur » !

— Très drôle. Quoi d'autre ? demanda JFK dont les yeux commençaient à se désorbiter.

— Performance ! Vous serez sur la vidéo qui passe en boucle sur l'écran géant au fond de la salle. Déshabillez-vous, je suis un vagin créatif.

Qu'est-ce qui motiva JFK ? Le corps bien sûr qui luisait dans la pénombre, l'humour distancié, le fait, avait-elle précisé, que les images seraient traitées par Bill Viola, grand maître du tableau en mouvement, à la manière de son « *Tristan's Ascencion* » qui présente un homme nu, allongé dans un espace vide et noir, où quelques gouttes d'eau apparaissent, qui se transforment en déluge, qui soulève le corps de l'homme, qui disparaît et qui ne réapparaît pas quand l'eau se retire pour ne laisser à nouveau qu'un espace vide et noir. Il avait été fasciné par cette vidéo lors d'une rétrospective Viola, à Beaubourg. Il y avait de ça. Mais il y avait aussi l'envie basique de profiter d'un bon coup, alors qu'il était assiégé par des périls de toutes sortes et qu'il était par avance frustré de ne pas pouvoir consommer avec Clara, tout au moins pas dans l'immédiat. Il abandonna son nœud papillon frivole et tout ce qui gravitait autour et se retrouva devant la dame musclée, sa légère bedaine en fer de lance bientôt au contact des abdominaux en acier trempé. Dorénavant, il s'agissait de bander. Bander était un défi à la hauteur de son naufrage. Et il banda, à telle enseigne qu'il se retrouva coiffé d'un préservatif magiquement enfilé par les doigts effilés de la dame musclée. Le premier obstacle était franchi. L'honneur était sauf. Des visiteurs, sans doute amateurs de performances, commençaient à s'agglutiner autour du ring. Ç'est en train de ressembler plus à un lieu d'échanges libertins qu'à une Galerie d'Art, songea JFK. Mais avec l'art actuel tout est possible, n'est-ce pas ? On recycle les vieux concepts, les vieux objets, les vieux tabous et on fait du neuf avec de l'éculé, du sordide, du banal… tout est dans l'intention, dans le titre et dans le prix affiché. Si le prix affiché est exorbitant, c'est bon signe et si un mécène spéculateur casse sa tirelire, c'est le jackpot assuré. JFK se dit qu'il devait redoubler de folie et d'orgueil et qu'il se devait d'enluminer cette séquence foutraque de la dégénérescence de l'Art (la majuscule était-elle encore de mise ?). C'était aussi l'occasion de renouer avec un sport qu'il n'avait pas pratiqué depuis un certain temps et dont les dernières prestations n'avaient pas été franchement convaincantes. Il entama les hostilités avec une certaine bravoure. Il coinça la dame musclée dans un coin du ring et tel un boxeur en corps à corps, il la bourra de coups (de coups de pénis, s'entend). Quelques hourras furtifs vinrent ponctuer chaque coup de boutoir. La dame musclée encaissait courageusement et il s'avéra qu'elle n'était ni aussi sèche, ni aussi étroite, ni aussi frigide qu'elle l'avait prétendu. JFK ne prit pas en compte cette considération et se trouva conforté dans sa capacité à faire sauter tous les barrages. Il retourna son adversaire (plus partenaire qu'adversaire à vrai dire) et s'attaqua à la dernière forteresse qu'il n'avait pas encore investie. Quelques oh ! et ah ! de connaisseurs accompagnèrent sa réussite et sa victoire finale, quand il fut secoué de spasmes non maîtrisés. C'est à cet instant-là qu'une lumière éblouissante inonda le ring, comme un gong de fin de match. Les amateurs d'Art Actuel disparurent comme une volée de moineaux. Ne restaient plus que les deux protagonistes, valseurs, surpris en flagrant délit de posture équivoque. C'était sans aucun doute excellent pour les caméras de Bill Viola. La dame musclée murmura à JFK qu'il avait mérité le titre de Premier Dégrippeur et que sa performance remarquable serait inscrite au patrimoine de l'Art (et non pas au patrimoine de l'Humanité) et serait vue des millions de fois par des publics avertis. « Avertis de quoi ? » se demanda-t-il en réajustant son nœud papillon, dans la clarté interlope. Il n'imaginait pas que son rodéo triomphant dépasserait le petit cercle des tordus idolâtrant Soulages et l'art décadent (il ne pouvait pas s'empêcher de penser à Soulages à chaque fois qu'il invoquait la décadence de l'Art !).

Il sortit par une porte dérobée et se retrouva dans l'enfer romain, persuadé que cette fois, il avait fait ce qu'il fallait pour semer ceux qui le filaient. Il remit son GPS en direction de la via Sambuco. En s'engageant dans la ruelle, il croisa deux types qui portaient le canapé qu'il avait remarqué au milieu de l'antre de Romanov. En arrivant devant la porte, il constata qu'elle était entrouverte. Il entra, emprunta le sombre couloir et déboucha dans la pièce principale déserte et encore vaguement éclairée. Pas de tableau, pas de meuble, personne ! Plus d'illusions non plus ! JFK comprit qu'il avait été victime d'une mascarade, que tout était faux et que ses espoirs de gains mirobolants, s'étaient envolés.

15

Aujourd'hui, Clara regardait la vie avec ses yeux de somnambule. Son cher Caravage allait et venait au gré des péripéties romaines. Le « *Narcisse* » équivoque jouait l'arlésienne. Elle avait touché 25.000 $ d'avance pour une expertise qu'elle ne ferait pas… ou plus exactement, qu'elle ne ferait pas à l'endroit prévu ni pour ceux qui l'avaient commanditée. Car, entre temps, tableau et commanditaires avaient disparu, de même qu'avait disparu le « *Narcisse* » du Barberini pour réapparaître en « Narcisse » Romanov, déposé comme un vulgaire colis, dans un papier kraft, à la réception du palais Barberini, la Galerie Nationale d'Art Ancien de Rome ! Il y avait de quoi s'y perdre ! Récapitulons : « Je vais être payée 20.000 € pour authentifier un « *Narcisse* » qui n'est pas celui que j'aurais dû authentifier mais qui va s'avérer être l'original ; l'acquéreur potentiel de l'original est passé de vie à trépas avec sa tendre épouse, grâce à l'action musclée d'un détective privé qu'on a identifié dans ma chambre d'hôtel ; Marcello Vitti, le conservateur du Barberini, me fait les yeux doux pour me sauter et pour que je décerne à son « *Narcisse* » la palme du plus Caravage des « *Narcisse* » ! Je voulais du rocambolesque, c'est réussi ! Peut-être trop réussi… Diego Saura, qui fricote avec les officines de renseignement et qui me déshabille du regard à la moindre occasion, est tapi dans l'ombre et peut surgir à tout moment. Enfin JFK, avec ses nœuds papillon décalés et ses bretelles rouge sang, est une espèce d'électron libre, capable à lui seul de faire chavirer le Titanic. Il me fait penser à Jack Nicholson, le Privé dans le film de Polanski, Chinatown… ou l'art vigoureux de faire déraper les situations en apparence anodines. Quelque part il me fascine et quelque part je le trouve grotesque. Je ne suis pas transparente vis à vis de ce type. J'aimerais bien me le faire encore une fois et j'aurais honte de me le faire encore une fois. J'aurais envie de le manipuler, de lui faire commettre la grosse bêtise, rien que pour le fun et en même temps, je ne voudrais pas qu'il déguste trop. Est-ce de la compassion, de la pitié ? Un peu des deux, je le sens fragile, aux abois. Pauvre Jean-François !

Mais il a de l'humour et une certaine culture artistique à laquelle je ne suis pas insensible... »

Quand on pense au loup... son portable vibra. C'était JFK, par WhatsApp avec la caméra. Pourquoi diable la caméra ? Il avait l'air traqué et faussement désinvolte. Il avait l'air en surrégime tout en tirant une immense lassitude. Comme tout avait dû être paisible, ensoleillé, souriant, quand Rome était encore tout à son tourisme et à sa dolce vita.

— Bonjour, je ne te dérange pas ? demanda-t-il d'une voix hors sol.

— Tu as le chic pour me déranger mais ça me fait plaisir de t'entendre et de te voir. Que puis-je pour toi ?

— Rien... Je me demandais simplement si nous pouvions nous voir avant mon départ pour Paris.

— Mais nous nous voyons, merci WhatsApp ! D'ailleurs tu as une mine horrible, répondit-elle.

— J'ai appuyé sur la caméra sans le faire exprès. J'aimerais savoir si je peux compter sur toi.

JFK ne savait pas trop où il voulait en venir. Il avait Clara dans la peau. Plus ou moins dans la peau car il essayait désespérément de faire comme si il n'avait pas Clara dans la peau. En fait il la croyait inabordable pour un type comme lui mais il se cachait cette croyance. Il pensait encore qu'elle pourrait lui servir d'alibi si par malheur l'enquête sur la mort des époux Blandinière remontait jusqu'à lui. Il pensait aussi qu'elle pourrait être suffisamment magnanime pour partager avec lui les 25.000 $ qu'elle avait empochés pour l'expertise du « *Narcisse* » Romanov (même s'il avait un doute sur la convertibilité des billets de 1.000), après tout c'est lui qui l'avait branchée sur ce coup-là !

— Compter sur moi ! Grands dieux, je ne suis pas un modèle de fiabilité, mon pauvre. Il m'est arrivé de trahir pour sauver ma peau. Je ne suis qu'une simple femme cernée par des hommes puissants !

— Féministe ?

— Réaliste.

— Tu es où, en ce moment ?

— Je finalise mon travail sur le Caravage qui a réintégré en douce le palais Barberini. Je suis au palais.

— Je pars demain matin par le premier vol. J'aimerais qu'on se voie avant, j'insiste...

Il y avait une forme de supplique dans la voix de JFK. Il se sentait mal. Malade, d'une maladie qui n'allait pas tarder à le transformer en grabataire, en cellules anarchiques. Ça sentait le cancer à plein nez. Les pensées négatives se coagulaient pour bousiller tout ce qui tournait rond dans son corps chancelant. Le miroir lui renvoyait des signaux explicites auxquels il avait toujours redouté d'accorder trop d'importance. Le moment était venu de comprendre enfin leur grammaire irréversible. Mais dans l'instant, la compréhension n'était pas au rendez-vous. C'était plutôt la panique qui infusait comme un goutte à goutte : peur de perdre la femme, peur de perdre l'argent, peur de perdre la liberté, peur de perdre la santé. Et c'était cette dernière qui finissait par brouiller le reste. Perdre la santé c'était perdre la vie. Tout badinage avait disparu. Lui-même était peut-être en train de disparaître. Il allait se dissoudre dans un flot de chairs humaines avariées, il allait s'évanouir dans les eaux usées de la populace, dans les eaux usées de ses frères de sang shootés aux amphétamines, au stress et à la pollution. Il eut envie de s'apitoyer sur sa condition en péril. Il s'arrêta brutalement sur la via dei Fiori Imperiali, provoquant un mini carambolage de piétons hagards. Il fixa Le Colisée dans les yeux. La masse fatiguée du colosse aux pieds, aux jambes, aux bras, au torse d'argile, le conforta dans sa douce envie de se faire plaindre.

— J'insiste, répéta-t-il, je voudrais te voir, j'ai besoin de te voir. Je suis mal, mal en point...

— Je ne suis pas infirmière, mon cher JF. Les bobos des autres me rendent malade, comme me rendent malade les minimalistes de l'art contemporain. Tiens, au Barberini, ils viennent d'octroyer quelques salles aux installations de tubes fluorescents de Dan Flavin, tout ça pour dire « voyez, même ici on est dans le coup de l'art minimaliste ! »

C'est burlesque et ça me rend malade. Alors ne viens pas pleurer dans mon giron. Je n'ai ni le goût ni le temps. Ce soir je dîne avec le conservateur et je doute que ce soit une partie de plaisir. Cette folle histoire a fini par me fatiguer. J'ai envie de rentrer chez moi. Fais pareil, prends ton premier avion, il n'y a plus rien à attendre de cette bouillie. Le seul gagnant est mon Caravage et son « *Narcisse* » qui vont enfin pouvoir se reposer au Barberini. Je leur donne l'absolution, ils l'ont bien méritée. Dégage, JF ! Les Carabinieri, les barbouzes, les mafieux, les agents secrets pourraient bien avoir envie de te faire la peau. Salut !

Elle avait raccroché ! Elle n'avait même pas dit « à un de ces jours » ! Il aurait au moins voulu lui notifier que lui aussi il avait pété les plombs en découvrant, au musée Jacquemart-André, bel hôtel particulier de 1875, une expo temporaire d'Ad Reinhardt, un des barons du minimalisme, qui dans les années 1950 s'était mis au monochrome (rouge, bleu, blanc) pour finir en apothéose, à partir des années 1960, avec des toiles noires, comme son complice et concurrent Pierre Soulages ! On pouvait lire sur l'un des panneaux décortiquant son œuvre : « Les « Ultimate Paintings », toiles noires de même format, aux valeurs très proches, sont, selon Ad Reinhardt, les dernières peintures que l'on peut peindre, des peintures qui frôlent sans cesse l'extrême limite au-delà de laquelle l'œuvre n'existe plus, ce qu'on a pu appeler le « Hard Edge Painting », une abstraction géométrique d'une extrême radicalité. » La radicalité c'était la connerie, la connerie d'exhiber le néant artistique dans un lieu magique qui ne méritait pas ça. Tout mais pas ça ! Il y avait longtemps que l'ami Reinhardt avait perdu son œuvre en route, si tant est qu'elle n'ait jamais existé. L'ultime connerie c'était de faire croire qu'on montrait quelque chose sur lequel on pouvait poser son regard, quelque chose qui valait mieux (ou aussi bien) que tout ce qui était autour. Et on pétait les plombs parce que le comique déguisé en artiste et ceux qui avaient organisé l'expo, nous prenaient pour des jambons, des snobs abrutis de suffisance. Clara avait raison. Mais elle avait raccroché.

Rectangle noir. Le portable de Clara avait aboli l'image parano de JFK. Elle était devant son « *Narcisse* » et lui faisait subir les derniers supplices, avec tout un tas d'instruments de torture, pour qu'il finisse par avouer qu'il était bien celui qu'on espérait qu'il soit : le vrai, le seul, l'authentique ! C'était joué d'avance, elle le savait, elle le sentait. Elle faisait encore durer le suspense, par plaisir. Il y avait une charge quasi érotique dans ce face à face avec le Caravage qui se mirait dans un abîme de... de perplexité, peut-être ? S'aimait-il à ce point qu'il s'identifiât à ce jeune homme tombant amoureux de son propre reflet ? Elle accréditait cette version car le reflet était extrêmement sombre et donnait à penser qu'il n'avait pas osé, par pudeur, aller jusqu'au bout de son idée, comme s'il avait voulu brouiller les pistes. Le regard brillant, elle fit une pose. Et elle revint à JFK. Avait-elle jamais mesuré le quotient érotique de ce désormais détective privé avec lequel elle avait quand même partagé sa couche ? Ils n'étaient pas si nombreux à pouvoir se targuer d'un tel exploit. Car c'était un exploit ! Elle était archi sélective. Elle aimait dominer les mâles dominants, être éblouie par leur culture, leur humour, leurs bonnes manières, sans rien laisser paraître. Or JFK était loin du compte. Son air de chien battu, paravent d'une certaine brutalité, son manque de raffinement malgré ses nœuds papillon, sa culture bordélique malgré quelques fulgurances, auraient dû la dissuader de toute promiscuité. Raté ! Il y avait quelque part une dimension malsaine et c'était probablement ce côté « malsain » qui l'attirait. Pas très glorieux. Mais très humain. Je suis humaine, pensa-t-elle.

À vingt heures pétantes, Marcello Vitti fit irruption dans l'atelier où Clara achevait son idylle avec le Caravage. Il était pressé d'avoir son verdict et, surtout, de partir dîner avec elle. Il s'en tenait au style flamboyant, un peu trop brillant, un peu trop près du corps, un peu trop fuchsia, un peu trop gominé, un peu trop baratineur. Une certaine allure néanmoins.

— Alors miss Behlmann, nous savons à quoi nous en tenir ?

— Certainement.

— Vous me raconterez tout ça pendant le dîner. Je vous emmène à La Pergola, le seul trois étoiles de Rome, au Michelin. Une table inouïe, via Alberto Caldlolo, un peu au nord du Vatican. Le Chef, Heinz Beck est de mes amis. Le sommelier, Marco Reitano aussi, primé je ne sais combien de fois !

— Vous ne me demandez pas si j'ai faim ou si je fais un régime…

— Vous, un régime ! Pourquoi faire, grands dieux ? s'offusqua-t-il.

— Je fais un régime sans gluten mais, ce soir, je vais faire une exception.

C'était faux mais faire une concession d'entrée la mettrait en position de force pour la suite, pensa-t-elle. Ils s'encastrèrent dans une Lamborghini rouge pétard, au ras du bitume, qui les colla aux sièges en démarrant dans un fracas de pistons en folie. Plus tape-cul tu meurs ! Marcello caressait le volant en bois et cuir avec une désinvolture inquiétante, compte-tenu des arabesques qu'il effectuait dans la circulation nébuleuse de la Cité des Papes, pardon… de la Ville Éternelle. Clara affichait un sourire énigmatique. Ils arrivèrent à La Pergola en un temps record, attesté par la Rolex clignotant au poignet de Marcello. Accueillis comme des rock-stars, ils furent dirigés vers la table idéalement placée pour le calme et la vue sur la basilique Saint Pierre.

— Champagne ! annonça Marcello, à peine assis.

— C'est une question ?

— C'est la conclusion logique d'une collaboration incroyablement dense et fructueuse, non ?

— Dense, certainement, fructueuse il faut voir.

— C'est tout vu, ma belle ! Je vous présente Marco, un nez et un palais qui intimident le vin en général et le champagne en particulier. Quel champagne pour un événement exceptionnel comme celui-ci ? demanda-t-il au sommelier en tendant le bras vers Clara.

— Je conseillerais un Dom Ruinart rosé 2002, répondit Marco.

— J'aurais conseillé la même chose, répliqua modestement Marcello. Qu'en pensez-vous, ma belle ?

Clara n'était pas fan de champagne, surtout depuis qu'elle avait bu, quelques années auparavant, cette maudite coupe offerte par JFK et qu'elle avait perdu le contrôle de la situation.

Mais du Ruinart 2002, pourquoi pas ? Il y avait pire. Le pire étant de se faire appeler « Ma belle ». Encore une concession, voire deux concessions.

— J'ai de mauvais souvenirs avec le champagne mais je vais encore faire une exception.

— Je suis flatté. Vous ne le regretterez pas ! Vous allez en aurez plein le nez et plein les papilles : goyave, orange sanguine, cédrat, violette, rose, musc, orgeat ! s'exclama Marcello devançant le sommelier au garde à vous.

— Je ferai attention de ne pas renverser ma coupe ou ma flute.

Pour la suite, dans le même registre autoritaire, Marcello commanda (puisque cette table était un peu sa cantine) du homard sur une émulsion d'oignons brulés, des pigeons sur lits de salsifis noirs et champignons et des ricotta pistaches/sorbets orange. Le tout arrosé du même Ruinart rosé 2002.

— Parfait, dit-il, en redonnant la carte au Maître d'Hôtel. Ma chère Clara, nous voilà parés pour un moment ! Alors dites-moi, après ces péripéties et cette frayeur, nous tenons le vrai « *Narcisse* », n'est-ce pas ?

— Mon cher Marcello, d'abord une question primordiale avant d'attaquer le plat de résistance : vous vous croyez à l'Armory Show de New York, en 1917 ?

— Je ne vous suis pas…

— Vous savez ce qu'il s'y est passé.

— Euh… à vrai dire non… je l'ai su mais rafraichissez-moi la mémoire.

— Marcel Duchamp a installé son urinoir, baptisé « Fontaine » ! dit-elle, avec l'air d'un prof mouchant un élève arrogant.

— Bien sûr ! Mais je ne vois pas le rapport… avec ce Ruinart que je lève à votre santé, tchin !

— Le rapport c'est Dan Flavin et ses tubes fluorescents ! Comment pouvez-vous, avec l'argent public, installer un tel fumiste dans les murs de votre beau palais ?

Terrain glissant. Le homard n'était pas encore sur la table. Pour patienter, ils picoraient des mignardises au foie gras. Le champagne était une œuvre d'art. La femme en face de lui éclipsait toutes les femmes alentour. Sa veste Chanel éclatait de simplicité. Il n'était pas prêt à ferrailler sur un terrain mouvant, où il risquait de s'enliser en gâchant la jolie séquence qu'il avait imaginée. En plus il y mettait le prix et comptait bien empocher les dividendes.

— Laissons Dan Flavin à ses fluorescences, ma belle ! C'est une figure marquante de l'art minimaliste contemporain, rien de plus, rien de moins. Dans notre temple de l'art tout le monde peut avoir droit de cité, y compris ceux sur lesquels on peut porter un jugement très critique…

— C'est votre cas ? coupa Clara.

— Plus ou moins… Je cède un peu à la mode du moment… mea culpa ! Mais ces enfilades de tubes confinent à une espèce d'impressionnisme géométrique parfois assez fascinant…

L'arrivée des homards sauva Marcello Vitti. Cette beauté mutine avait le don de vous mettre en porte à faux. Pendant ces quelques jours ils s'étaient observés, jaugés, frôlés, tout en demeurant à la surface des choses. Maintenant, théorisait Marcello, il fallait éviter les pièges et recentrer en douceur le débat sur l'art de vivre, sur les sentiments, sur l'amour, les connivences, les attirances sexuelles et autres (mais surtout sexuelles). L'art de vivre était bien plus vaste que l'art tout court, il vous embarquait sur un océan de petits et de grands plaisirs qu'il fallait savoir apprécier dans l'instant. Ah, l'instant ! Cette magie du moment qui passe et qui ne reviendra plus jamais ! Ce moment qu'il faut chérir de toutes ses forces et ne pas laisser dériver sans en avoir profité. Sans en avoir joui avec un appétit féroce ! À tout hasard (en fait avec une espèce de certitude), Marcello avait retenu une suite au Waldorf Astoria, à quelques blocs, dans la même rue que La Pergola. C'est dire la confiance qu'il témoignait en son retour sur investissement. Et le Caravage dans tout ça?

— Et le Caravage dans tout ça ? glissa Marcello entre deux bouchées.

— C'est pas Dan Flavin ! La seule proximité qu'ils puissent avoir c'est qu'ils sont morts tous les deux.

— Certes ! Ne me faites plus languir, quelle est votre conclusion quant à notre « *Narcisse* » ?

Clara posa sa fourchette et son couteau. Elle fixa le regard « noir Soulages » de Marcello en affichant une moue dubitative qui s'éternisa.

— Si je vous annonçais que c'est un faux, vous seriez très peiné ?

— Je ne peux même pas l'imaginer ! Ce serait horrible ! Ne jouez pas avec mes nerfs ma belle... s'exclama théâtralement Marcello persuadé qu'il s'agissait d'une farce.

— Eh bien vous devez l'imaginer ! C'est un faux.

— Non !

— Si !

Elle voyait s'élargir le champ des possibles. Jouer avec ses nerfs, le maintenir dans une espèce de yoyo affectif et cognitif, l'emmener sur des chemins de traverse, le compromettre...

— Un faux peut devenir vrai, mon cher Marcello et vice-versa. Vous n'êtes pas tombé de la dernière pluie artistique. Evidemment tout a un prix.

— Vous suggérez de... de transformer un faux Caravage en un vrai !

— C'est vous qui le dites.

— Un risque considérable, hasarda Marcello. Considérable ! D'autres experts pourraient venir contredire nos conclusions.

— Moi je fais autorité. Et les experts ne sont pas toujours d'accord entre eux. Et les expertises coûtent cher, comme vous le savez.

Marcello voulait un Caravage authentique mais il voulait, en même temps, se débarrasser du sujet. Passer aux vraies choses.

— Quelle est votre proposition ?

— Que souhaitez-vous ? Que le « Narcisse » du Barberini soit considéré comme l'original, par tous ceux qui viendront l'admirer ? Même si ça n'est pas l'original.

— On peut dire ça, concéda Marcello.

— Alors je vais conclure, selon votre souhait, que nous sommes bien en présence d'une œuvre exceptionnelle du Caravage ! Il faudra simplement ajouter 25.000€. Ma réputation est en jeu.

Quelques chiffres se bousculèrent dans les neurones de Marcello. L'addition commençait à devenir imposante. Mais il y avait encore des réserves d'argent public dans les caisses de l'Institution et les budgets étaient faits pour être dépensés. Et il ne voulait surtout pas être taxé de radin par une créature telle que Clara.

— Marché conclu. Ce qui compte avant tout c'est le plaisir des visiteurs, n'est-ce pas ? Il faut qu'ils en aient pour leur argent, si je puis dire. Le plaisir, il n'y a que ça de vrai dans la vie. Le plaisir de la table, le plaisir artistique, le plaisir des voyages, le plaisir des sens, de tous les sens, l'amour, l'amitié bien sûr… mais l'amour, le degré ultime des émotions ! Vous êtes une amoureuse ? Vous êtes sensible à l'amour ? L'amour spirituel, l'amour…

— Mon père m'a violée quand j'avais douze ans… dit Clara songeuse.

— Ah… désolé !

— Il m'a violée à de nombreuses reprises. Il me violait quand j'avais mes règles. Il disait qu'il faisait cela pour tarir le flot de mon sang. Et si j'y prenais du plaisir il disait aussi que c'était une façon de le remercier pour son intervention.

L'équation devenait de plus en plus compliquée pour Marcello. Il était coincé quelque part entre l'envie et la pitié.

— Vraiment désolé. J'imagine que cela a été une période terrible. Mais vous avez surmonté ! Vous êtes resplendissante ! Votre père a été condamné, j'espère… et votre mère…

— Je n'ai rien surmonté. Je n'ai pas porté plainte. Mon père n'a pas été condamné. Il nous arrive encore d'avoir des… des rapports… complexes. Et ma mère fait la fortune des établissements psychiatriques.

Les pigeons avaient succédé aux homards. Le Ruinart rosé 2002 dansait la java ou la rumba ou encore quelque chose d'exotique. Les émotions prenaient des teintes toxiques. Pouvait-on parler ici d'art de la table ? Le salé et le sucré se disputaient une suprématie incertaine. Le doux et l'amer n'en faisaient qu'à leurs têtes. Les bulles rebondissaient à qui mieux mieux. Et la ricotta allait chasser les pigeons.

— J'ai un peu cassé l'ambiance… et vos plans spirituels et charnels, peut-être. Vous aviez des plans ?

— Euh… non, pas vraiment, mentit Marcello.

— Même pas un petit plan… cul ? demanda candidement Clara.

La ricotta paradait maintenant dans un feu d'artifice de pistaches et de sorbets orange. Marcello oscillait entre le dégout et l'excitation. Et l'excitation chassait le dégout avec du gros calibre. Clara était la cristallisation de toutes les femmes qu'il avait séduites, possédées, rudoyées, larguées. Et Dieu sait s'il en avait tombé des femmes, de toutes les couleurs, de toutes les formes, de tous les âges (enfin presque), des intellos, des garces, des putes, des saintes, des débiles (plus qu'on ne croit), des muses survoltées, des amoureuses intransigeantes, des jalouses violentes, des perverses, des masos, des dévotes rongées par les remords ! Un palmarès à faire pâlir Casanova ! Et pourtant il était en face d'un spécimen inconnu au bataillon, un spécimen qui pouvait absorber toutes ces catégories, les malaxer pour en restituer une synthèse inédite en même temps qu'affolante. Il se demandait s'il était de taille à affronter une telle énigme. Sentiment qui exacerbait son stress et son excitation.

— Je ne serais pas sincère si je ne vous disais pas que je vous trouve incroyablement attirante et que oui…

— Un petit plan cul, donc !

Ce soir, Clara avait décidé de ne rien se refuser. Après la Lamborghini, La Pergola, le champagne à pas de prix, le Caravage ravageur, elle était prête à jouer les prolongations, à sa façon candide et effrontée.

— Je ne dirais pas ça comme ça mais… Marcello cherchait le mot introuvable.

— Mais vous le pensez !

— Si on veut…

— Vous avez pensé à un endroit cosy ?

Marcello avait plus ou moins (plutôt plus que moins) le doigt dans l'engrenage et, après tout, il ne faisait que satisfaire l'envie que cette beauté chimérique avait de lui. Car il était en train de se persuader que, comme toutes les autres, elle avait succombé à son charme.

— J'ai un endroit cosy, à deux pas d'ici, au Waldorf Astoria.

— Malin ! Vous aviez tout prémédité, y compris ma reddition, susurra Clara.

Marcello prit un air modeste, paya royalement l'addition sans même jeter un œil au montant. La nuit romaine était glauque, douce et spongieuse. On leur prêta un immense parapluie et, comme un couple conquérant, ils gagnèrent le Waldorf et sa suite à 1300€. Un Dom Pérignon les attendait dans un seau à glace. Deux flutes. Le bouchon fit son plop traditionnel. Tchin-tchin !

— Excellent ! Et votre femme dans tout ça ? demanda Clara perplexe.

— Oh… Nous sommes un couple moderne et épanoui je précise. Nous avons chacun notre petit jardin secret.

— Pas si petit que ça !

— Pas si petit que ça, non… ce soir est une exception… une exception enchantée.

Le faste devait suffire. Les boiseries, les dorures, les miroirs, les bulles, les bruits à jamais chassés de cet écrin, devaient suffire pour passer à l'étape ultime, sans trop de baratin. Le badinage tourna court. La méthode champenoise, après avoir instillé sa dose euphorique, commençait à distiller sa dose soporifique. Clara bâilla deux ou trois fois, sans cacher son imparable dentition émaillée de quelques minuscules imperfections, qui en faisaient un chef d'œuvre d'authenticité dentaire.

— Je vais prendre un bain et faire un petit somme pour récupérer de cette journée... comment avez-vous dit ? Enchantée ! Après je serai à vous.

L'incertitude est la glorieuse... Non, c'est la glorieuse incertitude du sport, y compris du sport en chambre, songea Marcello. Et cette incertitude n'était pas faite pour le réjouir. D'autant qu'il sentait une espèce de lourdeur envahir ses membres d'ordinaire si sémillants. Après la longue station de Clara dans la salle de bain (il était déjà une heure cinquante), il prit une douche et quand il revint dans la chambre et s'introduisit sous les draps de satin mauves, Clara, nue, dormait comme une madone intouchable.

Somnia, un laboratoire du sommeil de grande réputation à Vienne, avait détecté chez Clara, à l'âge de seize ans, des troubles du comportement liés au somnambulisme. Et plus précisément une forme de sexsomnie, la poussant à des actes sexuels involontaires durant son sommeil. Ce qui se passa cette nuit-là, dans la suite 13 du Waldorf Astoria de Rome, sembla être lié à cette étrange pathologie. Vers trois heures du matin, alors que Marcello avait abdiqué toute ambition libidineuse et qu'il dormait en ronflotant, Clara se leva, ses yeux fixant le néant, découvrit le corps de son potentiel amant, prit son sexe dans sa bouche, le suça pendant quelques secondes, juste le temps d'éveiller chez Marcello une sensation qui le réconcilia avec le fric insensé qu'il avait englouti dans cette affaire et avec son endormissement contrarié ! Mais la sensation qui gagnait en dimension fut de courte durée. La mâchoire immaculée de Clara se referma brutalement sur le pénis comme sur un steak un peu nerveux et ne le lâcha que quand une bouchée s'en détacha. Le hurlement de Marcello fut à la hauteur de l'événement. Mais le parfum de scandale qui rôdait en ce lieu, le fit vite baisser de quelques octaves. Son bond spectaculaire avait réveillé Clara. Après, il fallut concilier les explications, les excuses, la médecine, la chirurgie, la confidentialité (la femme de Marcello le croyait dans une assemblée générale exceptionnelle et nocturne). Restait que la blessure était handicapante et durable... et que Dom Juan Vitti allait devoir trouver quelque succédané à sa fougue naturelle.

16

La littérature et la vie ne sont pas identiques. Et quand elles le deviennent c'est un flop ou une hallucination ou, par miracle, un tour de force. Stanislas était tenté par le tour de force. Il avait la matière, une matière dense, riche. Il avait le décor, le milieu, l'ambiance que lui fournissait sur un plateau le monde de l'Art. Il avait les personnages : dominant une flopée de figurants, la déesse Clara, le bourreau Kornélius et lui-même, narrateur dont le rôle ambigu devrait être précisé. La littérature ne pouvait plus être ces autobiographies vaguement romancées ni ces jérémiades sur des enfances bafouées par des parents incestueux et cinglés, ni ces sentences de procureurs accusant la société, le capitalisme, le machisme blanc, la pauvreté de toutes les frustrations du monde ni ces chroniques ronronnantes du temps qui passe, ni ces faits divers assaisonnés à la sauce Gallimard. Il fallait être ailleurs, pile poil dans l'œil du cyclone. Là où, entouré de fracas, il garderait sa lucidité : le calme dans la tempête. Là où il pourrait tordre le cou à la réalité, la forcer à s'agenouiller devant la littérature, la forcer à ressembler à un roman. Non, la vie n'est pas un roman ! C'est le roman qui doit déformer la vie comme les trous noirs déforment l'espace ! La vie qui s'engouffre dans l'entonnoir du roman. L'ambition était là, lumineuse et opaque. Immense.

Stanislas avait fait son pot d'adieu à la Boutique, dans la grande salle de réunion du cinquième, boulevard Mortier. L'ambiance avait été chaleureuse, même s'il restait sur le couac de l'opération Reflets. Il avait pu constater qu'il pourrait, à l'avenir, compter sur bon nombre de gradés (et de non gradés) si le besoin s'en faisait sentir. On ne quitte jamais vraiment l'univers des Services Secrets et du Renseignement. On est mouillé, on est tenté, on connaît des choses inavouables, on reste, quoi qu'il arrive, une espèce d'agent dormant. Qui plus est, on a toujours besoin d'information. Et pour la littérature et l'art en général, c'était un atout considérable.

Stanislas vivait désormais dans le vaste appartement du boulevard Raspail. Sa mère l'ayant déserté, après la mort de Tiburce, pour aller s'installer dans un loft, rue de L'Université, au-dessus de sa Galerie d'Art. Elle y hébergeait, jusque dans son lit, un jeune et métisse prodige du maelström contemporain qui avait tendance à se prendre pour Basquiat. Il était plus jeune que Stanislas, et Marie-Louise disait volontiers qu'elle embrassait une seconde jeunesse.

Maintenant, il réfléchissait assis derrière (ou devant, il n'y avait pas de sens) un bureau constitué d'une plaque de verre fumé rectangulaire, épaisse de deux centimètres, reposant sur un piétement composé de deux piliers en marbre. L'ensemble alentour était furieusement contemporain, vestige de l'influence de Marie-Louise de Flognac. Sur les murs, dans le registre minimaliste, il y avait du Carl André, du François Morellet, du Brice Marden, du Robert Morris, tous ayant renoncé, semblait-il, à une quelconque qualité esthétique. Stanislas avait entrepris une lente déconstruction de son environnement en introduisant quelques touches de contemporain plus fréquentable : Sophie Calle, Christian Boltansky... et des euphoriques comme ces chers David Hockney Egon Schiele, Jim Delarge. Sa lente dérive vers l'abstraction jargonnante avait cessé depuis que Clara Behlmann l'avait ensorcelé avec son commentaire sur les « *Ménines* » de Vélasquez. Bon sang, il n'y avait pas que les Modernes ! La peinture n'avait pas commencé avec l'impressionnisme ! Et Turner, et Vermeer, et Rembrandt !

Il n'y avait qu'un dossier, intitulé « Reflets », sur l'ample bureau, contenant les scories de l'affaire Caravage. À chaque fois qu'il l'ouvrait, s'ouvrait aussi la cicatrice d'une plaie. Il se leva en déployant prudemment son mètre quatre-vingt-quinze et se mit à faire les cent pas dans l'aire spacieuse, recouverte d'un tapis de soie ramené d'Iran, avant la chute du shah Mohammad Reza Pahlavi. Sur le coup, il pensa, peut-être à cause de « l'aire spacieuse », à cette affiche vantant la nouvelle politique musicale de l'Opéra Comique, « Changez d'airs », illustrée par Tintin et Haddock, assis dans une loge et comme emportés par la bourrasque des notes sortant de la gorge de la Castafiore ! Pure digression avant de se mettre en jambes. Maintenant il fallait un plan.

C'est à peu près à cet instant-là que les ondes se concentrèrent pour former un flot de pensées à la fois constructives et destructives. Stanislas hiérarchisa ses priorités et définit les moyens pour les atteindre. Sans l'ombre d'un doute, la priorité des priorités était de reprendre contact avec Clara Behlmann et de... non pas la séduire à la façon triviale des... séducteurs de tous poils... mais d'aller la chercher, au plus profond d'elle-même (expression osée), toucher ses cordes sensibles, pianoter sur ses passions, ses goûts, ses envies. Une fois qu'on avait dit ça, on commençait par quoi ? Evidemment par la peinture des seize et dix-septième et plus particulièrement par les autoportraits. Mais encore ? Il ne suffirait pas d'en disserter, d'autant qu'à ce jeu-là elle était imbattable. Alors ? Comment titiller sa curiosité, comment l'intriguer, l'intéresser, comment l'épater pour qu'elle veuille bien attribuer quelque mérite à celui qui réussirait une telle prouesse ? Il fallait un coup d'éclat.

Tel Stavroguine, dans « *Les Démons* » de Dostoïevski, Stanislas, les mains dans le dos, arpentait en tous sens l'étendue saharienne de son bureau, devenue soudain aride et surexposée. Un air d'extrême concentration barrait son front. Ses yeux n'étaient plus que deux fentes imperceptibles lui permettant tout juste d'éviter les obstacles qui pouvaient jalonner ses déambulations. Il avait répertorié les autoportraits célèbres de l'époque et trois avaient plus particulièrement retenu son attention : le Vélasquez bien sûr, mais aussi « *Autoportrait en Zeuxis* » de Rembrandt et « *L'Art de la peinture* » de Vermeer. Pourquoi ces trois-là ? Parce que, se disait-il, une femme aussi érudite que Clara Behlmann ne pouvait pas passer à côté du lien universel qui unissait ces trois toiles, à savoir l'identité sublimée par l'illusion de la représentation et par sa mise en abîme. Elle retrouverait, dans les deux autres, ce qu'elle lui avait si bien exprimé à propos des « *Ménines* ». Tout est vrai, rien n'est vrai ! Comment surfer sur l'illusion ? L'illusion du prestidigitateur ? Prestidigitateur ! Pourquoi tout à coup l'alignement impossible des planètes ? Pourquoi cette mécanique gravitationnelle produit-elle tout à coup l'impensable, le fortuit, le sensationnel ? C'est le mot « prestidigitateur » qui déclencha l'alignement. Stanislas se regarda penser. Le truc était en train de le dépasser. L'idée était là, imposante, majestueuse comme le soleil caressant ses planètes alignées au garde à vous. Il allait faire disparaître les trois toiles. Il allait les escamoter à la vue du grand public. Il allait créer la stupéfaction, l'incrédulité, le manque. Le manque, surtout ! Il allait réhabiliter, dans le même mouvement, l'envie d'admirer à nouveau ces chefs-d'œuvre et la conscience de leur appartenance au patrimoine de l'humanité. Rien que ça ! Et si Clara n'appréciait pas… Non, même pas envisageable, dès l'instant où elle aurait compris la mécanique céleste !

Désormais il faudrait que l'intendance suive. Et il fallait en même temps casser ce Jean-François Kornélius, coupable d'avoir saboté Reflets et surtout coupable d'avoir abusé (malheureusement peut-être dans tous les sens du terme) de Clara Behlmann. Stanislas en était là dans ses réflexions lorsque l'interphone émit son bruit nasillard. C'était Usov (sans aucun doute un ridicule nom d'emprunt), le jeune petit ami de sa mère. À regret, il l'invita à monter. Apparut un garçon dégingandé, auréolé d'une tignasse crépue de la taille de trois ou quatre ballons de foot, sweater sans forme, maculé de touches subtiles de peinture comme pour épater la galerie, jean déchiré, baskets avachies sans lacets et, touche finale, un joint jaunâtre au coin de la bouche. Un artiste, quoi !

— Quel bon vent vous amène, mon cher Usov ?

— Usôv ! Avec un accent sur le ô. Je vous l'ai déjà dit plusieurs fois.

— Où avais-je la tête ? J'ai failli ne pas vous laisser monter, je suis très occupé.

Usôv (donc) jeta un regard circulaire, chargé d'incrédulité.

— On ne le dirait pas !

— Mais c'est le cas. Que puis-je pour vous ?

— MLF m'a chargé de récupérer quelques œuvres…

— MLF ?

— Ouais, Marie-Louise Flognac, votre maman, quoi ! Ça fait aussi « Mouvement de Libération des Femmes » ! Elle est pour.

— Vous l'aidez à se libérer, c'est ça ?

Usôv se dandinait d'un pied sur l'autre. Il inspira une longue bouffée de cannabis qu'il garda emprisonnée dans des alvéoles reconnaissantes.

— Oui je l'aide, finit-il par répondre. Elle fuck la société ! Elle fuck la morale bourge ! Trente-huit ans d'écart, elle s'en tape ! Elle s'éclate au lit ! On s'éclate au lit !

— En couchant dans son lit, vous espérez qu'elle va vous coucher sur son testament ?

— Pourquoi pas ? Ça vous choque ? demanda Usôv.

Stanislas médita sur cette interrogation. Sa mère, depuis toujours, cassait les codes mais là, elle se surpassait ! Comment ce type, avec son buisson sphérique sur la tête, parvenait-il à se coucher ? Peut-être l'emprisonnait-il, son buisson, dans un filet qui lui permettait d'en réduire le volume extravagant ? Sinon, sa partenaire nocturne était-elle contrainte de se réfugier sur l'extrême bordure de la couche ? Pauvre mère ! Et qu'est-ce qui se cachait à l'intérieur de ce foisonnement capillaire ? Des araignées, des puces, des moucherons, des souris ?

— Comment faites-vous au lit avec votre jolie coiffure ?

— Sarcasme ! Il y a de l'amour dans tout ça. Que ça vous plaise ou non !

— Je ne dirais pas que vous êtes un gigolo, bien que ça pourrait tromper un observateur bien disposé.

— Insulte ! clama Usôv en exhalant un nuage tchernobylesque.

— Assez de digressions. Venons-en au fait, mon cher Usôv, quelles œuvres voulez-vous soustraire à mon patrimoine ?

Usôv énuméra quatre toiles : une à base de lignes (« 10 lignes au hasard » de François Morellet) ; deux à base de bandes horizontales (« Rodéo » de Brice Marden et « Happy Holiday » d'Agnes Martin) ; une à base de carrés de couleurs (« Nine Squares » d'Ellsworth Kelly).

— Bon débarras !

— Vous parlez pour moi ? demanda Usôv.

— Vous avez un doute ? Non, je parle des œuvres. Où est la beauté ?

— Beauté ! Concept décadent ! Beauté, ah, ah ! En quoi le cul d'une vache serait-il moins beau que les vitraux de la cathédrale de Chartes ?

— On a le droit de se poser la question, concéda Stanislas amusé.

— Vous n'avez pas aimé le sapin... enfin le « *Plug Anal* » de MacCarthy, Place Vendôme, n'est-ce pas ?

— C'est surtout la Place Vendôme qui n'a pas aimé. Imaginez que je vous colle un plug anal au bout du nez ! Votre nez n'apprécierait pas.

— Petit bourgeois ! La beauté, l'esthétique, tout ça c'est dépassé. La photographie au dix-neuvième a ringardisé la représentation traditionnelle et...

— Je connais le refrain, coupa Stanislas... et on s'est mis à peindre des émotions, des impressions, puis on a chassé les impressions pour ériger le laid en valeur sûre, puis l'abstraction a facilité l'éclosion d'imposteurs par millions et aujourd'hui on vend des concepts, sans aucun souci d'esthétique, c'est vrai, à de riches acheteurs qui font la cote, et qui se goinfrent la rente financière et la défiscalisation qui vont avec ! Une espèce de délit d'initiés ! La nullité artistique est devenue une valeur ! Bravo mon cher Usôv, vous faites partie de ce monde de l'avant-gardisme chic qui crie au génie quand la baudruche de MacCarthy a été dégonflée, preuve qu'elle gênait les réacs. Et magnifique coup médiatique ! Allez, le petit bourgeois n'est peut-être pas celui qu'on pense.

— Vous avez tort. Que le grand MacCarthy ait voulu exposer son *Plug* Place Vendôme est une preuve de vénération pour cet endroit. Le scandale c'est de ne pas avoir compris combien cet épisode a bénéficié médiatiquement à la Place Vendôme !

— Ben voyons ! Je ne vous retiens pas davantage, mon cher Usôv. Bien le bonjour à MLF.

Usôv ayant décroché les toiles et plié bagage, c'était au tour de Kornélius de passer à la moulinette. Stanislas reprit l'arpentage de son espace méditatif. Les renseignements qu'il avait glanés sur ce drôle de zèbre, grâce à d'ex collaborateurs de la Boutique, ne plaidaient pas en sa faveur. Viré de la pub, viré d'Artcurial, pour malversations, trafiquant d'œuvres d'art, fossoyeur de Reflets et peut-être assassin du couple Blandinière, son palmarès méritait le détour et constituait un levier idéal pour le manipuler, le ridiculiser et pour faire en sorte qu'il la ferme quoi qu'il arrive. Maintenant, comment l'entraîner dans cette opération et lui faire jouer le rôle du cocu ? Voler les tableaux et les stocker en lieux sûrs ne devrait pas présenter de difficultés insurmontables, malgré la taille imposante du Vélasquez. Ses « honorables correspondants » en Espagne (Diego Saura), en Allemagne et Autriche (Horst Hesse), pourraient préparer le terrain, soudoyer les bonnes personnes, ouvrir les bonnes portes, mettre en panne les systèmes de sécurité, déjouer les caméras de vidéo-surveillance, convoyer les marchandises et les mettre à l'abri. Ses potes de la DGSE étaient nés pour ça. Bien entendu, il les rémunérerait généreusement. En outre, les musées en général et ces trois-là en particulier (le Wallraf-Richartz à Cologne, le Prado à Madrid, le Kunsthistorisches à Vienne) n'étaient pas réputés pour être des Fort Knox mais plutôt de gentilles passoires, tablant sur le fait que la sécurité coûte cher et que la plupart de leurs œuvres sont invendables. Certitudes oh combien erronées, pour la seconde d'entre elles en tout cas ! Donc il faudrait chiader les modes opératoires et calibrer les plannings, avec Stanislas comme général en chef. Il s'arrêta devant son bureau, se pencha au-dessus du plateau en verre et, tel Narcisse (funeste souvenir encore chaud), il consulta son pâle reflet ! Est-ce toi qui vas pénétrer dans les musées, qui vas extraire les toiles de leur châssis, les emballer, les sortir, les ranger dans le véhicule qui les escamotera ? Non, ce ne sera pas toi, trop risqué, et l'échec te serait interdit vis à vis de Clara. C'est un travail de manutentionnaire plutôt sportif, pas fait pour toi (même si tu es encore classé 15/2 au tennis, ah, ah !), un travail de tâcheron cambrioleur. Un travail pour un Kornélius qui deviendrait le pantin docile et surement assez doué pour ce genre d'exercice, vu les situations scabreuses dont il est sorti indemne. Kornélius :

le pantin de Stanislas ! Le faire-valoir de ton cerveau qui aura concocté la plus vénérable performance d'Art Actuel grâce aux plus vénérables des Anciens ! Kornélius exfiltrera, dans un premier temps, le Rembrandt et le Vélasquez, jusqu'à une camionnette banalisée (avec fausse plaque minéralogique et conducteur cagoulé), puis continuera son périple, les mains dans les poches, comme si de rien n'était. Une quinzaine de jours séparera ces deux premières actions. La dernière se déroulera à Vienne, dans le royaume de Clara Behlmann. Là, tu dois te douter que Clara, alertée par les précédentes disparitions, en déduira que la prochaine cible sera potentiellement son Vermeer et fera tout pour l'éviter. C'est sur ce terrain-là que tu devras commencer à apparaître avec subtilité. Apparaître comme un amoureux de Vermeer (et spécifiquement de son « *Art de la Peinture* ») et sensible au charme, au charisme de Clara. Il faudra ensuite qu'elle sache que tu es le Grand Horloger de la Performance du siècle ! Kornélius pourrait se faire piquer la main dans le sac, au cours de cette dernière séquence... peut-être même avec la complicité de Clara Behlmann ! Ce serait l'extase ! Pourquoi pas si elle adhérait au concept du Manque Universel !

Stanislas salua son reflet équivoque. Il se redressa et remit en action ses longues jambes. Le point faible dans tout cela, c'était Kornélius, évidemment. Retors, peu fiable, il pourrait lui prendre l'envie de n'en faire qu'à sa tête, de le doubler et de disparaître avec l'une des toiles. C'était plus ou moins ce qu'il avait tenté de faire avec le Caravage. Il faudrait donc le surveiller de très près, pendant les opérations. Donc du personnel supplémentaire. Kornélius ne serait le maillon faible, que s'il acceptait d'endosser ce rôle d'Arsène Lupin d'opéra wagnérien ! Pour le convaincre, deux appas : celui du gain (les investigations financières le concernant indiquaient un état de délabrement avancé) et la menace de divulguer certains pans peu glorieux de son passé (on pourrait appeler cela du chantage mais Stanislas préférait le doux vocable de « pression »). L'autre souci, sinon point faible, était le barouf médiatique, politique et policier, engendré par une telle audace. De fins limiers seraient mis sur le coup et toute trace suspecte devrait être évitée. Professionnalisme et rigueur seraient de mise. Ce dont Kornélius semblait dénué. On en revenait toujours à lui ! À la réflexion, était-ce raisonnable de s'embarrasser de ce minable, juste pour assouvir une vengeance qui certes avait du carburant mais qui plaçait sur le fil du rasoir une ambition, par ailleurs d'une totale noblesse ? Kornélius était le caillou dans la chaussure, le poil à gratter. Mais c'était aussi, se persuadait Stanislas, l'offrande faite à Clara : la tête du gueux sur un plateau. Il se voyait endossant l'armure du preux chevalier avant la joute qui, s'il en sortait vainqueur, lui ouvrirait le cœur de la belle et bien d'autres choses encore. Le risque encouru déterminerait aussi la qualité de la récompense... Bon, c'était parti, Stanislas était prêt à endosser la cotte de mailles de Bertrand du Guesclin.

17

Vienne connaissait la musique ! Les Viennois connaissaient la musique ! Il ne fallait pas leur en promettre mais leur en donner. Et elle suintait de partout, la musique. Là des fuites de Mozart (à la Mozarthaus, à la Konzerthaus), là des fuites de Brahms (à la Musikverein), là des fuites de Mahler (au Staatsoper), là des fuites de Vivaldi (à la Karlskirche), là des fuites de Berlioz (au Volksoper)… sans parler de Strauss et de ses valses lancinantes ! Partout des flots de musique s'échappaient des immeubles en pierre gris-clair du centre-ville, par les moindres fissures, les moindres serrures, les moindres interstices, les moindres fenêtres entrouvertes ou encore les moindres carreaux cassés. Les orchestres symphoniques, les quatuors à cordes, les orchestres de chambre, rivalisaient de virtuosité quasi religieuse envers les grands Maîtres. On ne pouvait pas y échapper. Quiconque voulait s'en protéger devait porter un casque ou des écouteurs qui diffusaient du rock, de la pop, de la folk, de la soul, du blues, du jazz et même du rap. Impossible de se cacher. Inutile d'aller à Vienne si on ne voulait pas être harcelé par toutes ces notes qui inondaient l'atmosphère.

Clara Behlmann n'était pas mélomane. Pas au sens viennois du terme. Elle s'était habituée au bruit de fond. Mais son truc c'était l'œil, pas l'oreille. Elle rentrait chez elle, dans son immeuble cossu en pierre gris-clair (ou beige-clair selon la lumière) du centre- ville, une belle construction d'angle de 1872, au 15 Elisabethstrasse, non loin de la Schillerplatz. Un type l'aborda, les yeux brillants.

— Excusez-moi de vous importuner, mais j'ai beaucoup apprécié votre dernière conférence sur la restauration des tableaux, à l'Alma Mater Rudolphina avec l'exemple du Masaccio, « *Adam et Eve chassés de l'Eden* ». Je prépare un Master et je suis très honoré d'assister à vos… très instructifs… et j'adore votre humour et votre érudition… excellent et… vous ne vous êtes pas démontée quand on vous a annoncé la nouvelle du vol du « *Portrait en Zeuxis* » de Rembrandt ! Vous avez enchaîné sur une exégèse du tableau que j'ai trouvée très pertinente et...

— N'en jetez plus ! Vous allez me faire rougir et je déteste ça. Mais j'apprécie que vous appréciiez. Pour votre information, je donne une conférence demain, au même endroit, sur le thème de l'autoportrait en peinture. J'aurai plaisir à vous y voir. Au revoir.

— J'y serai ! affirma l'étudiant, les yeux encore plus brillants.

Avant de taper le code pour entrer dans l'immeuble, elle déplaça une trottinette abandonnée en plein milieu de la porte. Porte imposante, encadrée de deux colonnes (plutôt doriques que ioniques), d'au moins quatre mètres de haut, en acajou, partiellement vitrée dans sa partie supérieure. Une porte altière, énigmatique, à l'image de Clara. Elle monta au quatrième, par l'escalier, au lieu d'emprunter l'ascenseur délicieusement rétro (c'était mieux pour les jambes et pour le cœur, disait-elle). Elle pénétra dans son appartement et se dirigea dans le salon très lumineux, doté d'un bow-window en angle. Elle se laissa tomber sur un canapé bordeaux au design irréfutable. Une ambiance à la Hopper, comme dans « *Room in Brooklyn* ». Un petit coup de fatigue. Un petit coup de moins bien. Elle avait l'impression qu'on attendait toujours d'elle des prouesses. Comme si on la considérait capable de faire mieux que les autres. Plus douée, plus maligne. Bien entendu c'était faux. L'épisode de Rome, autour du « *Narcisse* », lui avait laissé un goût amer, et pas seulement parce qu'elle s'était retrouvée mâchonnant un morceau du pénis de Marcello Vitti ! Toute l'affaire avait été prestement et mystérieusement escamotée mais elle gardait le sentiment d'avoir été plus manipulée que manipulatrice. Ok, elle s'était bien amusée mais, avec le recul c'était assez vain. Les humains, en général, la décevaient. Les hommes en particulier. Ils étaient prévisibles à pleurer. Ils vous draguaient avec une idée forte : vous sauter. Après, les moyens pour y parvenir étaient plus ou moins créatifs (plutôt moins que plus !), plus ou moins sincères. De grosses ficelles. Des roses innocentes à n'en plus finir, des restos chics, des clubs branchés, des vernissages, des suites à mille balles, des bagnoles rugissantes, des plages à rester vautrée là jusqu'à la fin des temps, des poèmes laborieusement calibrés ou pompés dans quelque anthologie, de préférence chez les obscurs, ceux qu'on ne lira jamais parce qu'ils écrivent sur des bouts de papier tachés par les sanglots de leur mal-être légendaire. Et pas seulement des poèmes mais de la prose aussi. De la prose larmoyante (proche de la poésie), de la prose salée et péremptoire (proche des recettes de cuisine) de ceux qui s'imaginent que quelques mails, quelques tweets, nimbés d'un trait d'humour, suffiront pour enlever le morceau. Le Prince Charmant n'était pas né ou peut-être était-il en retard ? Celui qui arriverait avec l'idée du siècle, qui séduirait sans le vouloir ou sans le savoir ou encore sans espoir ! Celui-là aurait peut-être une chance. Le seul qui avait réussi à l'émouvoir un peu, en douce, c'était ce crétin de Jean-François Kornélius, avec ses nœuds papillon et son humour défraîchis. Il s'y prenait tellement mal que ça en devenait touchant.

Qu'est-ce qu'une jeune femme, pourvue de toute la panoplie de la réussite, pouvait bien attendre de la vie, au seuil des années vingt de ce vingt et unième siècle bancal ? En même temps, Clara n'avait pas tous les atouts en main. Une vision familiale dynamitée. Un père inconnu n'a jamais été d'un grand secours. Une mère bipolaire, tendance schizo, non plus. Un beau-père libidineux pas davantage. Vers qui se tourner ? Où est la statue du Commandeur ? Quelques profs, un en philo, une en histoire de l'art, vite éclipsés dans le tourbillon de la vie. Quelques maîtres Zen et leurs écrits anesthésiants. Quelques amis, les bonnes bouffes, la picole, un joint par ci, un pelotage par là, on refait le monde et le monde s'en fout. Pas vraiment de confident ou de confidente. Pas de confiance. La dèche sentimentale. Trente-quatre ans, l'heure des premiers bilans. Fonder une famille ? Avoir des enfants ? Comme tout le monde... ou presque. Faut-il entrer dans le moule pour être heureux ? Et le bonheur n'est-il pas l'opium du peuple, à sa façon ? Une espèce de religion de l'instant qui nous fait regarder la vie comme si on découvrait tout, tout le temps, avec une lueur chaste et pétillante au fond de l'âme, une candeur perpétuellement sollicitée. Le bonheur vous a parfois des relents de film niais.

Quand cette lucidité s'emparait d'elle, Clara s'autorisait à caresser le suicide. À quoi bon ? La quête du plaisir avait quelque chose de pathétique. Un cautère sur une jambe de bois. On s'enivrait, on planait, on baisait, on se trémoussait, on se goinfrait, on se prosternait devant le coucher du roi soleil, devant la lune taiseuse, devant des dieux mutiques, devant des gourous mystiques. On courait la nouveauté comme on court au devant des catastrophes. On s'épuisait à être dans le coup, à la mode, dans la sérénité. On ricanait de tout pour ne pas avoir à en pleurer. On implorait demain mais demain nous rapprochait de la fin. Notre monde est incohérent en même temps qu'il obéit à une logique implacable qui nous échappe. Camus l'avait bien dit, on vit dans le non-sens. L'absurdité est notre boussole et devient bientôt une passion incontrôlée. Il n'y a rien à comprendre si ce n'est se glisser dans les habits de l'homme absurde et de faire comme si on avait compris. Ou s'en foutre et jouir, jouir, jouir, jusqu'à s'en faire péter l'aorte ou déprimer, déprimer, déprimer, et se trouer la tempe. Faut-il prendre l'absurde au sérieux ? La vie ne nous prend pas au sérieux ! Elle nous ballotte dans tous les sens et nous extermine à la première occasion, abrégeant notre saut de puce dans l'éternité. Clara ne voyait pas le soleil qui filtrait encore au travers des persiennes, pas plus qu'elle n'entendait l'adagio de la septième de Beethoven qui se frayait un chemin à travers la tuyauterie compliquée de l'immeuble. À quoi bon ? Elle avait jeté son sac à l'autre bout du canapé. Elle avait déchaussé ses escarpins à la va-vite. Elle était prostrée là, sans même un verre à la main, sans défense devant un destin masqué. À quoi bon ? Et le téléphone sonna (il y a souvent un téléphone qui sonne dans les moments cruciaux de nos vies d'esclaves ou dans les romans qui ne savent plus trop où ils en sont). Le téléphone sonna et Clara hésita. Elle finit par tendre le bras et décrocha. C'est comme cela que la réalité tord parfois le cou aux destins masqués.

— Clara ? c'était Jessica, sa meilleure amie, qui travaillait avec elle au musée.

— Jessica… j'ai oublié quelque chose ?

— Tu ne devineras jamais ce qui vient de se passer !

— Quelqu'un a décroché la lune… dit-elle d'une voix embrumée.

— Tu ne crois pas si bien dire ! Quelqu'un a décroché « Les Ménines » ! Escamoté ! Il n'y a plus qu'un grand vide à la place du tableau ! Délirant ! Le Prado doit être sens dessus dessous, tu imagines…

Clara reçut l'information comme un coup au plexus. En même temps qu'elle se réveillait de sa rêverie crépusculaire, elle apercevait, dans toute sa clarté, ce qui donnait du sens à sa vie somnambulesque, à savoir l'art et tous ces grands acteurs, tous ces grands peintres qui avaient bravé l'absurde, sans espoir de retour, qui avaient fait de l'illusion l'antidote à toute forme de rationalité illusoire. Et voilà que quinze jours après le vol du Rembrandt à Cologne, c'était au tour du Vélasquez à Madrid ! Ça n'était pas du mimétisme ni une coïncidence ! Clara le ressentit instinctivement. Il y avait trop de corrélations entre ces deux chefs-d'œuvre ! Deux des plus importants tableaux de l'histoire de la peinture occidentale… et de la peinture en général. Deux autoportraits d'une audace folle. Il y avait forcément un Deus ex machina tapi dans l'obscurité de cette extravagance. L'inquiétude de ces disparitions le disputait à la fascination de tels sacrilèges ! Qui ? Qui avait pu concevoir un truc aussi dingue, aussi audacieux ? Quelles motivations pour prendre de tels risques ? Quelle ambition ? Ça n'était pas crapuleux, pas une histoire d'argent. Il y avait autre chose de plus fort, de plus grave ! De plus inquiétant, peut-être ? Un monstre, comme ceux que combat James Bond, voulant déséquilibrer le monde ? Non… non, beaucoup plus sophistiqué que ça ! Plus subtil, plus cultivé ! Et soudain l'idée que la fête n'était pas finie, que d'autres chefs-d'œuvre disparaitraient ! Il y avait une espèce d'ivresse à subtiliser en douceur (c'est ce qui s'était déjà passé pour le Rembrandt) des joyaux éternels. Des tours de magie ! Le Mont Saint-Michel est là. Plouf, il n'est plus là ! Vous ne pourrez plus l'admirer. Sa beauté ne sera plus qu'un souvenir. Rayé de la carte ! Et si la logique disruptive du cerveau tirant les ficelles de cette histoire se confirmait, mon Vermeer serait peut-être l'une des prochaines cibles, avec quelques autres, conclut Clara. Le bruit médiatique était considérable. Le « *Portrait en Zeuxis* » écrasait l'actualité. Le chômage, les grèves, la dette, les élections, les épidémies, les tremblements de terre, les attentats, les guerres, passaient au second plan ! L'Art retrouvait sa prééminence. Un autoportrait ricanant imposait son absence. Et maintenant deux autoportraits !

— Jessica... ce que tu me dis est ... je ne trouve pas de meilleur mot... ahurissant, stupéfiant peut-être ! Mais si c'est confirmé, il faut comprendre qu'il y a une volonté... créatrice derrière ça... en même temps destructrice et créatrice.

— Pour l'instant je vois surtout le vol, le crime... on pourrait même dire un crime contre l'humanité !

— Le type ou je ne sais qui, ne dérobe pas n'importe quoi, tu comprends. C'est ciblé ! En plus il ne fait pas dans la facilité... quand on connaît la taille du Vélasquez...

— Il doit y avoir toute une équipe, ce n'est pas possible autrement. La mafia ?

— Je sens autre chose, répondit Clara. La dernière fois que je suis allée à Madrid, je me suis recueillie devant « *Les Ménines* » et quelqu'un est venu me demander si Vélasquez n'en faisait pas trop... C'est dingue, non ? Je n'ai pas pu bien voir le personnage... seulement qu'il était grand, élégant. J'avais oublié cet épisode mais maintenant... On va avoir des surprises.

— Et tu donnes ta conférence sur les autoportraits, demain ?

— Ça risque d'être sportif !

La nuit de Clara n'eut de nuit que le nom. Elle fut emportée vers des sommets qu'elle dévala aussi sec se retrouvant au fond de crevasses ensanglantées d'où elle émergeait rayonnante, tableaux à bout de bras, bravant les cimes, déclenchant avalanche sur avalanche par ses cris stridents de victoire. La peinture était sauve, Clara épuisée. Dans son lit, son grand lit king size, protégée par ses rideaux d'une opacité cosmique, elle guettait sa galerie intime dans laquelle clignotait son Vermeer. Son Vermeer à elle, celui dont elle avait fait une copie qui lui avait bouffé une énergie considérable, vu qu'on n'avait pas le droit d'estropier Vermeer. C'était la perfection ou rien ! Et on pouvait affirmer que c'était la perfection. Bien malin celui qui aurait pu désigner la copie, comme ça, au débotté. Quand la nuit rapace avait commencé son petit manège. Clara avait senti une lourdeur systémique envahir ses membres puis ses pensées puis ses émotions et elle avait ouvert les yeux, pile au moment où le réveil avait balancé sa fugue en ré majeur de Brahms. Infos : le vol du Vélasquez saturait les radios, les chaînes tv en continu, les réseaux sociaux. Du travail de pros ! Pas d'effraction, pas de violence, pas de trace. Juste la fin d'un monde avec « *Les Ménines* ». Et la fin d'un monde avec le « *Portrait en Zeuxis*» !

L'amphithéâtre bourdonnait comme une ruche survoltée quand Clara déboula, jean, veste bleu-marine, châle écossais, crinière léonine. Elle vérifia le système informatique de projection et attaqua bille en tête.

— L'autoportrait, c'est vous, c'est moi, devant notre miroir. Hmmm... sale gueule ce matin, je ne la souhaiterais pas à mon pire ennemi, en effet c'est quoi cette rougeur au bout du nez, c'est quoi ce bouton en plein milieu du front, ces lézardes au coin des paupières et ces yeux qui n'aspirent qu'à se retrouver au milieu des pommettes, et ces cheveux en bataille, bataille perdue d'avance ! C'est vous, c'est moi, cédant à cette manie décadente du selfie et ces milliards d'autoportraits déprimants devant la Tour Eiffel, Auschwitz (Seigneur !) ou le Taj Mahal, qui encombrent les centres de stockage numérique... mon meilleur profil dans la lumière tamisée, ma fossette innocente, mon regard profond, mon sourire insondable, mon nez mutin et ces lèvres charnues... Je m'accepte. Je ne m'accepte pas. Je me fais honte. Je me fais envie. Je suis lucide. Je suis complaisante. Ce bide dégoulinant est bien à moi. Ces cuisses farcies de cellulite aussi. Sale tronche. Vais-je me regarder en face ? Avoir le courage de détester mon image ou de l'aduler ! L'autoportrait nous projette dans le mystère de l'être aux prises avec lui-même et avec les voyeurs qui jaugeront et jugeront l'être aux prises avec lui-même... ou passeront leur chemin, déçus par un manque de sincérité, de bravoure, de talent. Le reflet du peintre dans le tableau est la quintessence torride de l'histoire de l'art. Il est apparu en tant que genre artistique, en Europe, à la fin du quatorzième, quand la peinture a commencé à s'affranchir de l'église, sous forme d'insertion discrète du portrait de l'artiste dans des compositions de grands formats puis de façon autonome, l'artiste en majesté, à la fin du quinzième. L'apparition du miroir a tout changé. « Les miroirs feraient mieux de penser avant de réfléchir ! » On a pu scruter son apparence et s'en accommoder, ou pas. Mais bon, on ne va pas se raconter toute l'histoire de l'autoportrait et de ses tribulations à travers les âges, n'est-ce pas, nous allons au contraire, chers amis, grâce à quelques exemples triés sur le volet, nous attacher à traquer la réalité derrière l'illusion et l'illusion derrière l'illusion, si vous le voulez bien.

— Vaste programme ! força une voix enrouée.

— Vaste déambulation dans l'inconscient torturé de quelques grands du pinceau. Commençons par l'ami Johannes Gumpp, autrichien, qui, au milieu du dix-septième, période oh combien féconde, nous gratifie d'un « *Autoportrait* » (1646), en tout point exemplaire. (Clara afficha l'œuvre sur grand écran) Tout y est : l'artiste vu de dos, au travail, et face à lui et aux voyeurs, un miroir à gauche, dans lequel il se reflète et un miroir à droite qui reflète le tableau en cours, indiquant, par l'image assez proche du reflet, que l'autoportrait est presque terminé. Dans son dos, au premier plan, un chat et un chien semblent prêts à en découdre. Alors il nous dit quoi, Johannes ? Il nous dit « Je suis content de moi, je vous ai bien eus, je vous tourne le dos, vous ne me voyez pas, mais moi je vous vois dans le miroir, je vous regarde dans les yeux, même si pour cela j'ai un peu triché avec la perspective, et vous voyez le fidèle résultat sur le tableau de ce que je suis sensé voir et ne vois pas en réalité ! Je vous ai fait le coup du premier triple portrait, que je nomme modestement « *Double portrait dans le miroir* » sur le parchemin accroché en haut du châssis. Quant au chien et au chat derrière moi, leur querelle de la fidélité face à l'autonomie me laisse froid par rapport à l'importance de la tâche que je suis magistralement et subtilement en train d'accomplir ! Applaudissez braves gens ! » Malin Johannes ! L'ancêtre de l'autoportrait franchement narcissique. Des commentaires ? Pas de voix enrouée ! Bien. À l'opposé notre tourmenté Egon Schiele. S'il y en a un qui n'enjolive pas le tableau, c'est bien lui ! Regardez-moi ça ! (Clara affiche le tableau) Dans cet « Autoportrait » de 1911, sur son corps nu, décharné, convulsé, sexe en berne il greffe son visage halluciné, grimaçant… comme une espèce d'exploration corrosive de son état psychique. Vous arrivez avec ça chez votre psy, il vous embaume sur son divan ! Il nous dit quoi Egon, s'il est toutefois en mesure de parler ? Il nous dit « Je me fous de votre regard dégouté ! Je veux que vous soyez bien dégoutés et dégoutés pourquoi ? Parce qu'un jour ça va vous arriver ! N'imaginez pas que vous échapperez à la déchéance, celle qui est aujourd'hui la mienne ! Moi, j'ai au moins la force de la regarder en face, sans me dorer la pilule ! Vous, vous détournez pudiquement les yeux en disant quelle horreur, jamais de la vie ! Eh ben si ! Je vous tends le miroir de votre décrépitude annoncée. Je ne vais pas bien. Je n'aime pas ça. Et j'aime ça que vous n'aimiez pas ça ! » Merci Egon. L'autoportrait maso dans toute sa splendeur ! Commentaires ?

— Il en a fait des dizaines voire des centaines d'autoportraits dans ce style, fit remarquer un étudiant chauve avec un long pendentif noir à une oreille, c'était devenu sa marque de fabrique. Trop systématique pour être honnête ?

— Son systématisme est la marque de son obsession. Le garçon est gravement atteint, sa vie en témoigne, et même quand il essaie de faire « plus joli », il n'y arrive pas. Egon ne se compromet pas avec l'artistiquement correct, il ne se fait pas de cadeau et il n'en fait pas davantage au spectateur. Je le crois sincère. Par ailleurs on peut aimer ou pas son esthétique. Bon, je vous propose maintenant un détour qui vaut le détour ! « *David avec la tête de Goliath* », réalisé par Caravage, datation incertaine entre 1606 et 1610. (Clara affiche le tableau) Clair-obscur imparable, composition imparable, David, l'air navré, tient dans sa main droite une épée dont la lame rutile et dans sa main gauche la tête tranchée de son ennemi juré, tranchée mais encore pleine de vie, regard expressif, rides de la préoccupation sur le front, bouche ouverte d'où semblent provenir des sons, voire des paroles. Et cette tête, au premier plan, d'où jaillit un flot de sang à la base du cou, n'est autre, mes amis, que celle de Caravage lui-même ! Théâtralisation, dramatisation, naturalisme radical, Caravage… n'en fait qu'à sa tête… Il devient le révolutionnaire de la peinture et singulièrement de l'autoportrait, en ce début du dix-septième.

Ce n'est pas rien ! Il précède les cadors autoportraitistes de la deuxième moitié du dix-septième. Et que nous dit-il notre Merisi Michelangelo Caravage ou Caravaggio ? « Je suis maudit, ok je l'ai mérité mais on m'a toujours cherché des noises. Je suis accusé à tort de meurtre, je suscite les envieux, les jaloux, ceux qui veulent copier ma peinture, ceux qui veulent ma tête… eh bien la voilà ma tête, regardez-la bien, suppliciée mais consciente, regardez-la mais la vraie, celle que j'ai encore sur les épaules, vous ne l'aurez pas ! L'autoportrait de la provoc, de la mise en scène funeste ! Je suis un mauvais garçon mais je vous éclabousse de mon talent ! Commentaires ?

— Il semblerait que ce tableau ait été commandé par un cardinal, dit une femme à lunettes et couettes juvéniles, l'église avait donc encore beaucoup d'influence !

— Beaucoup d'influence, sans aucun doute, ce qui est encore vrai quatre-cents ans plus tard mais la façon ultra réaliste de traiter un épisode de la Bible fait sensation à l'époque. Par ailleurs ce ne serait pas une œuvre de commande mais un cadeau au cardinal Scipione Borghese, un prélat ayant le bras long, dont Caravage aurait espéré le soutien afin d'obtenir son pardon judiciaire dans l'affaire de meurtre à laquelle il était mêlé et qui l'avait contraint à fuir Rome pour se réfugier à Naples.
Passons maintenant à une femme… enfin une femme, me direz-vous ! Il y en a peu qui ont vraiment marqué le genre. Elle fait partie des exceptions. Vous avez deviné ? Frida Kahlo bien sûr, et son « *Autoportrait au Collier d'Épines et Colibri* » qui date de 1940 (Clara affiche le tableau). La vie de Frida est un enfer. Polio à six ans, accident de tramway à dix-huit, ayant nécessité pas moins de trente interventions chirurgicales, vie sentimentale volcanique avec le peintre Diego Rivera qui la trompera avec sa sœur ! Ajoutez à cela un physique particulier avec un mono sourcil et une moustache que Frida ne cherche pas à estomper. Au contraire. Souvent immobilisée pour de douloureuses raisons elle se met à peindre quantité d'autoportraits. Dont celui-ci, d'une facture qui fait penser au Douanier Rousseau. Elle vient de divorcer de Rivera et elle charge la barque ! De face, sourcil et moustache déployés, elle nous fixe sans l'ombre d'un sourire. Au-dessus de sa tête, des libellules, symboles de

la résurrection ; dans ses cheveux des papillons, symboles d'espoir et de renaissance ; sur son épaule droite un singe tirant sur un collier qui lui inflige des écorchures, symbole de Rivera et de l'enfant qu'elle ne peut avoir ; sur son épaule gauche, un chat noir, symbole de sa dépression, de sa malchance ; autour de son cou, un collier d'épines la fait saigner, et n'est pas sans rappeler la couronne du Christ en croix ; accroché à ce collier un colibri noir, mort, qui, dans la tradition mexicaine, est un porte-bonheur, synonyme d'espoir. N'en jetez plus, la cour est pleine ! Que nous dit cette Frida qui surcharge ? « Voilà ma vie, entre souffrances, doutes et espoir. Je suis stoïque, debout. Je n'ai pas peur. Je regarde la vie en face, je ne me dérobe pas. Il en faudrait plus pour m'abattre. Les périls me collent à la peau mais j'ai la peau dure ! » L'autoportrait de la résilience. Commentaires ? Alors, un petit détour par Lucian Freud, le petit-fils de Sigmund. Pourquoi ce monsieur a-t-il peint autant d'autoportraits (plus de cent) alors qu'il ne s'aimait pas ou ne se comprenait pas ? N'a-t-il pas déclaré, je le cite de mémoire « Je n'accepte pas l'information que j'ai en me regardant dans un miroir et c'est là que les problèmes commencent ». Magnifique entrée en matière pour celui qui, tout au long de sa vie, n'a cessé de traquer l'image illusoire qu'il voyait de lui-même. Depuis le jeune homme séduisant et perplexe, en passant par l'homme mûr, dominateur et cinglant, jusqu'au vieillard pathétique accroché à son pinceau. Quatorze enfants recensés (peut-être deux ou trois fois plus en réalité), bourreau des cœurs, bourreau de travail, bourreau de lui-même. Il ne se peint pas comme il se voit dans le miroir mais comme il se ressent ou plus exactement comme il ressent ce que lui renvoie ce lui-même qui est autre, qui est illusion et qui parasite l'information qui doit servir à sa création. Aller chercher une vérité au-delà de l'apparence en poussant l'apparence dans ses derniers retranchements. Pas d'expressionnisme mais de l'impressionnisme distancié. Pour illustrer, voici celui que je considère comme étant le plus important autoportrait de Freud : « *Painter working, Reflection* » (1993). Il a 70 ans, vous remarquez qu'il est nu, n'est-ce pas, à l'exception de chaussures avachies, sans lacets. La chair est blafarde, tombante, le sexe lourd, le regard déterminé... déterminé parce qu'il tient dans sa main gauche sa palette colorée et dans l'autre main son couteau de peintre qu'il arbore comme la dague d'un guerrier. « Hé, je suis toujours là, I am what I am... n'en déplaiseà celui qui pose devant le miroir, « moi » en l'occurrence ! » C'est l'autoportrait au deuxième voire au troisième degré ! L'autoportrait psychanalytique, bien que Lucian récusât ce terme. Commentaires ?

— Ça ressemble furieusement à Egon Schiele, nota un barbu à la barbe tressée.

— Le « ressemble » et le « furieusement » sont de trop, cher ami. De trop car Egon n'a pas cette espèce de dédoublement quand il s'observe. Il se déteste, tout simplement et il charge la mule. Pas de ça avec Lucian. Lui a un problème de représentation. Qui est ce type dans le miroir ? Il va bien falloir qu'il me crache sa vérité ! Egon se torture. Lucian se triture ! Quant aux styles, ils sont à l'opposé : l'un fait glisser la matière, l'autre la pétrit. Voilà... je pourrais encore vous parler d'autres furieux de l'autoportrait, comme Jan van Eyck, un précurseur, se reflétant dans le miroir convexe des « *Époux Arnolfini* » (1434), Poussin le classique, Courbet le dandy, Cézanne « Je peins donc je suis – de préférence mon profil droit », Picasso « mon absence de style est mon style, le nez n'est plus au milieu de la figure, les yeux plus en face des trous et alors ? » et cetera... Oui ?

— Madame, vous n'avez pas parlé des autres grands du dix-septième et tout particulièrement de Rembrandt et Vélasquez dont deux sublimes autoportraits viennent d'être volés, fit remarquer l'étudiant aux yeux brillants, celui qu'elle avait rencontré la veille en rentrant chez elle.

— À vrai dire, j'attendais cette question dès le début ! Merci de la poser enfin ! Vous êtes dans le coup avec retard mais vous êtes dans le coup !

18

Dans la catégorie des Détectives Privés, Jean-François Kornélius appartenait sans conteste à la sous-catégorie des Détectives Privés ratés. Certes, il ne s'en faisait pas une gloire mais il y trouvait un plaisir sans chichi qui lui offrait quelques divagations vaporeuses du côté des grands ténors de la profession, peuplant les romans noirs depuis un bon bout de temps. Ils avaient tous des vies cabossées, des bouteilles de whisky à portée de main, ils allumaient clope sur clope, la cocaïne était une bonne copine. Ils avaient tous des femmes fatales dans les parages, des psychopathes, des tordus, des affaires foireuses à résoudre. Ils avaient tous des pistolets dans le tiroir ou à la ceinture, des imperméables fatigués, des chaussures à semelles de crêpe, voire des feutres gris. Mais peu, il est vrai, pouvaient se vanter d'exhiber des nœuds papillon psychédéliques. Il appartenait à cette grande famille qui s'ébrouait dans les pages des bestsellers. Il y voyait sa raison d'être subliminale. Détective, c'était pas drôle tous les jours mais c'était comme ça.

JFK (pour les intimes) avait peu d'intimes, justement. Il s'y connaissait en fâcheries, en disputes, en ruptures, que ce fût en amour, en amitié ou en rivalités professionnelles. Il savait faire le vide autour de lui. Il avait rageusement biffé au feutre rouge une foule de noms à commencer par son père, trop occupé à traquer le scoop aux quatre coins de la planète. Avaient suivi de rares cousins qu'il trouvait bornés et ploucs. Récemment, il avait encore biffé Elena, Claude, George, Martha, Nadège, Sabine, June, Constant, Lancelot, toutes et tous avec autorité, sans l'ombre d'un regret, quoiqu'avec Claude… une certaine dose de Kay Kendall rendait la chose moins évidente. Non, mais la seule qui tenait vraiment la route, toute la route, était Clara Behlmann ! Cependant, depuis l'épisode romain, six mois auparavant, le handicap lui paraissait insurmontable. Maudit Caravage ! Mais…

Mais le vent était peut-être en train de tourner. Il se l'était pris de face pendant trop longtemps et soudain, le soir où il allait jeter l'éponge, on avait frappé à sa porte et était arrivée cette grande bringue de Stanislas, avec son contrat mirobolant sous le bras. D'abord il avait pensé à un canular, puis il avait cru que le Stanislas en question le prenait pour un cave, puis quand il avait louché sur le paquet de billets, il avait commencé à apercevoir l'avenir immédiat sous un angle plus réjouissant. Ok, cette fable ne tenait pas debout ! Aller dérober des toiles aussi célèbres ne tenait pas debout. Néanmoins, en consultant l'historique des vols récents d'œuvres célèbres, il avait constaté que la plupart de ces disparitions avaient été réalisées en douceur avec une incroyable facilité : « *La Joconde* » en 1911, par un vitrier italien, Vincenzo Perrugia, qui avait travaillé au Louvre et qui avait procédé à son petit larcin, juste après la fermeture ; « *Le Cri* » et « *La Madone* » de Munch, en 2004 au musée Munch d'Oslo, par deux individus cagoulés, brandissant des armes factices, au milieu des visiteurs, en plein après-midi ; « *Le Concert* » de Vermeer, agrémenté d'un Rembrandt et d'un Degas, une nuit de mars 1990, au musée Stewart Gardner de Boston, par deux hommes déguisés en flics ; « *Fleurs de pavot* » de Van Gogh, en 2010 au musée du Caire, par un inconnu demeuré inconnu, s'étant fondu dans la foule des visiteurs alors que le système de sécurité était hors service ; « *Le jeune garçon au gilet rouge* » de Cézanne (et quelques Monet, Degas, Van Gogh, au passage !), en 2008, à Zurich, à la Fondation Emil G. Bührle, par trois cagoulés comme il se doit, en dix minutes pépères, sans violence, sans alarme ! On pouvait allonger la liste à l'envi. Des centaines de millions envolés. Certaines œuvres retrouvées, d'autres pas. Et de rares arrestations. Un panorama qui donnait du cœur à l'ouvrage ! D'autant que Grandes Jambes semblait avoir parfaitement préparé son affaire. Donc JFK avait accepté l'inacceptable, dans un murmure contrit, non sans avoir témérairement marchandé (pour la forme) quelques centaines de milliers d'euros supplémentaires. Il n'avait rien obtenu, pas plus qu'il n'avait obtenu de précisions sur la troisième phase de son intervention qui déclencherait le paiement du solde, 60% de ses honoraires en cas de succès. Ce « en cas de succès » inquiétait JFK. Dans son esprit aux abois, il imaginait que la formule induisait des difficultés particulières et considérables, difficultés propres à le faire trébucher et à ne pas lui payer le reste de son dû. Il avait cent fois tenté de percer le mystère de cette troisième phase, sans parvenir à une explication satisfaisante.

Il s'agissait probablement de voler un troisième tableau mais pourquoi ne pas le dévoiler ? Ou alors il s'agissait d'un truc encore plus énorme, « *La Joconde* » par exemple, refaire le coup de 1911 mais, cette fois, avec une sécurité de Banque Centrale ! En tout cas, un truc casse-gueule ! Pour en imaginer davantage, il aurait fallu connaître la ou les véritables motivations du grand Stan. Il n'avait pas été convaincu par son charabia sur la Performance d'Art Actuel engendrant une sensation de manque à l'échelon mondial, pour des d'œuvres faisant partie du Patrimoine de l'Humanité. Pas plus qu'il n'avait été convaincu par son approche romanesque de cette blague rocambolesque. Et dangereuse ! Il avait enregistré tout ça sur son smartphone. Quelque chose lui échappait. Ou bien, peut-être y avait-il une femme cachée là-dessous ? Les femmes avaient l'art de vous faire dérailler, il en savait quelque chose ! On pouvait perdre tout jugement et frôler les précipices avec une désinvolture sidérante. Il avait peut-être mis le doigt dans un machin comme ça.

Bien qu'il appartînt à la sous-catégorie des Détectives Privés ratés, JFK, à la suite de leur pacte (pas faustien mais presque), avait quand même enquêté pour en savoir un peu plus sur ce Stanislas aux grands pieds. Et il avait découvert que le monsieur avait plutôt mis ses grands pieds dans un plat d'argent, qu'il avait hérité d'un monceau de pognon inconvenant, à la suite de la vente de l'entreprise que lui avait léguée son père. Et qu'il avait grenouillé dans les Services Secrets, sans plus de précision, ce qui pouvait expliquer pourquoi il détenait autant d'informations compromettantes sur lui. Tout ceci ne serait peut-être pas sans intérêt pour la suite.

Et la suite (enfin les deux tiers de la suite) était advenue ! Il avait reçu, par coursier, une feuille de route quasi militaire, avec un luxe de détails, de précisions, de timing, qui le laissèrent pantois, lui qui donnait le plus souvent dans l'à-peu-près. Rien n'était laissé au hasard. Billets d'avion, hôtels, itinéraires, messages, contacts, codes, plans, portables jetables… même les bêtises à ne pas faire étaient répertoriées. Sa première expédition, trois semaines auparavant, l'avait conduit à Cologne.

Autant Rome lui était apparue comme un musée convalescent sous un ciel plombé, autant Cologne lui en avait imposé avec son soleil d'acier et sa cathédrale arrogante de 157 mètres, deux flèches écrasant un paysage baroque. Baroque dans les couleurs assemblées par un peintre daltonien, baroque par le mélange kafkaïen des gestes architecturaux, baroque par la vieille ville en partie reconstruite comme une vieille ville pas trop vieille, baroque par la foultitude de parcs d'attractions (pas moins d'une quinzaine, avec une prédilection pour les « Montagnes Russes ») semblant signifier qu'il fallait bien ça pour ne pas s'emmerder dans une ville pareille ! Et pour compléter le panorama, le musée Wallraf Richartz, gros cube de béton, revendiqué par l'architecte Oswald Mathias Ungers, qui donnait envie de le vider de toutes ses toiles et autres sculptures, tant elles devaient déprimer dans un tel blockhaus. JFK en avait consciencieusement fait le tour, après avoir déposé son maigre bagage, dans un hôtel passe-partout, non loin de là. Il avait repéré la porte dérobée par laquelle il serait censé entrer comme dans un moulin, grâce à la carte magnétique qui faisait partie de son package initial. Il ne s'en servirait pas cette nuit-là mais celle d'après (nuit sans lune). Ce soir-là, au lieu de rester confiné gentiment dans sa chambrette désuète, comme recommandé dans sa feuille de route, JFK ne résista pas à l'appel des embrouilles. Il déambula dans la vieille ville, Salomonsgasse, Obenmarspforten, Grosse Sandkaul, et finit par s'échouer dans Hohe Strasse où il lambina un moment avant de tomber sur un groupe de joyeux (et joyeuses) fêtards qui l'entraînèrent au Kölner's, dans Bolzengasse. Jusqu'à la sixième bière tout se passa bien. Son allemand fluide, nimbé d'une pointe d'accent parisien, faisait merveille. Il dissertait sur les mérites comparés de l'art classique et de l'art contemporain, et ses saillies contre les conceptuels et les minimalistes faisaient marrer tout le monde. Il alla même jusqu'à évoquer le « *Narcisse* » de Caravage et se retint in extremis pour ne pas en dire trop au sujet de ce qu'il appela « l'anecdote romaine ». Mais la septième bière fut fatale. La jeune Lola, qui buvait ses paroles en même temps que les bocks mousseux, finit par se pendre à son cou. JFK ne refusa pas l'étreinte et il l'encouragea en appliquant goulument ses lèvres sur celles de la jolie Teutonne. Le petit-ami, qui pesait 120 kilos, les sépara sans ménagement et, d'une pichenette, envoya balader JFK sur la table d'à côté, remplie de verres et de liquides. Le discernement n'étant plus à l'ordre du jour, JFK contre attaqua à mains nues, avec des gestes ralentis et une véhémence tenant plus du bafouillage que d'une logorrhée cadrée. Après quelques swings dans le vent, le poing du berger allemand rencontra l'œil gauche de JFK. Les dégâts furent tout de suite apparents et la joyeuse troupe s'éclipsa sans demander son reste. Le reste, justement, fut pour JFK qui, malgré son coquard emblématique, dut s'acquitter de l'addition de sa table et de celle d'à côté, pour éviter la venue fâcheuse de la police.

Sa nuit ne fut pas sereine. Si des échos de son exploit arrivaient jusqu'aux oreilles de son promoteur Stanislas, ses espoirs de gains pourraient s'envoler. Du coup, après avoir dévalisé une pharmacie, il resta prostré dans sa chambrette à méditer sur ses failles comportementales et à tenter d'estomper les couleurs primaires qui encerclaient son œil, maintenant à demi fermé. Quand la nuit fut à nouveau bien installée dans son lit, JFK se félicita de la clémence de l'obscurité et se prépara pour son grand saut dans l'inconnu. Partir à l'aventure sans aller au hasard, se répétait-il. Tout était balisé. Il suffisait de suivre le mode d'emploi. Donc, à trois heures du matin, JFK se présenta cagoulé et ganté, à la porte dérobée et l'ouvrit avec sa carte. Couloir sombre, deux fois à droite, une fois à gauche, escalier, deuxième étage, palier, toilettes, couloir, salle Rembrandt, le gardien posté à l'angle de la galerie étant supposé, à cette heure, mener sa ronde dans une autre partie du bâtiment. Mais le gardien était là, avachi sur un fauteuil, probablement dans les bras de Morphée. Par précaution, JFK lui subtilisa son arme et la dissimula derrière le premier tableau venu. Puis il s'en fut, guidé par sa torche, sur ses semelles de crêpe, devant « Autoportrait en Zeuxis ». Émotion ! Se dire qu'il y aurait là un cadre vide à la place du chef d'œuvre et que ce serait son exploit, augmenta son pouls. La sueur imbiba la cagoule. Il faillit repartir en courant. Il se dit qu'il aurait dû garder le pistolet si l'autre se réveillait. Connerie ! Rembrandt le regardait en ricanant et JFK se sentait concerné. Mon pauvre gars, tes mains tremblent, tu es pitoyable avec ta cagoule et ton œil au beurre noir, tu n'as pas la moelle pour t'attaquer à un monument comme moi, tu me fais rigoler ! Un instant, JFK faillit mettre son poing dans la figure ravagée de Rembrandt ! C'est peut-être la force cynique du sourire de l'artiste qui l'incita à faire ce pourquoi il était venu. Il n'allait pas se dégonfler. Il allait mettre à l'ombre le gentil vieillard sardonique et lui faire passer l'envie de sourire ! Il décrocha le tableau, fit glisser la toile du châssis, après avoir enlevé la quarantaine de petits clous avec une pince à bec effilé, la roula, partie peinte côté extérieur (format 82x65), l'enveloppa dans un plastique à bulles, la cacha sous son imper et repartit par le même chemin. Le gardien, dans sa drôle de position, n'avait pas bougé. Au milieu de la nuit frauduleuse, une berline sombre, dans une rue sombre, attendait tous feux éteints que JFK veuille bien glisser une bonne centaine de millions d'euros, dans le coffre non verrouillé à cet effet. Puis déguerpir sans laisser de trace. Le tout lui avait pris 37 minutes, montre en main. Il avait dépassé de 7 minutes. Pas la mer à boire ! Le matin même, il reprit le premier avion pour Paris et fut tout heureux de s'écraser sur le canapé défoncé de son bureau/logement, rue de Paradis.

La disparition du Rembrandt fut une aubaine pour sortir les médias de leur train-train. Ils notèrent que le seul gardien du musée, disponible cette nuit-là, avait succombé à une embolie, à peu près à l'heure du vol. Triste coïncidence ! Ils notèrent également qu'il n'y avait pas eu d'effraction (à part la toile enlevée de son cadre), que le système de vidéo surveillance avait été défaillant dans cette partie du bâtiment et inopérant aux abords du musée. Pas de piste, donc, pour les fins limiers chargés de l'enquête.

Un peu rasséréné par le soufflet médiatique qui retombait lentement, faute de matière, JFK se pencha sur ses urgences qui toutes se situaient dans la sphère financière. Parmi les factures chiffonnées, maculées de café, qui jonchaient son bureau, il sélectionna les plus urgentes concernant son loyer, son parking (dans lequel stagnait une Twingo, vert pistache d'un autre âge), des organismes de crédit, des PV dix fois majorés, des relances désespérées de taxes d'habitation et autre patente. En étant prudent (Stanislas lui avait conseillé de mettre ce liquide au frais, dans un coffre de banque et de ne transférer sur son compte en banque, que le strict nécessaire) il allait entamer une petite campagne de chèques avec provision. Et surtout il allait s'acquitter de sa faramineuse dette de jeu, que la dernière relance du créancier avait placée dans la case « urgence vitale » !

Il s'appelait Fabrice, le créancier (sans aucun doute un prénom bidouillé qui masquait un Mohamed ou un Hisham, croyait savoir JFK), nom de code « Le Glabre ». Certes il ne portait pas de barbe, malgré un système pileux sombre et luxuriant mais des favoris lui mangeaient une partie de ses joues creuses. Il avait un regard fiévreux qui semblait horrifié par toutes les atrocités qu'il avait dû observer. Fabrice n'était pas un perdreau de l'année, bien qu'ayant à peine dépassé la trentaine. Il faisait partie de ces petits caïds, d'envergure modeste, qui hantaient les nuits parisiennes, prêts à saisir la moindre opportunité pour se faire un nom. Se faire respecter, quoi ! Dans le langage codé de ces franges mafieuses, le « respect » était un mot à la mode qu'on pouvait servir à toutes les sauces, bien pratique pour déclencher bagarres et règlements de comptes quand il était précédé du mot « manque ». Manque de respect ! Le verdict tombait et on pouvait s'en donner à cœur-joie !

JFK avait réussi à faire escalader, par Fabrice, les cinq étages pour parvenir jusqu'à son antre de la rue de Paradis. Le jeu en valait la chandelle : 100.000€ tout rond ! Il préférait être sur son terrain à lui, plutôt qu'en terre hostile car avec ce genre de gugusse on n'était jamais à l'abri de mauvaises surprises. L'intuition de JFK était la bonne. Le distingué créancier, sanglé dans un Prince de Galles bleu électrique, arriva essoufflé (et pas très content de l'être) dans l'univers désopilant d'un détective privé, relégué en deuxième, voire en troisième division. JFK avait fait place nette sur son bureau mais la poussière, les papiers, les sacs en plastique, les boites de pizza, les bouteilles, s'étaient réfugiés sous le tapis et dans les coins perdus.

— Pas d'ascenseur dans ce putain de taudis ? haleta Fabrice, d'une voix de fillette en chaleur.

— Ce putain de taudis t'emmerde Fabrice ! Pas d'ascenseur, c'est bon pour ton bide. Je suis ravi de te voir.

— Moi aussi mon pote ! Mais t'as un œil en berne on dirait, ah, ah ! Bon j'vais pas moisir ici, pas vrai ? Tu aboules le cash et j'me casse. 120.000 en billets de cent. On est d'accord !

Après son exploit à Cologne, JFK n'était plus tout à fait le même. Les 200.000 d'acompte plus la perspective, de plus en plus crédible, de quintupler la mise, lui avaient redonné une assurance qui s'était effilochée au fil des échecs en tous genres. Il n'était plus disposé à se laisser intimider.

— 120.000, j'ai mal entendu ?

— T'as pas mal entendu mon pote ! 100.000 plus 20.000 d'intérêts de retard. J't'avais dit qu'il y avait intérêt à ce que tu te magnes pour les allonger ! Intérêt, tu piges ?

— J'apprécie ton humour Fabrice mais cette fois il tombe à plat, et je vais t'expliquer pourquoi.

— Tu vas rien m'expliquer mec. Tu payes, point barre !

— Je vais t'expliquer, tu vas m'écouter, sinon tu repars les poches vides, asséna JFK d'un ton péremptoire. D'abord j'ai toujours pensé que tu avais triché au cours de cette partie merdique mais je ne sais pas encore comment. Ensuite il n'a jamais été question d'intérêts de retard. Enfin ton attitude me déplait. Je me vois dans l'obligation de modifier mon remboursement dans l'immédiat. Tu vas hériter de 50.000 balles, estime-toi heureux, très heureux et le solde, 50.000, si solde il y a, il va falloir que tu le mérites en évitant de raconter n'importe quoi et en te comportant en gentleman dans nos rapports (le Beretta, dans le tiroir entrouvert, confortait l'aplomb de JFK).

— Gentleman ! Tu te fous de ma gueule ! éructa Fabrice.

— Tu es un gentleman Fabrice ! Si, si au fond de toi ! Un vrai gentleman. Je t'ai préparé une belle enveloppe. Si tu as deux sous de bon sens, tu vas la prendre en ayant le sentiment d'avoir fait une excellente affaire, et tu vas redescendre les cinq étages, le cœur léger.

Fabrice se leva brutalement en renversant son siège, prêt à en découdre, fourrageant dans une poche… JFK présenta le Beretta qui calma instantanément les ardeurs belliqueuses.

— Voilà ton enveloppe, mon cher Fabrice. Je ne te retiens pas.

— Ça ne va pas en rester là, Kornélius !

— Je crois que si, Le Glabre !

Enhardi par cette séquence magistralement maîtrisée, de son point de vue, JFK estima qu'il pouvait relancer Stanislas, pour le paiement de la deuxième tranche de ses émoluments, soit 200.000€. Il s'était repassé l'enregistrement du premier et seul entretien qu'il avait eu, ici même, avec Stany, notamment le passage où il détaillait les modalités de paiement. Il avait dit : « 200.000 maintenant, 200.000 après la réalisation de la deuxième étape et 600.000 à l'issue de la troisième étape, à condition qu'elle soit couronnée de succès ». Pour la deuxième étape, c'était donc « après » mais JFK croyait que, fort du succès sans bavure (ou presque) de la première, il pouvait essayer d'anticiper le versement de la prime, en jouant sur la déclaration prétendument approximative de Grandes Jambes. Par exemple, il aurait pu dire « 200.000 pour la réalisation de la deuxième étape », le « pour » signifiant dans ce cas « en vue de ». C'était jouable. JFK prit son portable « sécurisé » pour appeler Stanislas sur une ligne « sécurisée ».

— Bonjour, ici JFK, je ne vous dérange pas ?

— Ça dépend. Il y a une urgence ?

— Oui et non. C'est pour le paiement de la deuxième tranche. Je compte bien le recevoir avant mon déplacement à Madrid, la semaine prochaine.

— Vous n'avez pas bien enregistré (le mot fit sursauter JFK) ce que je vous ai proposé et que vous avez accepté : paiement après la réalisation de la deuxième étape.

— Non, vous avez dit : « paiement pour la réalisation de la deuxième étape » !

— Écoutez mon vieux, reprenez l'enregistrement indélicat (JFK avait eu raison de sursauter) que vous avez fait de notre conversation et vous serez convaincu. Sachez bien que j'ai horreur de passer pour un menteur. Et pendant que nous y sommes je vous mets en garde contre le genre de dérapage que vous n'avez pas contrôlé à Cologne, dans ce boui-boui, le Kölner's ! Vous auriez pu compromettre l'ensemble de notre noble ambition. À Madrid, je vous interdis pareille inconséquence. Tenez-vous à carreau et faites le job. C'est clair ? Tenez-vous en à ma feuille de route.

Si JFK l'avait eu en face de lui hmmm... il aurait fait quoi ? Son poing dans la figure ? Tentant... mais débile. On n'humilie pas la poule aux œufs d'or. Et puis le type était sacrément redoutable, sacrément bien informé ! Bon, il avait peut-être bluffé pour l'enregistrement de leur conversation, mais pas pour le Kölner's ! Putain, il le faisait suivre cet enfoiré ! Donc, il n'avait pas le choix, il fallait la jouer « sport ».

— Tout est bien clair. Jeu, set et match !

— Je ne vous serre pas la main mais le cœur y est, Kornélius.

19

Madrid était au centre. Au centre de l'Espagne, au centre des préoccupations de JFK. Au centre d'une peur diffuse à laquelle la taille du Vélasquez n'était pas étrangère. Pensez donc, les 318 de haut par 276 de large, dissuaderaient le plus grand des voleurs de dissimuler le chef-d'œuvre sous son imperméable. On était monté d'un cran dans le délire, la mégalomanie, dans l'extravagance ! Madrid, centrale, hiératique, observait les pérégrinations d'un détective qui sentait s'alourdir le poids de sa mission, au fur et à mesure de sa balade en Busvision, dont l'objectif avoué était de jouer au touriste lambda et de passer le temps sans qu'il fût trop pesant. Raté ! Rien n'y faisait. Il se sentit écrasé par les buildings de la Gran Via, par le baroque massif du Palais Royal, de la cathédrale de l'Almudena, du Palais de Cybèle… Il ferma les yeux pour les rouvrir devant la masse pantagruélique du stade Santiago Bernabéu qui l'épouvanta. Pourquoi tout ce béton ? Pourquoi tous ces empilements néo-classiques qui vous empêchaient de respirer ? Il descendit, hagard, au niveau de la Plaza Mayor et se réfugia dans un café, sous les arcades. La Plaza Mayor était le seul endroit de Madrid dans lequel il ne se sentait pas oppressé. Un petit air de place Vendôme en plus rustique. Des proportions généreuses mais sans grandiloquence… comment dire ? Une espèce de fluidité qui réduisait les badauds à quelques ombres élégantes dans les symétries ensoleillées. Le soleil tapait tendrement, c'était peut-être aussi pour ça qu'il avait cette vision du lieu.

Il avait débarqué le matin même à l'aéroport Adolfo Suarez Madrid-Barajas. Le point de mire était, dans le musée du Prado, la salle des « *Ménines* ». Simple comme bonjour ! Le plan échafaudé par Stanislas (et ses honorables correspondants, dirigés par son ami Diego Saura) était tout simplement de sortir la toile sur son châssis, par la porte affectée à ce genre de va et vient. Comment était-ce possible ? Par le fait qu'il était question, depuis un certain temps déjà et de manière de plus en plus insistante, de procéder à un toilettage et à une restauration du tableau. L'information bruissait dans les allées du Ministère de la Culture et du Prado. Il était donc plausible que ce soir-là, après la fermeture, et avec l'accord du directeur du musée, les manutentionnaires de la vénérable institution, décrochent le cadre, désolidarisent le châssis du cadre et le transportent dans un véhicule, positionné dans la cour intérieure, qui convoierait « *Les Ménines* » jusqu'à leur lieu de restauration. JFK étant à la manœuvre pour présenter et faire tamponner les (faux) papiers permettant un tel déménagement. Pour en arriver là, il avait fallu soudoyer le directeur du musée, qui avait de fortes chances de perdre son job pour s'être fait berner aussi facilement, mais qui, au passage, allait gagner cinq ans de salaire et l'opportunité d'atteindre sereinement une retraite bien méritée.

Plaza Mayor, devant une sangria tiédasse, nœud papillon d'un jaune acidulé, JFK tentait de se persuader qu'il avait raison d'être là. N'étant pas au courant que le directeur ne serait pas un obstacle, il se récitait les phrases pertinentes qu'il allait prononcer en espagnol, langue qu'il maîtrisait mal. En même temps, il n'était pas là pour raconter sa vie mais pour respecter un protocole et un timing serré. Il échafaudait néanmoins des réponses à toutes les objections. Il observait la paperasse administrative avec un regard halluciné. Tout était en place. Il allait devoir être convaincant. Pas d'hésitation ! Pas de trémolos dans la voix ! Du solide ! Du catégorique ! Du véhément, si besoin était ! Une mission à remplir. On n'était pas là pour rigoler. Et en même temps se bousculaient les déraillements possibles fondés sur la témérité insensée de ses propos à venir. La perspective d'un cachot humide et malodorant s'immisçait dans les mailles de ses fragiles convictions.

JFK quitta la Plaza Mayor comme un condamné à mort quitte la cellule le matin de son exécution. Lunettes noires, dos courbé, l'attaché-case comme un boulet. Le rendez-vous avec Juan-Carlos Rodias (le conservateur du Prado) avait été fixé à 19h30. Le soleil étincelant avait quelque chose de déplacé, même s'il commençait à piquer du nez quand JFK prit le métro. Il fit son petit cirque habituel, montant dans une rame et en sortant immédiatement au moment où les portes se refermaient. Une fois sur le quai, il inspectait minutieusement son porte-documents, à la recherche d'une pièce manquante. Il répéta la scène trois fois avant d'atteindre la station Banco de Espana, d'où il sortit à l'air enfin libre. Il arriva à l'heure dite au Prado. Il s'assura que le van aux vitres teintées était positionné pour pénétrer dans la cour intérieure. Il se fit connaître à la porte des entrées administratives. On le conduisit jusqu'au bureau de monsieur Rodias. Jovial, Juan-Carlos ! Pas stressé pour deux sous ! Bonjour amigo, vous êtes l'autorité culturelle, vous venez chercher « *Las Meninas* », pas de souci, mes companieros sont à pied d'œuvre, avec toute la délicatesse dont ils sont capables, pour protéger la toile sur son châssis, dans les meilleures conditions. C'est une œuvre de Salut Public que nous effectuons là. Notre cher Vélasquez a besoin de soins intensifs, même si le grand public ne le remarque pas. Voici les signatures et coups de tampon réglementaires, on n'est jamais trop prudent, n'est-ce pas ? JFK avait du mal à interpréter la désinvolture de Rodias. Soit il se comportait en fonctionnaire désabusé, soit il faisait comprendre qu'un truc aussi gros le dépassait et que d'autres paieraient l'addition si jamais il y avait du grabuge. JFK n'eut même pas à forcer son médiocre talent pour parler espagnol. Juan-Carlos faisait les questions et les réponses et riait de ses bons mots que JFK faisait semblant de comprendre. Quand tout fut nickel côté administratif, Rodias proposa un verre pour fêter le nouveau destin de l'autoportrait le plus subversif de l'histoire (peut-être faisait-il preuve d'un chauvinisme excessif ?). JFK refusa, se retranchant derrière l'impérieuse organisation para militaire, le contraignant à ne pas dévier d'un iota par rapport au planning. Rodias prit, sans doute, cela pour de l'extrême professionnalisme et le félicita. Le célèbre autoportrait fut acheminé par huit bras musclés (JFK avait imaginé que ce serait sur un chariot électrique) jusqu'au grand van noir aux vitres teintées. Les portes se refermèrent. Le van roula silencieusement, comme sur un coussin d'air, jusqu'à la sortie du Prado et disparut dans le trafic. JFK salua son hôte qui s'étonna de ne pas le voir profiter du « Saint Véhicule », dit-il avec un sourire en coin. Il consulta sa montre : l'opération n'avait duré que 57 minutes, alors qu'une heure était prévue. Cette fois, il avait gratté 3minutes de bonus. Il aurait donc le temps d'attraper son avion et d'être à Paris à une heure décente.

Au-dessus des nuages ! Dans l'avion, sirotant un scotch et mâchonnant des cacahouètes, JFK avait crevé le plafond. Le ciel se faisait peut-être un sang d'encre, avec toutefois la lueur blafarde d'un lointain soleil couchant et les lueurs vacillantes de milliards d'étoiles, orphelines de la lune partie voir ailleurs. Lui ne s'en faisait pas, il avait, au contraire atteint une forme de béatitude et s'y accrochait. C'était le début de la fin de ses emmerdes, croyait-il, et le début du début d'une autre vie dans la lumière retrouvée. Les 200.000 qu'il avait touchés, plus les 200.000 qu'il allait toucher, plus les 600.000 qu'il toucherait comme un bouquet final, n'étaient pas étrangers à la douce euphorie qui s'était emparée de lui, dès que l'avion avait franchi la barre turbulente des cumulo-nimbus. Il filait maintenant à 850 kilomètres/heure vers un destin plus facile à apprivoiser. Quelque part, un doute subsistait, à cause de l'incroyable facilité avec laquelle il avait gagné ses deux premières batailles. Mais la littérature sur les vols de toiles célèbres, l'avait convaincu que facilité et impunité, allaient souvent de pair avec ce genre de sport. Car c'était du sport : il y avait le frisson (en fait la trouille), l'adrénaline, la concentration, la peur de perdre et la gagne ! Oui, la gagne, les obstacles effacés, le podium et les billets qui virevoltaient comme feuilles en automne. JFK avala une lampée de whisky, une lave incandescente dévalant jusqu'à son estomac. Il avait digéré ses craintes et ne se souciait même plus des probables suites policières, d'Interpol et de ses sbires. On avait dit « pas de trace » ! Il avait respecté tous les protocoles et si, par ailleurs, le boulot avait été fait au niveau des surveillances audiovisuelles, il était peinard. La preuve : depuis quinze jours et la disparition du Rembrandt, pas la moindre piste, pas le moindre tracas.

S'il avait pu allumer une clope, c'eut été le nirvana. JFK se contenta d'évoquer la manne financière qui le submergerait et les bienfaits qu'elle ne manquerait pas d'instiller jusque dans ses poumons. Le premier acompte servait et servirait à éponger les dettes et, s'il parvenait à calmer la petite frappe au sujet de sa dette de jeu, on serait dans l'épure. Avec le deuxième acompte, on entrait dans la part de rêve. D'abord les rêves faciles, bassement matérialistes (il en faut), des costards sur mesure, des chemises Charvet, des pompes Weston, des nœuds pap Saint Laurent, une nouvelle caisse (genre Range Rover) pour soulager la Twingo, et quelques voyages quatre étoiles à la clé. Ça c'était pour l'immédiat. Le tout venant. Avec le troisième acompte, on changeait de dimension. On était dans le lourd. On changeait pour le changement. Changement de crèche ! Fini le bureau/logement miteux ! Finie la rue de Paradis, vive le boulevard Saint-Germain ou un truc dans le genre. Changement de job ! Un retour dans la pub n'était pas à exclure. C'était en fait le seul métier qui l'avait fait marrer, le seul dans lequel il s'était éclaté à trouver des concepts, des idées farfelues, délirantes qui faisaient la différence et qui asservissaient les braves consommateurs en leur survendant des services et des produits dont ils n'avaient pas toujours besoin ! C'était de l'Art ! Du grand Art. Cette part d'irresponsabilité militante l'avait réjoui. Il avait envie d'y retourner et, pourquoi pas, de créer son agence de pub à lui, sur un positionnement de créativité disruptive qui se faisait de plus en plus rare. Son passé mouvementé dans la région n'était plus qu'un souvenir effiloché, pensait-il. Les gens ont la mémoire courte, surtout dans la pub. Et puis, bien entendu, en lévitation légère et (pour l'instant) contrariée, couronnant ce vaste panorama, il y avait les femmes ou la femme. Tout ce pognon, artistiquement investi, n'avait pour but ultime que de convaincre la Kay Kendall du nouveau siècle de partager son amour (et peut-être sa vie, il fallait voir...). Les candidates ne se bousculaient pas. Il y avait eu, ces derniers temps, peu de constance, peu de suite dans les idées, signe de son désarroi. Il n'avait pas été regardant sur la taille, le poids, la couleur, le profil, les formes (quoique) et même un sociologue émérite aurait bien été en peine de définir la typologie recherchée par JFK. Mais, secrètement, une tenait de très loin la corde, et c'était Clara Behlmann ! Cette chère Clara avec laquelle il avait enchaîné les foirades et avec laquelle, nouvellement renfloué, il espérait retrouver une légitimité de chérubin, vierge de toute incartade.

Ainsi, y avait-il du pain sur la planche. Mais avant toute chose, il fallait songer à récupérer le pactole qu'il venait de mériter à Madrid. Et s'expliquer sur l'énigmatique troisième phase dont la teneur l'avait intrigué, puis inquiété. Il n'en était plus là. Mais vigilance ! Il commanda un deuxième whisky et du rabe de cacahouètes.

Quand JFK, de retour dans son refuge, après 24 heures de non repos non méditatif sur son canapé-lit défoncé, avait tenté de joindre Stanislas, il était tombé sur un répondeur qui ne prenait pas de message. Alors qu'il s'attendait aux félicitations d'usage, il avait dû se morfondre pendant 72 heures avant d'obtenir un rendez-vous qui se tiendrait ici, au cinquième étage, rue de Paradis. Il faut croire que Grandes Jambes y prenait goût et que monter là-haut était un jeu d'enfant.

Même heure que pour leur première rencontre, quand Stan avait proposé sa fameuse mission à JFK, même portable enregistreur, même Beretta dans le tiroir, même lumière peu sûre d'elle, même apparition démesurée au travers du verre dépoli de la porte d'entrée, même envahissement de l'espace, même serrage de main viril, avec chevalière armoriée, même imper accroché au porte-manteaux, même costard cinq étoiles luxe, même couinement éreinté du fauteuil, même voix d'outre atlantique (pourquoi cette image merdique ?) : un petit air de déjà-vu !

— Bonsoir, vous avez fait du bon travail, Jean-François.

Déjà, il l'appelait Jean-François ! C'était un bon début. Un peu de chaleur humaine dans son officine, royaume des courants d'air, ne pouvait pas faire de mal.

— Je suis ravi de vous l'entendre dire. Voulez-vous boire quelque chose ? (le « quelque chose » étant encore un reste famélique de Jameson).

— Vichy Célestins, vous avez ?

— De l'eau ? demanda JFK incrédule.

— Plus ça va, plus je crois aux vertus de cette eau-là.

— Désolé, à part l'eau du robinet…

— Bon, mon cher Jean-François, on ne va pas en faire un casus belli, n'est-ce pas ? Je me passerai de boisson. Mais passons aux choses sonnantes. Avant de vous remettre l'enveloppe contenant votre récompense, je veux m'assurer que vous adhérez sans réserve à la troisième étape de notre performance. Et ayez l'obligeance d'arrêter l'enregistrement de votre portable, ce sera apprécié.

JFK s'exécuta. Pour le reste, il aurait préféré l'inverse : qu'il lui donne d'abord l'enveloppe et qu'ils discutent après de l'étape suivante. Il aurait aussi préféré qu'il n'utilise pas des mots comme « récompense » qui faisait classe maternelle ou comme « performance » qui faisait grandiloquent !

— Les deux ne sont pas liées, l'enveloppe et la troisième étape ! objecta JFK.

— Oh que si ! Ce bel ouvrage est un tout, un triptyque dont on ne saurait dissocier les trois volets. Donc nous allons aborder ce qui va couronner notre démarche. Il s'agit, ni plus ni moins, de soustraire aux yeux amoureux ou ébahis du monde entier, « *L'Art de la peinture* » de Vermeer, prodigieux autoportrait exposé au Kunsthistorisches Museum de Vienne. Bien entendu, vous ne connaissez que lui !

Et comment ! Il le connaissait tellement qu'il avait couché avec son double dans la chambre intimidante de Clara Behlmann ! La copie valait l'original, à en rendre jaloux ce pauvre Johannes Vermeer. Mais, nom de Dieu, comment se faisait-il que Grandes Jambes ait justement pensé à ce tableau-là ? Il y en avait un paquet d'autres autoportraits ayant marqué l'histoire de la peinture ! Et savait-il que Clara était la gardienne du temple et savait-il qu'il connaissait Clara intimement ? Encore une de ces coïncidences aussi troublantes qu'inquiétantes. Où avait-il traîné ses guêtres ce Stanislas ? Il risquait de se retrouver dans les pattes de Clara et ça sonnerait, à tout jamais, le glas de ses fantasmes amoureux. Que pouvait-il faire ? La prévenir ? Au risque de perdre 600.000 € ! La prévenir… une brillante idée se faisait jour… la prévenir pour qu'elle remplace l'original par la copie. Ainsi il pourrait à la fois préserver son gain, préserver l'œuvre, et enjoliver son image auprès de Clara. Il faudrait jouer très serré mais il ferait d'une pierre trois coups ! Un strike. Bref, cette fulgurance irradia son cerveau, allumant des lumières vertes et rouges comme une bille de flipper rebondissant sur les obstacles. Oui, il y aurait sans doute des obstacles, mais l'idée était à creuser.

— Audacieux, dit JFK, en pensant « tordu », et pourquoi celui-là ?

— C'est une merveille. Ça fera pleurer dans les chaumières. En plus le musée, à la suite de travaux en cours, offre une entrée confortable et le système de vidéo surveillance, qui va être modifié, est de très mauvaise qualité. Rien à craindre de ce côté-là.

— Une chose m'échappe, Stanislas, pourquoi avoir fait mystère de ce troisième volet du triptyque, comme vous dites ? Je ne vois pas ce qu'il a de particulier par rapport aux deux autres ? Y a-t-il un danger spécial ou un piège que je devrais connaître ?

Stanislas fixa sur JFK un regard intrigué. Sa remarque était pertinente et il l'avait sous- estimé. Impossible de lui fournir une justification solidement argumentée. À moins que…

— Vous connaissez Vienne, vous y avez sévi pendant plusieurs années quand vous étiez chez Artcurial, n'est-ce pas ? Il ne vous aura pas échappé que les Autrichiens sont plus malins et plus cultivés que les Allemands ou les Espagnols…

— Pas gentil pour eux !

— Plus malins, plus cultivés donc et par le fait même plus susceptibles d'établir, par anticipation, une connexion avec notre Vermeer. Je voulais, dans cette optique, retenir l'information le plus longtemps possible. Il y a, vous le savez, tout un travail préparatoire durant lequel la moindre fuite peut être fatale. Vous connaissez quelqu'un au Kunsthistorisches Museum ?

— Non, pas spécialement. Et vous ?

— Pas spécialement. Je sais que la conservatrice s'appelle Behlmann mais je n'ai pas l'honneur de la connaître. Et vous, Jean-François ?

— Son nom me dit vaguement quelque chose. Rien de plus.

— Jamais rencontrée, même pas dans un cocktail ou un quelconque pince-fesses ? insista Stanislas.

— Croisée, peut-être mais pas d'échanges mémorables… conclut prudemment JFK.

Joli petit mensonge. JFK marchait sur des œufs. Grands Pieds l'avait coincé à l'endroit stratégique. Était-il au courant de sa relation avec Clara ? Essayait-il de le mettre en porte-à-faux pour mieux s'exonérer des 600.000, si un grain de sable venait perturber son action ? Autant de questions sans réponses qui activèrent la sudation aux creux de ses aisselles. En revanche, pour Stanislas, ces réponses étaient la confirmation que Jean-François Kornélius et la vérité ça faisait deux et qu'il ne fallait surtout pas trop lui laisser la bride sur le cou.

— Ainsi, rien à déclarer avec miss Behlmann. Tant mieux. J'aurais été mal à l'aise d'apprendre qu'une relation, disons... intime, ait existé entre elle et vous. La confiance ! La réussite des grandes entreprises est toujours fondée sur la confiance, vous ne croyez pas, Jean-François ?

JFK n'avait pas envie de répondre. Comme lors de leur première entrevue, il avait le sentiment que Stan le prenait pour un gugusse et le manipulait comme une marionnette, à la poursuite d'un objectif dérobé. Pour ne pas dire abscons.

— Je crois au travail. Au travail bien fait. J'ai le plus grand respect pour les artisans... mon père est artisan... avança, au jugé, JFK.

— À la bonne heure ! J'aime à vous entendre parler ainsi, même si votre père est journaliste, je crois...

— Artisan à sa manière !

— Artisan, soit. Vos paroles me confortent. Nous allons encore faire du bon travail. Pour ce qui est du passé... voici.

Stanislas avait exfiltré la belle enveloppe de son imper et la tendait à JFK qui s'en saisissait en soupesant, à sa juste valeur, le contenu crissant.

— Pour votre escapade à Vienne, j'ai décalé d'une semaine, ça nous laisse un peu plus de temps pour labourer le terrain. Vous passerez trois jours à Vienne et, cette fois, vous garderez le tableau. Vous recevrez votre feuille de route et le kit du gentleman cambrioleur, la veille de votre départ. Hôtel haut de gamme. Ce sera l'apothéose !

Ces changements de dernière minute intriguèrent JFK, mais pas plus que cela, tant l'enveloppe, son poids, lui procuraient une intense sensation de bien-être. De sa main libre, il se versa une dernière rasade de Jameson, dans un objet, submergé par les dépôts de calcaire, qui lui servait aussi de verre à dents.

— Tchin ! À L'apothéose !

20

L'amphithéâtre s'était tu. Les parasites qui le parcouraient en tous sens ne parasitaient plus. À la suite de la question de l'étudiant aux yeux brillants, sur la disparition des deux autoportraits du dix-septième, Clara s'était dressée, avait posé les mains sur son visage, l'extrémité de ses doigts se rejoignant entre les deux yeux, le reste dissimulant son nez, sa bouche et son menton. Avant de répondre, elle était entrée dans une sorte de transe méditative, paralysant l'auditoire. Et quand elle avait repris la parole, la pureté cristalline de sa voix laissait à penser que ses cordes vocales avaient été détartrées à l'eau de Javel.

— Oui, j'attendais cette question et je la redoutais car je ne savais pas comment y répondre, sinon par des banalités d'usage. Ce qui vient de se passer n'est, sans doute, pas crapuleux au sens strict du terme. Celui ou celle ou ceux qui ont fait cela...

— Vous pensez que ce sont les mêmes ? demanda l'étudiant aux yeux brillants.

— Oui j'en ai la conviction. Il n'y a pas de coïncidences, ce serait trop facile. Il y a une idée, une idée machiavélique, qui ménage un suspens planétaire. S'attaquer aux autoportraits de cette époque est une grande idée. Si j'avais, moi-même, conçu un plan dans ce style, c'est ce que j'aurais fait. Des toiles emblématiques, iconiques, devant lesquelles on n'a pas le droit de passer sans être happé et bouleversé par tant de talent et de subtilité. Et on nous prive de ces émotions incomparables. Elle est peut-être là, la grande idée. Je ne crois pas qu'il y ait un objectif mercantile là-dessous ou, s'il y en a un, il est secondaire... ou s'il était prioritaire, ce serait gravissime : des chefs-d'œuvre perdus pour toujours dans la cave de quelque maniaque. Non je veux croire à une pureté diabolique qui nous emmène dans une dimension qui m'échappe.

— Avec tout le respect, ne prenez-vous pas vos désirs pour des réalités ? suggéra un Asiatique en surpoids.

— Bien sûr que oui ! Je ne veux pas me résoudre à la médiocrité ténébreuse de l'âme humaine. Je veux que mes désirs l'emportent sur la réalité. Je veux que l'Art soit plus fort que la bêtise humaine !

— C'est Renan qui disait que ce qui donne le mieux la notion d'infini, c'est la bêtise humaine ! Le combat va être dantesque ! conclut quelqu'un au fond de l'amphi.

Ce quelqu'un n'était autre que Stanislas, qui s'était renseigné sur l'emploi du temps de Clara Behlmann, et avait décidé de se rappeler au bon souvenir de Vienne et de nouer un deuxième contact distancié, avec l'intention de se dévoiler par petites touches. Assis au plus loin de l'estrade, Clara avait du mal à l'identifier, mais la voix et l'accent qui la colorait résonnèrent comme si…

— Renan avait la dent dure pour ses semblables, comme beaucoup de philosophes français mais il est certain que le combat sera rude. Qu'en pensez-vous ?

Stanislas ne s'attendait pas à une question, ni surtout à une telle question. Néanmoins il décida de se lancer et de dévoiler un début de réflexion qu'il espérait bien pouvoir développer ultérieurement.

— Je crois que vous avez touché juste. Derrière ces deux escamotages, je pense qu'il y a une idée et que cette idée est de rendre un hommage planétaire à ces œuvres en créant un manque. « Un seul être vous manque, et tout est dépeuplé ». Le manque, voilà le concept fédérateur de ces disparitions.

— Oui… oui, le manque est un ressort fondamental qui déclenche la prise de conscience, l'action ! On s'était trop habitué à ces chefs-d'œuvre, il faudra, à nouveau les mériter. Mais à condition qu'ils reviennent ! Croyez-vous qu'ils reviendront ?

— Si notre analyse est exacte, oui, je crois qu'ils reviendront sains et saufs, assura Stanislas de sa voix intense.

— Et si notre analyse n'est pas exacte ?

— Chefs-d'œuvre en péril !

Clara eut envie d'aller voir de plus près cet oracle énigmatique, vers lequel tous les yeux s'étaient tournés. Elle n'en fit rien mais tenta quand même d'en savoir plus.

— Je ne souhaite pas être indiscrète mais qui êtes-vous, monsieur ?

— Un simple amateur béotien. Rien de plus.

— Et modeste.

Le « *béotien* » lui évoqua ce souvenir à contre-jour, au Prado, quand elle avait analysé « *Les Ménines* » pour un homme penché au-dessus d'elle, qui lui avait demandé, cela lui revenait maintenant, si Vélasquez n'en faisait pas trop. Ce quidam avait employé le mot « béotien » pour répondre à la même question. Était-ce un indice, une facétie du hasard ? Elle n'avait pas le temps de gamberger dans l'immédiat. Elle reprit le cours de sa conférence en se focalisant sur ses chouchous du dix-septième. Avec une digression du côté du vingtième siècle.

— Notre bon Picasso, comme souvent, a mis son flair marketing au service de la peinture. Il a vite compris que « Les Ménines » pouvaient conforter la vision cubiste de son art et, comme il ne faisait jamais les choses à moitié, il en a exécuté (le mot est peut-être encore mieux choisi qu'il n'y paraît !) 58 versions toutes plus cubistes les unes que les autres. En voici quelques-unes (elle les projeta sur l'écran). Arrêtons-nous sur la numéro 7 et regardons la en parallèle avec le Vélasquez. Qu'a voulu faire Picasso Un hommage ? Si oui, c'est un hommage bavard qui tient plus du cirque Barnum que d'autre chose. Ou bien Picasso veut-il ringardiser la peinture du passé et affirmer sa supériorité moderniste ? Son bric-à-brac peut-il constituer une alternative plus crédible pour traduire la mise en abyme, le jeu de regards, l'illusion ? Son amas hétéroclite et disparate nous conduit plus à la perplexité qu'à autre chose. Alors ? Picasso s'est-il frotté à plus fort que lui ? A-t-il présumé de son talent ? Et, faute de mieux, n'est-il pas tombé dans un pastiche « déconstructif » où son énergie s'en est donnée à cœur joie ? C'est mon interprétation. Bizarrement, le personnage le plus marquant dans ce foutoir n'est autre que José Nieto, chambellan de la reine, parent de Vélasquez, petite silhouette noire se détachant au fond de la pièce dans l'encadrement d'une porte éclairée. Celui qui sort, ou qui entre, moi je crois qu'il sort, est le héros masqué qui relègue le peintre, l'infante et tous leurs comparses, aux rôles de faire-valoir. Il leur dit « je me casse, c'est le bordel ici ! ». Si Picasso a pensé cela, c'est drôle, sinon il s'est planté. Je crois qu'il s'est planté !

— Mais madame, comment osez-vous ? Faire passer Picasso pour un... un guignol, un abruti... le théologien de la peinture... de la peinture contemporaine... c'est insensé ! hoqueta un « chignon gris costume trois pièces sans cravate ».

— Heureusement, vous avez rajouté « contemporaine », parce que, « théologien de la peinture » non, définitivement non. Que vous ayez Picasso en très haute estime est votre droit le plus imprescriptible. Vous êtes dans la doxa du moment. Moi je pense que ce fut un élégant fumiste (je veux dire élégant dans sa fumisterie) bourré de testostérone. C'est aussi mon droit. Voilà, avant d'embrasser cet immense Vélasquez, je voulais, en creux, vous faire sentir, vous faire appréhender le génie intemporel de ses « *Ménines* ».

Sur quoi, Clara Behlmann déroula sa présentation et ses interprétations des deux toiles disparues, devant une salle réceptive et médusée. Stanislas n'était pas en reste. Subjugué, il la trouva encore plus irrésistible que la première fois. Son aisance, son élégance, son culot pour démolir l'icône de la peinture moderne, lui plurent au-delà de... toute rationalité. Il eut plusieurs fois envie de se lever et d'applaudir. Mais il demeura sagement à sa place, la dévorant des yeux et sans doute du cœur. Et, fidèle à son plan, il s'éclipsa avant la fin, taraudé par le regret de ne pas pouvoir s'approcher d'elle.

Vers 17heures, la conférence étant terminée, Clara retrouva son amie Jessica qui avait assisté à son show.

— J'irais bien faire un tennis pour me défouler, pas toi ?

— Dis donc, j'ai l'impression que tu t'es déjà sacrément défoulée ces deux dernières heures. Putain, Picasso ne va pas s'en remettre. Tu déboulonnes à tour de bras !

— Ça fait du bien, si tu savais ! Il m'a tellement mis de bâtons dans les roues ce Pablo, tout ça parce qu'il a une cote stratosphérique et qu'il est intouchable ! Alors j'aime bien me le faire de temps en temps ! Et puis il y avait l'autre là. Je n'y serais peut-être pas allée aussi fort s'il n'avait pas été là. Quelque part, il m'a galvanisée. Je ne sais pas pourquoi. Je ne sentais sur moi que son regard et je me disais « vas-y, te dégonfle pas, s'il n'apprécie pas tant pis mais si il apprécie c'est le pied ! » Tu me trouves débile ?

— Tu parles de celui qui a conceptualisé sur le manque, le concept du manque, belle trouvaille ! Et bel homme ! Je l'ai observé... ouais, quelle allure ! Et sa voix ! Il était impassible, il donnait l'impression d'absorber tes paroles comme... une éponge.

— Je crois que je l'ai déjà rencontré une fois à Madrid, au Prado. Je t'en ai vaguement parlé. C'était fulgurant, une minute ou deux... et devant « *Les Ménines* » ! Maintenant, je suis persuadée que c'était lui. Tu imagines ?

— Tu es amoureuse ?

— Arrête ! Je ne peux pas être amoureuse d'une ombre. Tu l'as vu partir ?

— Juste au moment où il prenait la tangente. Grand. Souple. Je dirais félin.

— Ah oui !

— Pour en revenir à « *Las Meninas* » tu as dit que le personnage au fond, José Nieto, dans l'encadrement de la porte, personnage capital, était en train de sortir. C'était la première fois que je t'entendais avancer cette hypothèse.

— J'ai la même intuition que Salvador Dali, ah, ah ! Dans son œuvre « stéréoscopique » d'après « *Les Ménines* », dans le diptyque, tu vois nettement le personnage partir de gauche à droite en fermant la porte... c.q.f.d. Bon... Tu as entendu des commentaires à la sortie ?

— Il y avait les aficionados, très majoritaires je crois et les offusqués qui n'admettaient pas qu'une historienne de l'art puisse crucifier saint Picasso et le faire passer pour un arsouille de la peinture business.

— J'aime bien ton expression « arsouille de la peinture business ». Je m'en resservirai. Dis-moi Jessica, est-ce qu'on ne devrait pas renforcer la sécurité autour de nos trésors, après ce qu'il vient de se passer ? D'autant qu'avec les travaux et notre vidéo-surveillance on n'est pas aidé ! À Cologne et à Madrid, ils sont rentrés comme dans du beurre. Notre beau musée n'est pas franchement préparé à une offensive de professionnels... Je commence à flipper... un peu... beaucoup...

— Tu penses à qui... à quoi ?

— Vermeer. « L'art de la peinture », évidemment ! Je deviendrais folle si on se retrouvait face au néant à la place du tableau ! Je m'en voudrais à mort de ne pas avoir anticipé ! Je resterais prostrée là, nuit et jour, devant l'absence écrasante. Tu serais obligée de me ravitailler... jusqu'au jour où je ferais une grève de la faim pour que le voleur, me voyant dépérir, ait pitié de moi et, par une nuit sans lune, replace le génial rectangle (120x100) là... d'où il n'aurait jamais dû bouger, dit Clara, nimbée d'un léger sourire. Tu crois que notre homme au concept puisse être impliqué dans une pareille affaire ?

— Peu probable. Mais comment savoir ?

Elles finirent la journée au Sports Monkeys Tennis Club, dans la Hauptallee, parc du Prater. Jessica qui n'avait jamais pris un set à Clara lui en prit deux, bien aidée par les 37 fautes directes et les 14 doubles fautes de son adversaire.

21

Longtemps sevré de plaisirs simples, le simple plaisir de claquer du fric par exemple, JFK avait entamé un marathon d'emplettes, d'importances variables, qui toutes tendaient à améliorer son apparence. Apparence qui en avait bien besoin. Dans l'absolu, le chantier était considérable. Il s'était laissé aller dans tous les compartiments du jeu. Il avait laissé filer la ridule qui lui barrait le front, devenue une faille tectonique. Il avait ignoré les valises qu'il avait sous les yeux, devenues des malles. Il avait snobé l'estomac qui mettait au supplice les boutons de ses chemises, devenu un ballon de rugby. Et, pire encore, il avait négligé la chevelure rebelle et indisciplinée qui était devenue morne et décadente.

Sa nouvelle opulence le confortait dans l'idée qu'il allait regagner du respect. Ah, le respect ! Le respect de lui-même, bien entendu, encore qu'il y eut beaucoup à analyser dans ces franges indécises du moi. Le dégout, la pitié, la trahison, faisaient bon ménage avec des velléités de rédemption trop timorées pour être concluantes. Il y avait aussi le respect des autres. Le respect qu'il était en droit d'attendre des autres. Et celui-là se faisait cruellement attendre ces temps-ci. Pourtant il était à l'affut. Il le guettait sur le visage des unes ou des autres. Ainsi, quand il laissait sa place à une vieille dame, dans le métro, guettait-il le petit signe de connivence fraternelle qui ne venait jamais. Pareil quand, dans sa Twingo en loques, il laissait passer le piéton sur son passage protégé, s'attendait-il à la main levée dans sa direction, hommage attendu à sa civilité exemplaire. Il n'en était rien, le piéton traversait furax, lui reprochant de lui avoir fait peur en freinant trop tard. Toutes ces petites choses mesquines du quotidien s'accumulaient, formant une sous couche dans laquelle marinaient les grandes choses du quotidien, comme les relations affectives, les relations professionnelles, les relations… Et dans cette sphère, seul un Labrador Retriever aurait pu flairer quelques traces de respect.

C'était décidé ! Les choses allaient changer ! Et il commença par le plus facile : les fringues. Il écuma Montaigne, Faubourg Saint Honoré, Quartier Latin, en quête du fameux classique/mode… Lassance, Saint Laurent, Hermès, Charvet, Brooks Brothers, Weston, Barbour. Il s'appliqua à ne tomber dans aucun excès : ni trop large, ni trop étroit, ni trop long, ni trop court, ni trop voyant, ni trop terne. Une espèce de juste milieu chic, simplement rehaussé par ses inévitables nœuds papillon, cerises sur le gâteau qui, pensait-il, atténuaient les défauts de son visage, tant ils hypnotisaient les regards insistants, et clamaient sa bravoure. La moisson fut abondante, dont une partie livrée par des coursiers, rue de Paradis, qui ne se préoccupèrent pas du contraste entre la qualité de la marchandise et la vétusté des locaux.

Ensuite, il s'attaqua à beaucoup plus sournois : son aspect physique. Depuis déjà un certain temps, il fréquentait les miroirs à dose homéopathique. Il se défiait de leur franchise tout comme il se défiait des déformations suspectes qui affectaient différentes parties de son corps. Il n'avait confiance en rien, en personne, à commencer par lui. C'est dire si l'objectivité n'était pas au rendez-vous… pas aidée, non plus, par le manque de moyens. Or les moyens étaient de retour et, avec eux, une forme de prise de conscience qui n'était plus sans espoir. Avec les moyens, on pouvait faire des miracles. Il suffisait de voir toutes ces vieilles peaux retendues, ces implants capillaires ressemés, ces silhouettes remodelées (grâce aux Ducan, «Comme J'aime » etc…) pour se convaincre que tout était possible, même dans les cas désespérés. Il repartit donc bravement à l'abordage de tous les îlots défaillants. Il commença par le plus pénalisant : le visage. L'esthéticienne qui le vit arriver, dans son espace odorant et feutré, sut qu'elle allait pouvoir lui fourguer ses soins les plus sophistiqués, enrobés dans une formule à long terme, avec dégressivité lente et consentie. JFK fut séduit par l'esthéticienne et acheta le package au long cours, avec toutefois un démarrage intensif. Il déboula ensuite à La Clinique du Cheveu, où des coiffeurs, déguisés en chirurgiens, auscultèrent, en surface et en profondeur, son cuir (de moins en moins) chevelu et optèrent pour une campagne d'implants sur plusieurs mois, voire plusieurs années. Ce que JFK différa, pour des raisons qu'il n'expliqua pas. À la place il se contenta d'une mini moumoute qu'il aurait la possibilité de coller, là où la tonsure commençait à faire le vide autour d'elle. Enfin il s'inscrivit dans un club de fitness, pourvu de tous les instruments de torture possibles et imaginables, et se fit injecter un abonnement « High Level » pour des pros ou pour des débutants candides peu doués. Le tout accompagné d'une session de « Comme J'aime » (moins 7 kilos la première semaine) !

Il rentra rue de Paradis, le visage en feu, le cheveu un poil plus rebelle, et des courbatures dans des endroits jusqu'alors insoupçonnés. C'était un début. Mais il manquait encore l'essentiel : le moral, la santé psychique, le fragile échafaudage de ses pulsions, répulsions, impulsions. Dégoter un psy, un bon psy bien saignant, avec lequel il pourrait clopiner sur le chemin approximatif d'un retour à... comment dire... à une certaine normalité, qui, en même temps, ne serait pas bêtement normale, une normalité qui préserverait sa part de déséquilibre ou mieux d'originalité créative. Coton ! Il consulta Google. Google ne l'inspira pas. C'est alors qu'il se remémora la longue traque d'une femme infidèle, traque qu'il avait subtilement menée pour le compte d'un client qui était psy. Un cocu psy! Ou plutôt un psy cocu. Il n'en douta pas une seconde, c'était ce qu'il lui fallait ! Un psy aussi frappé que lui, avec lequel il pourrait s'entretenir d'égal à égal, en quelque sorte, et lui déballer sans honte la ribambelle de ses fiascos.

Ni une ni deux, il prit rendez-vous avec le docteur Badin, ancien interne des hôpitaux de Paris, psychiatre, psychothérapeute. Il le fit sous un nom quelque peu déformé (Kournélias) pour ne pas s'exposer à un refus. Et dès le lendemain, preuve que l'agenda du psy n'était pas surchargé, JFK se présenta en client de son ancien client, au cabinet du guérisseur des âmes, au cinquième étage sans ascenseur (décidément Cocteau avait raison !) d'un immeuble de la rue Hamelin, Paris 16ème. Badin ne reconnut pas tout de suite JFK. Avait-il changé à ce point ? Ou était-ce Badin qui n'était pas physionomiste, à moins qu'il n'ait perdu la mémoire ? Il avait à tout casser une cinquantaine d'années et pour JFK c'était plutôt bon signe qu'il cafouillât de la sorte dans l'optique d'une relation équilibrée. Badin avait des grosses lunettes de psy, un petit collier de barbe de psy, un costard passe muraille de psy, refusant la moindre excentricité pouvant détourner les patients de leurs cheminements chaotiques vers des jours meilleurs. JFK s'assit d'emblée sur le canapé résigné qui lui tendait quand même les bras. Badin fit de même sur un fauteuil noir pivotant, lui faisant face, tournant le dos à un bureau qui disparaissait sous des monceaux de dossiers, de feuilles volantes, de revues, de dictionnaires, de blocs-notes, de stylos, crayons, feutres, coupe-papiers en tous genres, de quoi faire passer le bureau de JFK pour un jardin à la française.

— Monsieur… Kournélias que…

— Kornélius, en fait. Nous nous connaissons déjà, j'avais eu l'honneur de travailler pour vous dans une affaire… disons le mot, d'adultère. À votre grande satisfaction, je crois. J'espère que depuis les choses se sont arrangées.

— Divorce. Mais oui, monsieur Kornélius, je vous remets, dit Badin en regardant par-dessus ses grosses montures, je vous remets et cela pourrait me poser un problème déontologique, cette histoire pourrait vous conduire à ne voir en moi que l'homme qui… qui a traqué sa femme…

— À juste titre, monsieur Badin, à juste titre. Vous n'avez fait que votre devoir. Que serait-il advenu si vous ne l'aviez pas fait ? Le doute, la jalousie, votre vie en déroute…

— N'exagérons rien ! Bon…

Badin fixa JFK comme s'il ne l'avait jamais vu ou comme s'il était en train d'extraire de son cerveau toute trace suspecte de ce potentiel malade. À en juger par sa montre (était-ce une Rolex qu'il avait au poignet ?) et son nœud papillon férocement drôle, ce potentiel malade avait du potentiel. Ces temps-ci, les clients ne couraient pas les rues, il semblait même que la dureté des crises en tous genres les incitait à se recroqueviller sur leur moi chétif et à rester chez eux.

— Bien… bien… nous allons entreprendre une… j'allais dire thérapie… mais il est encore un peu tôt pour le dire. Monsieur Kornélius, qu'attendez-vous de moi ?

JFK avait déjà agité cette question, sans pouvoir y répondre autrement que de façon évasive. Il voulait une écoute bienveillante, il voulait de la compréhension pour ce qui paraissait incompréhensible, il voulait, ayant maintenant franchi son cap bordélique de la quarantaine, s'installer dans une deuxième vie nettoyée de toutes les scories de la première. Repartir du bon pied, quoi !

— Je ne sais pas... je ne sais pas, sans doute un dialogue constructif qui me donnerait la possibilité de voir plus clair en moi où il y a certaines zones sombres... disons même noires... dans lesquelles je m'aventure rarement, voire pas du tout. Je n'ai pas une très haute opinion de moi-même, mais je reste persuadé qu'il y a du...

— Potentiel, compléta Badin plus que jamais convaincu de la richesse de ce mot.

— C'est cela, le bonhomme a du potentiel jusqu'alors mal exploité. Il s'est fourvoyé dans des impasses, parfois lugubres, dont il s'est sorti tant bien que mal et aujourd'hui il se retrouve confronté à des dilemmes qui lui paraissent... tant il ne sait pas quel rôle il jouer, ou quel rôle on voudrait qu'il joue... le Bon, le Méchant ? Evidemment de préférence le Bon, mais ce n'est pas aussi simple n'est-ce pas ? Ce serait trop facile ! Le type ne serait pas là devant vous.

— Pourquoi parlez-vous de vous à la troisième personne ?

— J'ai parfois l'impression que nous sommes deux dans la même enveloppe. Dans ce corps, que je reprends en main, il y a celui qui parle et celui qui agit et, assez souvent, ce ne sont pas les mêmes. Je ne suis pas schizo, attention, néanmoins... la petite voix de l'autre ne se gêne pas pour commenter et critiquer mes actions, mes pensées, mes partis-pris. Quelque part je vois que je déraille et j'aime ça ! L'âme... peut-être et toutes ses culpabilités... pesantes... j'allais dire chiantes !

— Vous êtes croyant ? demanda Badin.

— Vous ne m'aurez pas, mon Père ! La religion ne m'inspire que du mépris, sauf quand elle favorise l'éclosion d'artistes qui seront encore là dans dix mille ans, si Dieu le veut ! Leonardo, Michelangelo, Caravagio… Raphaël… J'ai perdu ma mère, une femme remarquable, déstabilisée par la religion, torturée par le péché en toutes circonstances, quand, en pleurs, elle me serrait contre ses seins, par exemple, quand je rentrais du collège… moi-même en pleurs.

JFK ne souhaitait pas trop favoriser la tâche du psy. En l'entraînant dans son labyrinthe intérieur, il voulait voir s'il était capable, sans lui, de trouver l'entrée et éventuellement la sortie.

— « Si Dieu le veut » dites-vous ! Vous êtes croyant ! Vous avez été pensionnaire chez les jésuites ?

— Qu'est-ce qui vous fait dire une connerie pareille, excusez-moi ? Pas chez les jésuites, chez les curés.

— Vous rentriez du collège en pleurs… que s'est-il passé chez les curés ? Un viol de petit garçon qui venait ensuite pleurer dans les seins de sa mère qui pleurait, elle aussi, parce qu'elle avait décidé ou accepté que le petit garçon irait en pension ?

— Vous n'y êtes pas du tout ! Moi j'aurais pu violer des collégiens ! J'avais une libido hors du commun pour mon âge. Et ma mère a fait le sacrifice cathartique de son corps, rien que pour moi ! Elle a bravé les tabous religieux, bien que pratiquante, pour endiguer mes pulsions sexuelles… démesurées.

— Vous avez violé votre mère ou votre mère vous a violé ?

Question pointue, pensa JFK. Loin des soucis du moment mais pourquoi pas ? Ce Badin, qui comme lui s'appelait Jean-François, était peut-être moins caricatural qu'il en avait l'air.

— Écoutez, Jean-François… je peux vous appeler Jean-François ?

— Faites donc.

— Jean-François, comment se fait-il que vous ayez laissé votre femme vous tromper avec un prof de gym ? Libido ! Femme sensuelle, d'après ce que j'ai pu constater, elle ne trouvait plus son plaisir dans vos bras. Elle avait besoin d'un mec qui la tringle au premier degré… pas une tringlette de moineau évaporé en quête perpétuelle du pourquoi ! Non, c'est le comment qui l'intéressait. Elle en avait marre de vos branlettes intellos, de votre peu d'entrain pour la chose, de vos excuses comiques ou tragiques (ça dépendait de son humeur), pour justifier votre impuissance… alors, quand vous parlez de ma mère et que vous y accolez le mot « viol », j'ai tendance à voir rouge ! Ma mère ressemblait à Kay Kendall, même allure, même grâce, même nez en trompette et même fragilité…

— Kay Kendall ?

— Elles sont mortes toutes les deux de leucémie, l'actrice anglaise en 1959 et Marjorie en 1999. Même fiasco avec les hommes. Mon père, ce connard, passait (et passe encore) son temps à ramener des chaudes-pisses exotiques à la maison, après ses reportages aux quatre coins du monde ! Grand reporter ! Grand reporter mon cul, oui ! Une belle femme fragile à la dérive avec comme seule boussole la santé mentale et… physique et sexuelle de son fils. Alors oui, je venais me blottir contre elle, d'abord comme un élève découvrant un corps de sexe opposé… elle me laissait le regarder, le toucher… son sexe.

— Vous l'avez violée ?

— Pas si vite, Jean-François… ça vous excite ? Vous êtes bien impatient ! Elle m'expliquait l'amour. Nous passions des nuits dans son lit à nous dire qu'il n'y avait que de l'harmonie dans tout ça et que nous ne laisserions à personne le droit de nous juger. Je grandissais. Vers quatorze ans, je l'ai rattrapée (elle mesurait 1 mètre 75) et je suis passé d'élève à professeur, ou protecteur. À son tour de venir se blottir contre moi. J'avais toujours la même adoration. Je la touchais, je la caressais. Et vous voulez savoir la suite, pervers que vous êtes, vous le voulez ?

— Vous jouez au psy ? C'est vous qui avez besoin de parler.

— Jean-François, ne me la faites pas à l'envers ! Vous vous nourrissez de mes propres tourments pour guérir les vôtres… allons-y ! Pourquoi le cacher, elle me faisait bander… et jouir, je dois l'admettre, mais jamais, vous m'entendez bien, jamais je ne l'ai pénétrée de quelque façon que ce soit. Jamais.

— Et elle ?

— Elle… elle couvait son fils. Elle prenait son plaisir à sa façon. Elle m'exhortait à conquérir le monde, le monde de la femme, avec toute la délicatesse requise.

— Elle a réussi ?

JFK se demanda pourquoi il avait embrayé sur ce terrain-là. Pourquoi sa mère était-elle venue s'inviter si vite dans la discussion ? Sans doute parce que le sujet majeur, derrière tout ce fatras, était sa relation avec une certaine Clara Behlmann, une femme qui, se persuadait-il, avait un « je ne sais quoi » de Kay Kendall (et donc un « je ne sais quoi » de sa mère) et qui hantait ses jours et ses nuits avec une constance grandissante. Relation parvenue à un point de friction incandescente. À la question qu'il s'était déjà posée, il était urgent de trouver une réponse. Fallait-il dérober le Vermeer de Clara, sans lui en parler, au risque de… de quoi au juste ? Passer pour un traître, un minable, un dissimulateur ? Et passer à côté d'une forme de reconnaissance qu'elle pourrait lui témoigner, pour avoir accompli un geste artistique, une performance qui entrerait dans les annales ? Ou bien fallait-il mettre Clara au parfum et organiser avec elle un trompe- l'œil imparable. Installer sa copie du Vermeer à la place de l'original, avec le risque qu'elle refuse un tel pacte avec le diable et que le vol devienne impossible, entraînant du même coup la perte sèche de 600.000 balles ? Et la fureur de l'ami Stanislas. Dilemme ! La psychanalyse et ses saillies intrusives, dans les recoins de sa psyché confuse, pourrait-elle offrir une quelconque utilité ? Il exposa à Badin les termes de son alternative : traitre invisible, sans gloire ou magouilleur équilibriste à la merci d'une déesse impitoyable et convoitée ?

— La légalité a-t-elle un sens pour vous ? demanda Badin.

— L'ordre établi, le code civil, le code pénal… j'avoue que je suis un peu loin de tout ça, mon cher Jean-François… je ne sais pas si vous avez bien saisi mais je joue ma peau ces jours-ci ! Ma peau de va-nu-pieds qui a besoin de bouffer, de vivre ailleurs que dans un taudis, ma peau d'amoureux d'une image sainte que je veux entrainer dans la fornication, ma peau d'homme qui ne supporte plus de se faire piétiner par d'arrogants imbéciles. Je vois un homme qui veut du respect nom de Dieu, du respect, vous m'entendez Badin, du respect ! Vous ne me respectez pas, je vous observe en train de vous dandiner sur votre fauteuil, en vous disant « vivement que ce connard se casse, il me saoule ! » Avouez !

— N'en doutez pas, je suis là pour vous aider. Dites-moi ce qui vous passe par la tête. C'est le mot « légalité » qui vous a choqué ?

— Vous ne m'aidez pas. Je vous parle d'un dilemme et vous me répondez « légalité » ! Mon métier, en fait mes métiers m'ont toujours fait naviguer aux confins de la légalité et de l'illégalité… vous voyez. Vous trouvez légal que « Les femmes d'Alger » de Picasso, cette fresque bariolée, truffée de seins cubistes, ait été vendue 179 millions de dollars ? Vous trouvez légal que le « Quand te maries-tu » de Gaugin, vendu 7 francs à sa mort, soit parti chez un émir pour 300 millions de dollars ? Où est la légalité ? Vous me faites marrer. Le marché de la peinture est un cloaque à ciel ouvert ! Tous les coups sont permis ! La fraude, l'argent sale, les cotes délirantes, la spéculation, les expertises bidon, et vous croyez que je vais crever la gueule ouverte sur ce fumier ? Ben non ! Je vais foutre mes deux pieds dans cette merde !

JFK s'était levé du canapé et déployait des gestes de sémaphore déréglé. Badin s'était recroquevillé sur son fauteuil pivotant, attendant une éclaircie.

— Je vais vous dire ce que vous devriez me dire, s'écria JFK ! Mettez la belle dans le coup, mouillez la, affirmez-vous comme le grand artisan de cette arnaque/performance planétaire, et si jamais elle ne mordait pas à l'hameçon, tordez-lui un peu le bras, en douceur, faites-lui savoir que vous pourriez la mettre mal à l'aise, suite à une de ses expertises récentes, et qu'elle a tout intérêt à adhérer à votre projet, pour sa notoriété, la notoriété de son musée et la récompense sonnante et trébuchante !

Voilà, Badin. C'est vous qui devriez me demander combien vous me devez pour cette séance !

— 150 €, la séance.

— Vous n'y allez pas de main morte ! La souffrance du portefeuille fait partie de la thérapie, c'est ça ! Vous vous dites « ce mec est sapé lourd, allons-y gaiement dans la souffrance ! », je me trompe ?

— La souffrance ?

— Non Badin ! L'illusion ! Vous êtes une illusion… vous essayez de me faire croire qu'avec votre écoute nonchalante, en me relançant pénardement sur quelques mots, la souffrance, la légalité, le viol, le respect, vous allez m'aider à y voir plus clair dans ma marmite bouillonnante ! Presque nul ! Vous ne faites qu'épaissir le mystère. Et vous savez pourquoi ? Parce que je suis moi-même une illusion ! L'illusion du mec qui vient se raconter de bonne foi pour trouver la lumière au bout du tunnel. Je me suis écrit un joli petit conte pour psys et vous l'avez gentiment gobé… ou pas… mais peut-être que oui, quand même, car j'ai détecté quelques lueurs d'intérêt derrière vos grosses lunettes.

— Illusion ? dit Badin, arc-bouté sur son système.

— Vous n'avez pas honte ! Oui, illusion ! L'illusion puissance trois : vous, moi, notre relation !

JFK allégea son matelas de trois billets de 50. C'était cher payé pour la fragile conviction qu'il s'était forgée pour la suite des opérations. Il s'engouffra, à Boissière, dans la ligne 6, l'une des plus pourries du métro parisien : courant d'air force 8, wagons tagués, sièges durs, sales, élimés, papiers, détritus, crachats, grincements, toux, éternuements, jurons… escalators absents ou en panne ! La dèche souterraine de la capitale mondiale du tourisme !

22

Dans les galeries du Kunsthistorisches Museum, un échantillon d'humanité pensante, déambulait au gré des époques, des styles, des anecdotes, des passions ou encore des fatigues accumulées en piétinements ou en stations religieusement immobiles, devant des chefs-d'œuvre pesant des millions d'euros. Des audio-guides, collés à des oreilles en majorité asiatiques, dispensaient des informations modulant des mimiques éthérées sur des visages fripés. Des guides, en chair et en os, ramenaient leur science extralucide, en décortiquant les intentions (conscientes ou inconscientes – c'était encore plus fort quand elles étaient inconscientes) des grands maîtres, au moment où ils avaient déposé leurs couleurs sur des surfaces provisoirement vierges.

Stanislas, encore lui, était là, dans la foule d'un samedi ordinaire, à l'écoute d'un de ces sherpas de l'Art qui vous font pénétrer dans le crâne des chers (voire très chers) disparus. Un de ces sherpas s'était posté devant « *L'Art de la Peinture* » et s'était attelé à sa tâche magique.

— Le tableau que vous admirez est aussi dénommé « *L'Allégorie de la Peinture* », titre suggéré plusieurs fois par des experts. Ce tableau est celui de l'illusion et de la désillusion. Pourquoi ? D'abord l'illusion. Vermeer veut nous entrainer sur le terrain de l'autoportrait sans portrait ! Il est de dos. Il ne donne aucun indice qu'il s'agit de lui. Des cheveux, un béret et le costume porté, qui ne correspond pas à l'époque de la toile mais à 150 ans auparavant, costume dit « À la Bourguignonne » : indices inopérants. Ou plutôt, indices d'une volonté de brouiller les pistes, d'autant plus que dans son attitude de peintre, il se sert d'un appui-main qu'on utilise normalement à la fin du travail pour protéger les couleurs, alors qu'il n'en est encore qu'à l'ébauche du tableau avec la jeune femme qui pose devant lui. Énigmatique cette jeune femme. Certains y ont vu son épouse Catharina mais la jeunesse du modèle ne correspond pas avec l'âge de son épouse à l'époque de cette peinture. D'autres y ont vu sa fille Gerta mais, si l'âge correspond, la physionomie ne suit pas. Pour ma part, je crois qu'il s'agit de la même personne que celle qui a posé pour « *La Jeune Fille à la perle* », l'année précédente. Même forme de visage, même front, nez, bouche, menton. Cette fois les paupières baissées dissimulent les yeux et les cheveux sont bien visibles, créant l'illusion d'un autre modèle, mais c'est le même, transformé en Clio, la muse de l'Histoire, tenant un livre et une trompette. Une Clio regardant un cahier de musique qui renvoie à Euterpe et regardant un masque en plâtre qui symbolise la comédie et qui renvoie à Thalie. Vermeer nous noie dans l'univers des muses pour masquer l'attirance qu'il éprouve pour cette jeune fille, attirance très palpable dans « *La Jeune Fille à la perle* », attirance plus masquée ici. Vermeer est très catholique, il a fait onze enfants à sa femme qui lui a, en outre, donné l'aisance financière qu'il n'avait pas. Donc, pas question de laisser transparaître quoi que ce soit de charnellement déplacé dans ses tableaux ! Dans cette composition, Vermeer ne peint pas dans son atelier mais dans la maison de son jeune modèle, en attestent le carrelage, le lustre hollandais et la tapisserie de facture espagnole qui ouvre la perspective sur la gauche. D'où une proximité potentiellement plus forte. Je disais aussi que cette œuvre est celle de la désillusion. Pourquoi ? Là encore, Vermeer a laissé des indices. La double tête d'aigle, emblème de la dynastie autrichienne des Habsbourg, dont les armes ornent le lustre, représente la foi catholique, partagée par Vermeer au milieu d'une marée protestante. L'absence de bougies dans le lustre suggère l'agonie du catholicisme dans la Hollande de l'époque. Enfin, Vermeer nous fait comprendre qu'il n'est plus en phase avec la nouvelle société de son pays, peu sensible à l'art et à la culture, obsessionnellement tournée vers le commerce et l'argent. Son habit des années 1530, la tapisserie, la carte sur le mur du fond, indiquent sa nostalgie de la période de domination espagnole. Il ne peut la clamer haut et fort mais on la sent dans l'atmosphère de ce tableau, le préféré de l'auteur. Même endetté, Vermeer n'a jamais voulu le vendre. Destin baroque ! Après de nombreuses tribulations, acheté pour 50 florins en 1813, par le Comte autrichien Johann Rudolf Czernin, « *L'Art de la Peinture* » fut attribué par de nombreux experts jusqu'en 1860, à Pieter de Hook, l'un des grands rivaux de Vermeer. Il fallut l'expertise du français Théophile Thoré-Burger et de l'allemand Gustav Friedrich Waagen pour qu'il soit reconnu comme un authentique Vermeer. Les nazis tentèrent en vain de se l'approprier et il fut finalement acheté à son propriétaire, le comte Jaromir Czernin, par Adolf Hitler, pour la modique somme de 1,65 million de reichsmarks, en 1940. Il a été retrouvé intact, dans une mine de sel, en 1945, avec d'autres œuvres d'art. Il est désormais la propriété de l'état autrichien. Estimation aujourd'hui : entre 250 et 300 millions d'euros ! Le peintre de l'illusion et de la désillusion, mort perclus de dettes, doit frémir dans sa tombe.

À la suite de la disparition du Vélasquez, Clara avait matérialisé son idée de protection de « *L'Art de la Peinture* », en faisant installer une mini et performante caméra qui transmettait en continu les images de ce qui se passait devant et alentour. Ces images étaient visibles sur l'ordinateur de Clara et sur celui de sa collègue Jessica. C'est cette dernière qui alerta Clara, quand elle crut reconnaître, parmi les visiteurs agglutinés autour du guide savant, l'homme altier de la conférence sur les autoportraits. Clara rappliqua et constata que c'était bien lui. Que faire ? Ne rien faire ? Le laisser partir ? Il ne pouvait pas être là par hasard ! Ou alors le hasard avait de ces facéties... Il était là, magnifique (elle devait bien se l'avouer), dominant de sa stature d'empereur du Haut Empire (pourquoi cette image ?), la foule des connaisseurs infatigables et des dilettantes fourbus. L'œil laser, il semblait disséquer, comme une « camera obscura », la profondeur de l'œuvre. Si elle décidait de l'aborder qu'allait-elle trouver à lui dire ?

— Bonjour, je suis ravie de vous revoir sur mes terres. Vous assistiez à ma dernière conférence sur les autoportraits, n'est-ce pas, monsieur le béotien ?

Stanislas ne s'attendait pas à la voir apparaître aussi rapidement. Il eut l'impression d'être soudain branché sur du 2000 volts. Toujours le même effet subjuguant et dévastateur.

— Bonjour... Je me disais que j'aurais peut-être la chance de vous rencontrer et voilà que la chance me sourit.

Pourquoi cette voix la faisait-elle flipper ? Pourquoi avait-elle le sentiment de le connaître déjà… comme si dans une autre vie, un autre rêve, une autre fantasmagorie, elle avait partagé une flopée d'émotions… pourquoi ? Les deux contacts fugitifs qu'elle avait eus avec lui, ne justifiaient pas un tel trouble. Mais le trouble était là, inexplicable, palpitant.

— L'avenir dira si c'est une chance… Alors, vous aimez le Vermeer autant que le Vélasquez ? Allez-vous me demander si Vermeer en fait trop ?

— Non… cette fois je vous demanderais plutôt si Vermeer n'en fait pas trop peu !

— Dissimulation ?

— Peut-être… il nous cache son visage, il nous cache sa joie, sa concentration, son désir, sa tristesse… devant une jeune fille qui baisse les yeux et ne laisse rien filtrer de ses sentiments… dans un clair-obscur qui, ici, porte merveilleusement son nom. Et on est happé par cette scène. C'est du minimalisme triomphant !

La grappe humaine et son guide savant avaient déserté les parages pour s'agglutiner ailleurs. Ils se retrouvaient seuls, comme des danseurs de tango embarqués dans des tourbillons qui font disparaître les spectateurs hypnotisés. Leurs paroles accrochaient la réalité, tout en se situant à un niveau de fragilité extrême. Les apparences disaient que tout était sous contrôle. Il n'en était rien. Stanislas était juste là où il s'imaginait qu'il avait très envie d'être.

— J'adhère au « triomphant », dit Clara songeuse, une modestie triomphante, pour être plus précise.

— Vermeer ne fait pas le malin. Il est malin. Il ne joue pas au génie, il est génial. Il n'en rajoute pas. Il laisse le poids de nos illusions peser sur ses épaules… épaules qu'il nous tend.

— Belle image, puisque le dos du peintre est le début de l'énigme.

Dans la clarté illicite de la galerie, Clara sentit qu'elle ne pourrait pas, à nouveau, se contenter d'un monsieur « Béotien ».

Le hasard, ou quoi que ce fût d'autre, avait fait son chemin. C'était désormais à elle de tracer le sien. Elle prit une grande respiration et se lança.

— C'était vous au Prado, devant « *Les Ménines* » ?

— Bien entendu, concéda Stanislas. Vous le saviez.

— À qui ai-je l'honneur ? Et ne me dites pas « un béotien » !

— Je suis romancier. Stanislas de Flognac, qui n'est pas mon nom de romancier. Le seul qui compte, pour l'instant.

Une nouvelle vague de passionnés d'art et d'amateurs de selfies venait s'étaler au pied du Vermeer. Il était urgent de ne pas se laisser submerger.

— Si vous n'avez rien de mieux à faire… encore qu'ici il y ait beaucoup de tentations de mieux faire… certes… mais dans l'hypothèse où vous seriez disponible, nous pourrions continuer cette conversation dans mon bureau… à moins que… vous savez qui je suis.

Rarement (voire jamais) Clara ne s'était aventurée dans une phrase aussi embrouillée. Le rose, qu'elle n'espérait pas trop visible, lui était monté aux joues.

— Je vous mentirais si je vous disais que je ne sais pas qui vous êtes. Clara Behlmann, conservatrice de ce beau musée… J'ai une autre idée, un peu conventionnelle, j'en ai peur, mais, parfois, qui ne risque pas le conventionnel n'aboutit à rien… alors je me risque : nous pourrions parler de tout et de rien autour d'un verre et prolonger par un dîner… c'est un peu old fashion mais je ne suis pas sûr qu'on ait trouvé mieux pour… communiquer agréablement.

Stanislas n'avait, pas plus que Clara, fait dans le fluide. Néanmoins l'idée était claire, faire connaissance tranquillement et plus si affinités. C'est du moins ce que sous-tendait son offre et que Clara interpréta comme telle. Il lui proposa le Servitenwirt, dans le quartier résidentiel de Servitenviertel, jadis hanté par Sigmund Freud. Un présage ? En tout cas, une excellente table, dans un restaurant sans prétention excessive. Pas de poudre aux yeux, sobriété, éviter toute faute de goût ! Clara pensa que le choix était judicieux. Ils convinrent de se retrouver là-bas à 20 heures.

Maintenant, rentrée chez elle, il s'agissait de trouver la tenue adéquate. Son tailleur professionnel bleu-marine manquait de fantaisie. Après avoir envisagé une robe fourreau, années 50, moulante et dévastatrice, elle opta pour le jean, chemisier blanc et petite veste noire Chanel. Après tout, c'était un premier rendez-vous et il était inutile de brûler toutes ses cartouches ! Cette réflexion subite l'intrigua, voire l'inquiéta. Un peu de naturel, que diable, ce béotien n'allait pas la manger ! Non, bien sûr, mais excitation et inquiétude se partageaient l'espace disponible dans son cerveau en début de surchauffe. Ça n'était pas son style. Respire ! Respire à fond ! Elle fit couler un bain.

Stanislas n'avait pas de préoccupation vestimentaire, il conserverait sa veste en velours bleu-nuit, sa chemise blanche et son pantalon de flanelle gris clair. Ses interrogations étaient ailleurs. Le sentiment du quitte ou double le rendait fébrile. Cette femme, à la réputation flatteuse, n'était pas du genre à se laisser endormir. Les quelques renseignements qu'il avait pu glaner sur elle dessinaient une forte personnalité aux compétences reconnues. L'épisode du Caravage à Rome, l'en avait convaincu. Elle connaissait Kornélius, son bras armé pour la dernière séquence de son intrépide et improbable entreprise de séduction. Dans quelle mesure pouvait-il ou devait-il lui faire part de son projet ? Et comment réagirait-elle ? Elle la gardienne du Temple ! Il faudrait qu'elle ait une sacrée confiance en lui pour donner la permission de sortie à son tableau vedette. Un risque inouï ! Un risque à courir.

Rues étroites, petites places arborées, bâtiments Art Nouveau, du charme à revendre dans cet écrin viennois, pour ce Servitenwirt. Table au calme, dans la salle à manger intérieure, près d'une fenêtre dispensant un paysage urbain de carte postale et une lumière digne de Vermeer. Après une coupe de champagne offerte par la Maison (Clara Behlmann connue et reconnue), ils piochèrent dans la carte des classiques viennois comme le Riesling-Kalbsbeuschel (veau) et le Palatschinken (crêpes). Mais tout cela était secondaire. Avaient-ils vraiment conscience de ce qu'ils mangeaient ? Sans doute pas. Ils étaient perdus dans la contemplation d'eux-mêmes, buvant, s'enivrant des paroles de l'autre, tour à tour charmés, intrigués, désarçonnés, catapultés dans une autre réalité. Et soudain...

— Pourquoi êtes-vous à Vienne, Stanislas ?

— Pour vous rencontrer.

— Je n'en crois rien... ou peut-être que si... mais ça n'est pas aussi... carte postale.

— Vous rencontrer est un effort... cosmique, je dirais. On ne peut pas arriver comme ça et dire « salut, je suis Stanislas, romancier, j'ai entendu parler de vous, je vous ai aperçue, faisons connaissance », ça ne colle pas.

— C'est un peu ce qui se passe, non ?

— Vous seriez déçue si ça n'était que cela. Dans le décor de nos rencontres, il y a toujours eu la présence écrasante de ces autoportraits disparus et de votre Vermeer...

— Qui va disparaître, coupa vivement Clara.

— C'est possible.

— Certain ! Vous êtes d'Interpol ? Un romancier d'Interpol !

— Grands Dieux, non ! Je vous l'aurais dit tout de suite. Non... j'ai une ambition... démesurée.

On était à la croisée des chemins. Raconter, ne pas raconter ? La convaincre, ne pas la convaincre ? La séduire, ne pas la séduire ? Elle le regardait avec une attention mutine qui pouvait prêter à confusion.

— Démesurée, dit-elle en écho.

— Nous avons déjà évoqué cette possibilité, lors de votre conférence sur les autoportraits. Evidemment je n'étais pas là par hasard. Je voulais vous familiariser à cette idée...

— Rappelez-moi laquelle.

— Le manque ! J'ai imaginé cette performance planétaire pour faire resurgir au devant de la scène artistique ces trois œuvres dont vous avez cerné la cohérente filiation. Trois œuvres qui, malgré leur notoriété, ne bénéficient pas de l'admiration ni de la compréhension qu'elles méritent. On les a enfermées dans une routine bienveillante et molle. Ces toiles ont tellement à dire sur ce que nous sommes. Elles touchent à l'universel. Comme je l'espérais, les médias du monde entier ont abondamment commenté les deux premières disparitions et certains ont même commencé à établir un lien possible. Ils se sont penchés sur les structures picturales et mentales de ces chefs-d'œuvre. Ils les ont fait resurgir du néant pour la majeure partie de l'humanité !

— Vous ! Vous, le grand concepteur ? Si mon, si notre Vermeer n'était pas concerné, je pourrais dire « bravo » ! Mais…
Clara suspendit sa phrase, donnant l'impression qu'elle voulait investir le cerveau de Stanislas.

Il voyait se profiler les objections. La dimension criminelle et à qui profite le crime ? Les enjeux financiers et qui allait rafler la mise ? La réapparition hypothétique des tableaux et dans quel état ? Le souffle court des médias, prompts à enfourcher un autre cheval plus rémunérateur en termes d'audience. La traque policière de tous ceux mêlés de près ou de loin à cet escamotage…

— Je voudrais couper court à toute interprétation tendancieuse de cette entreprise : les tableaux ne sont pas en danger…

— Vous ne craignez pas qu'un petit malfrat ou un gros mafieux vienne faire main-basse sur ces trésors ? questionna Clara.

— Ils ne sont pas en danger, bien à l'abri, bien mieux protégés que dans un musée. Ils reviendront ragaillardis à leur place. N'ayez crainte. Par ailleurs mon ambition est désintéressée. Il n'y a pas de bénéfice financier, c'est même le contraire. C'est juste l'idée d'un électrochoc artistique, et des médias qui s'enflamment et des réseaux sociaux (j'ai horreur de cette expression !) qui buzzent à tout va ! Je sais, le soufflé peut retomber assez vite…

— Par exemple un virus venu de Chine commence à occuper l'espace, vous ne croyez pas que…

— Les médias sont versatiles mais Vermeer va les rebooster et plus tard, le retour des enfants prodigues sera leur apothéose !

— Je vous écoute me dire que vous êtes responsable de ce séisme et que mon Vermeer va passer à la trappe ! C'est dément ! Je devrais me lever et aller tout droit à la police ! Je vous connais à peine, vous m'affirmez être romancier... et tout à coup, je me retrouve dans un roman dont je pourrais être l'une des protagonistes et même la victime... pourtant cette idée m'enchante... et je reste assise. C'est dangereux, vous ne croyez pas ? In fine, il me reste la capacité de tout démolir.

La moue elliptique de Clara incita Stanislas à hocher la tête d'avant en arrière, dans une forme d'acquiescement dubitatif. Ils étaient juste à un rond-point, avec une ribambelle de voies pour en sortir... des bonnes, des mauvaises, des lumineuses, des tortueuses, des... Clara enfonça le clou.

— La démolition de votre construction audacieuse pourrait constituer une avancée romanesque autrement plus intéressante que le déroulé placide de votre plan si bien conçu, non ? Je serais l'écharde dans le pied du romancier, celle qui fait bifurquer l'histoire, faute d'avoir compris ou cru la véritable motivation de l'auteur. C'est quoi votre motivation, la vraie, Stanislas ?

— L'amour.

— Quel amour ? L'amour de qui ? De quoi ?

— Un amour global, multidimensionnel. Un amour qui allie la perfection d'une idée à la pureté d'un sentiment. L'action et la sensation dans un même élan. Clara... vous êtes mon héroïne et l'histoire imaginée autour n'existe que pour vous mettre en valeur.

— Et vous mettre en valeur... si vous me faites évoluer dans une histoire minable, il y a des chances pour que je vous trouve minable. Vous avez besoin de me convaincre de votre supériorité, de la supériorité de votre histoire, pour me faire adhérer à ce qui la porte, votre amour pour mon personnage.

Amour ! Le mot était lâché, comme on lâche les chiens. Dans un jeu de quilles, par exemple. L'amour faisait perdre les repaires. L'amour dynamitait la rationalité. L'amour et sa définition flottante, ses contours flous, infusaient comme une drogue imposant l'illusion de sa réalité.

— Je ne suis pas un expert en déclaration d'amour. Peut-être parce que je n'ai jamais eu l'occasion d'en faire…

— Vous allez me faire pleurer, Stanislas !

— C'est si difficile de s'exposer à un sentiment comme celui-là, sans paraître présomptueux ou candide ou crétin ou tout simplement baratineur. J'ai échafaudé ce plan pour vous impressionner et me faire aimer de vous. La démesure de ce plan est à la mesure de l'image que j'ai de vous et des émotions qu'elles suscitent en moi.

— Et si on disait stop ! Si on disait : ok, je suis séduite, les deux premières étapes ont été remarquables, inutile d'en ajouter une troisième, l'objectif est atteint. On laisse Vermeer tranquille.

L'offre était tentante. Finis les risques. Mais après ? Chacun rentre chez soi ? Le vrai risque était là, songea Stanislas. C'était trop tôt pour croire que Clara était déjà séduite. Elle n'était pas du genre à… D'ailleurs c'était quoi le genre ? Fort, pas trop sentimental ? Pour l'impressionner il fallait respecter l'idée initiale, la trilogie, Vermeer fermant la marche. Et qu'elle soit complice, preuve de confiance absolue. Preuve d'amour. Enfin il y avait un autre aspect qui lui tenait à cœur, punir le coupable Kornélius, coupable de lui avoir fait rater sa sortie de la DGSE et surtout coupable d'avoir posé les yeux et peut-être ses mains sales sur celle qu'il idéalisait.

— Ce serait la solution facile. Mais vous méritez mieux que cela. Allons au bout… et je dis « allons » parce que je voudrais que vous participiez à la dernière étape…

— Et que je risque de me retrouver en prison, de perdre mon job, de payer une amende colossale, tout ça par… amour ? dit Clara amusée.

— Théorique ! Rien de tel n'arrivera, surtout si j'ai votre neutralité bienveillante… il faudrait juste préparer la toile pour qu'elle puisse glisser sans dommage du châssis.

Ce fut à cet instant que se cristallisa l'idée de Clara. Sa copie de « *L'Art de la Peinture* » était la solution ! Elle procèderait à la substitution et pourrait laisser l'histoire se dérouler jusqu'à son terme. Ce serait encore plus romanesque ! Un autre miroir dans le jeu de miroirs. Stanislas était dingue (peut-être dingue d'elle ?) et il avait un charme fou !

— Vous êtes dingue, vous savez ça ? Et ça me plaît. Marre de la routine ! Mais comment comptez-vous vous y prendre ?

— Un type avec la tenue de l'entreprise qui assure la maintenance du musée, va être intégré dans l'équipe qui procédera au grand nettoyage indispensable, à la suite des travaux que vous avez entrepris dans l'aile du bâtiment où se trouve le Vermeer. Il faut juste que ce soit bien lui qui passe sa machine dans la bonne galerie, Siècle d'Or Néerlandais, premier étage, aile gauche. Ce sera lundi prochain, jour de fermeture. Encore cinq jours…

— Et la vidéo-surveillance ?

— Elle est défectueuse, notamment à cause des travaux. Elle ne fonctionnera pas… assura Stanislas.

— Vous croyez ça ? Et après comment fait-il son tour de prestidigitateur, notre technicien de surface ?

— C'est presque trop simple. Il y a un sac poubelle le long de sa balayeuse auto portée. Dedans il y aura différentes choses dont un tube dans lequel disparaîtra le tableau.

— Et le contrôle en sortie ?

— Il n'y en aura pas. Il aura disparu avant, grâce à vos travaux… par les sous-sols. Je ne vous en dis pas plus.

— Vous êtes vraiment dingue ! Mais qui êtes-vous donc, surement pas un béotien, cher monsieur !

Stanislas opta pour la sobriété. Jeunesse dorée, insouciante, irresponsable, doctorat de droit, Sciences Po, père financier, incapable de parler d'autre chose que de finance, mort dans la force de l'âge, héritage de la banque d'affaires, vendue deux ans plus tard à un groupe international, gros pactole, mère décalée, propriétaire d'une galerie d'art, vit avec un gigolo (40 ans de moins que Marie-Louise), pour lequel Basquiat est le dieu de la peinture contemporaine (et pas que), Seigneur ! J'ai sévi dans la gestion de fonds publics, souvent dans le domaine de l'art, pour le compte d'un service de l'État qui dépend du Ministère des Armées. Je l'ai quitté récemment. Et maintenant je suis… libre.

— Et riche, ajouta Clara.

— Les deux vont souvent de pair, malheureusement.

— Le « malheureusement » est peut-être de trop, non ? Alors comme ça, vous n'aimez pas Basquiat ?

— Je trouve ça… moche, plat, embrouillé, flippant (c'est peut-être sa seule qualité au fond), difficile à regarder plus de dix secondes ! Un petit graffeur underground primitiviste qui a séduit Andy Warhol qui lui a offert gîte, couvert, atelier et toiles gigantesques pour lui permettre de plaquer des sentiments de révolte et d'injustice assez éloignés de son quotidien… et très médiatiques. Mais il y a beaucoup de gens qui adorent et qui parlent de toiles convulsives et incandescentes ! J'éviterais leurs salons !

— Au moins c'est sincère. Je n'ai pas d'avis définitif. Warhol lui a donné une dimension (pas seulement celle des toiles !) qu'il n'aurait sans doute jamais eue. Il a marqué son époque. Une espèce de comète, un peu comme James Dean, dans le cinéma.

Les plats défilaient en ordre dispersé. Ils en laissaient la moitié dans leurs assiettes. Ils étaient restés au champagne et vidaient les coupes sans compter les bulles. Ce qu'ils dévoraient, c'était eux-mêmes.

— Et vous, chère Clara ? J'ai beaucoup parlé de moi… qu'en est-il de vous ?

— Origines confuses. Mère confuse, folle, une folie parfois très drôle, actrice, adore se balader nue, malgré ses 55 ans, sur les scènes du théâtre contemporain, Botho Strauss, Mrozek, Frisch, Brecht… Elle recherche le scandale, la confrontation… sa manière d'exister. J'évite de la voir, que ce soit en privé ou en public. Elle a le don de me faire honte. Perpétuellement border line, je finirai par croire qu'elle est jalouse de moi. Elle a épousé un hongrois vulgaire, prospérant dans des affaires dont je n'ai jamais tenté de percer l'opacité. Il répond au doux nom d'Aldo Kiss, ce qui est en soi un indice troublant. Il y a quelque temps, ils ont émigré à Berlin, décision que j'ai jugée être d'une pertinence absolue.

— Et votre mère, quel est son nom de…

— Behlmann, Hildegard Behlmann, elle a gardé son nom de jeune-fille.

— Hildegard Behlmann… répéta Stanislas, avec un nombre infini de points de suspension.

Fallait-il éclater de rire ou se bouffer la langue jusqu'au sang ? La Hildegard qu'il avait connue à 19 ans, avait 1 ou 2 ans de plus (ou de moins) que lui. L'âge correspondait. Elle était déjà bien secouée et ambitionnait de devenir actrice, dans la Vienne du milieu des années 80. À tous les coups c'était elle, bingo ! Elle l'avait vampé. Elle l'avait aspiré dans son... intimité. Il avait plongé, si sûr de lui et si nul en amour. Elle lui avait enseigné l'art de la jouissance bagarreuse, celle qu'on va chercher à la schlag, à la sueur de son front, les muscles tétanisés par des pirouettes incessantes et des équilibres précaires. Elle l'avait enchaîné au pilori de son plaisir dont elle avait repoussé les limites, bien au-delà de ce qu'il avait platement imaginé dans ses délires d'ado libidineux. Ils s'étaient très peu parlé, trop occupés par l'action. Les musées, les concerts, l'opéra, n'avaient pas fait partie de ses priorités. Vienne lui était demeurée une énigme, excepté quelques discothèques, bars et cafés. Il était rentré à Paris sans aucune plus-value culturelle mais fort d'un bagage consistant qu'il n'avait pas pu déballer devant ses parents.

— Et votre père, quelle relation avez-vous ?

— Vous voulez parler d'Aldo Kiss ? Fort heureusement ce n'est pas mon père ! J'ai au moins échappé à ça. Mon père biologique a disparu dans la nature. Un amour de jeunesse qu'elle n'a pas pu retenir, un amour fugitif, m'a-t-elle dit. Un grand type beau, cultivé, de passage, étranger… elle bégaye encore quand elle en parle… maintenant, entre ce qu'elle dit et une quelconque réalité, il peut y avoir un gouffre !

— Et elle ne vous a pas dit comment il s'appelait ? demanda Stanislas, en se raclant la gorge.

— Je crois qu'elle ne l'a jamais su. Elle s'est envoyée en l'air et le nom de son partenaire n'est jamais retombé. Elle m'a vaguement parlé d'un diminutif ou d'un prénom… Bob, Tom ou Stan ou… j'ai oublié. Je ne lui pardonnerai jamais !

Le temps avait continué sa course désordonnée dans une autre nuit glaciale, regorgeant d'étoiles pourtant solitaires. Ils avaient bien progressé vers la conclusion de l'histoire. Stanislas n'en attendait pas tant. Il avait osé la transparence et s'en félicitait, même s'il avait omis d'informer Clara sur son hypothétique relation lointaine avec sa mère. Le sentiment amoureux qui bouillonnait en lui, paraissait incompatible avec la narration de ses frasques passées. Quant à Clara, elle était impressionnée par la démesure de cet homme, qui la changeait de son Elisabethstrasse et de tous les conformismes feutrés, rôdant dans la capitale autrichienne. Elle avait envie de s'abandonner. Mais elle avait déjà beaucoup cédé. Le laisser mener à bien son plan extravagant était une concession majeure. Elle ne se voyait pas en faire d'autres dans l'immédiat. Avec les hommes, elle avait toujours décidé du pourquoi, du quand, du comment. Imperméable à la pression, cette fois l'armure était superflue. Elle allait prendre des risques insensés avec un type qu'elle ne connaissait pas.

Sur le rebord de la fenêtre surplombant leur table, une corneille frigorifiée observait leur manège. Nul doute qu'elle désapprouvait les assiettes à moitié pleines repartant vers la cuisine. De son bec effilé et légèrement arqué, elle frappa au carreau. Clara vit sa robe noire brillante, à reflets bleus et pourpres, agitée par des tremblements. Elle se leva et ouvrit la fenêtre. L'oiseau sautilla sur le rebord intérieur puis sur la table des convives. Clara referma la fenêtre. Corneille (Cornélia ?) se dandinait d'une patte sur l'autre, ses yeux bleu-gris fixant tour à tour les deux protagonistes. Elle émit un « aaa aaa » nasillard pour demander la permission de profiter des miettes alentour.

Clara approcha son assiette et Cornélia picora méticuleusement les restes d'une crêpe. Stanislas sortit son portable et bombarda « La femme à la corneille ». Une fois rassasiée, Cornélia tapota la bouteille de Perrier avec son bec, pour remercier ses hôtes, et reprit ses appuis près de la fenêtre, espérant qu'on la laisserait repartir comme elle était venue. Clara ouvrit à nouveau la fenêtre et l'oiseau s'envola, avec un « kraaa » de satisfaction sonore et joyeux. Quelques applaudissements crépitèrent dans la salle.

— Quelle belle communion, approuva Stanislas.

— Elle a même parlé !

— Vous venez de me faire changer d'avis sur les corneilles.

— Tant mieux.

On ne pourrait pas distendre la soirée indéfiniment. La nuit gloutonne avait absorbé l'astre du jour, le crépuscule et le début d'elle-même, en libérant la Grande Ours et toute la ménagerie galactique. Clara lui avait lancé un regard si majestueux qu'il ne pouvait pas être totalement innocent. Il charriait avec lui les sédiments de ces troublantes années ayant abouti à la perfection qui s'agitait devant lui. Il chercha désespérément un défaut, une aspérité pour ne pas sombrer. Il pouvait d'un instant à l'autre verser dans le niais, le pathétique… l'ordinaire, quoi… Qu'est-ce qu'on est censé dire ? Il avait déjà laissé échapper l'illégitime mot « amour ». Les affaires de cœur attirent les clichés.

— Nous allons rentrer, dit-il un peu solennellement, après avoir réglé l'addition.

— Aucune idée de l'heure.

Stanislas prit cette dernière réplique comme un compliment. Il lui proposa de partager son taxi et de la déposer chez elle, avant de regagner son Park Hyatt. Elle accepta. Dans la berline sombre il ne sut pas laquelle ou lequel des deux frôlait l'autre. Un contact fait de chair et d'os. Un contact à propos duquel, même un romancier (disons Henry James ou Stendhal), rompu aux arcanes sentimentaux les plus entortillés, aurait pu se fourvoyer. Ils arrivèrent bien trop vite dans Elisabethstrasse. Ils convinrent de se revoir, avant lundi. Il n'y avait pas de place pour des frôlements prolongés. Elle descendit du taxi avec des torsions de buste et de jambes qui en disaient long sur sa capacité à affronter les hautes pressions.

23

Des flocons subversifs blanchissaient le sol, comme on blanchit l'argent sale. Vienne fourrait sous le tapis blanc les miasmes et les épluchures de son époque. Vienne était transie de beauté muette. Même les quatuors à cordes avaient mis une sourdine.

Ce matin-là, Jean-François Kornélius, flambeur, détective privé, ambassadeur d'une cause inavouable, débarquait incognito au Ritz-Carlton. Ses deux Rimowa noires, une grande, une petite, son nœud-papillon « cerises » de chez Hermès, son costume gris-fer de chez Saint Laurent, sa parka matelassée de chez Barbour, ses Richelieu de chez Weston, lui conféraient un air d'authentique voyageur à la recherche du temps perdu. Temps perdu depuis son séjour enchanté, quand il dirigeait le bureau d'Artcurial, dans la capitale autrichienne.

Ses bagages étaient lourds de sous-entendus ! Il était là pour faire de la figuration et il n'entendait pas faire de figuration. Il avait reçu sa « feuille de route » méticuleuse, traçant le moindre de ses faits et gestes durant les trois dernières journées de sa collaboration à l'opération « Manque », comme il la qualifiait désormais. Des faits et gestes de larbin ! Il osa s'attarder devant l'un des miroirs de la salle de bains, grande comme une chambre. Le respect de soi-même lui était revenu par petites touches, dans une forme de pointillisme à la Seurat. Il résista un instant à l'envie de partir en courant et se concentra sur le mâle blanc quadragénaire, qui lui faisait face. Un tube lumineux entourait la surface réfléchissante, vous obligeant à voir les choses en face, c'est à dire à ne pas passer à côté de détails dont on se serait dispensé en temps ordinaire. JFK avait du cran. Il releva le menton, estompant du même coup, aux confins de la pomme d'Adam, des chairs un soupçon flasques. Il pivota légèrement la tête sur la gauche, sachant que le profil droit était son meilleur (même si le mot « meilleur » était encore discutable). Son entreprise de restauration commençait à justifier l'investissement massif qu'il avait consenti pour ne plus être effrayé par ses reflets intempestifs, pensa-t-il. Ce miroir n'était pas complaisant et, malgré tout, il se trouvait presque normal. Une normalité qui lui arracha un demi-sourire. Il accentua le mouvement de la bouche pour découvrir les dents, dont il ne s'était pas préoccupé jusqu'à maintenant. Sans être géniales, elles étaient présentables, à condition de ne pas trop exhiber la rangée du bas, qui était tout sauf rectiligne. Bien qu'ayant horreur du dentiste, il songea qu'il lui faudrait sans doute en passer par là, pour parfaire sa rénovation ou encore sa résurrection. Mais il avait fait un sacré bout de chemin ! Il essaya de se dire qu'il ne revivrait plus ces passages penauds, contrits ou horrifiés devant tous ces miroirs arrogants… ou simplement réalistes. Réaliste ! L'était-il vraiment ? Les malles Vuitton (parsemées de taches de rousseur rappelant le logo de la marque) campées sous ses yeux, avaient perdu de leur superbe, sous les feux conjugués des onguents, crèmes, cataplasmes, injections, massages, dispensés par l'esthéticienne aux formes joviales et à la langue bien pendue, qui avait pronostiqué que le traitement serait assez long. Quant à son estomac envahissant, le « Comme j'aime » couplé au « High Level Fitness » lui restituaient peu à peu un aspect plus esthétique. C'est à regret qu'il se sépara de la glace.

Maintenant il allait rentrer dans le dur. Les quatre ou cinq jours qui se profilaient, décideraient de son destin. Premier objectif : voir Clara et lui parler. La voir, parce qu'elle le verrait aussi et constaterait les changements physiques que les miroirs étaient bien obligés de constater. Lui parler, parce qu'il voulait en faire sa comparse et son amante définitivement séduite. Ce ne serait pas simple, il connaissait l'oiseau, mais gonflé d'une nouvelle assurance, il se sentait capable de la faire roucouler.

— Allo, bonjour Clara, c'est Jean-François Kor…

— Je vois ton nom affiché sur mon portable. Que me vaut ton intérêt soudain ?

— Soudain… Je suis à Vienne, imagine-toi et il faut que je te voie de toute urgence !

— Tu viens t'encanailler à Vienne par un temps pareil ?

— Je viens traiter des affaires de la plus haute importance et j'ai besoin de toi, répondit un JFK péremptoire.

— Des affaires dans le style du « *Narcisse* » de Caravage, non merci ! C'était drôle mais j'ai horreur du comique de répétition.

— C'est plus sérieux, beaucoup plus sérieux ! Ce coup-ci j'ai les cartes en main.

— Mais encore ?

— Je ne peux pas t'en parler au téléphone, c'est trop important !

— Il vaudrait mieux que ce soit « trop important » ! Tu es descendu où ?

— Au Ritz-Carlton.

— Oh ! Monsieur est monté en grade. On peut se retrouver au bar de ton boui-boui vers 19 heures, je serai dans le coin.

— D'accord (même si JFK avait espéré que ce puisse être chez elle pour plus de...disons confidentialité).

Il était sorti prendre la bourrasque de plein fouet, fière silhouette estompée par des milliers de points blancs, comme par une grille de Pixel Art. Il avait envie de se frotter aux éléments, de tester sa parka Barbour, de traquer les sensations contradictoires qu'il abritait dans son esprit imperméable. Marcher dans ces conditions relevait de la prouesse athlétique, de la cure de thalasso ou de la méditation transcendantale active... et peut-être des trois à la fois. Aérer, voilà, il voulait aérer la chambre close dans laquelle se formaient les congères de sa pensée. Le menton demeurait volontaire, le pas martial. Des courants d'air parvenaient à se glisser dans des failles invisibles, hérissant les rares poils ayant subsisté, malgré les épilations, sur son corps d'éphèbe attardé. Clara n'avait pas été aussi enthousiaste qu'il aurait pu le croire, à l'idée de le rencontrer. Un doute frigorifiant se faisait jour... quant à l'efficacité de sa parka et au discours qu'il allait tenir à cette égérie viennoise. Un camion longea le trottoir sur lequel il se trouvait, projetant dans sa direction un paquet, plus noir que blanc, de matières dégoulinantes qui vinrent dégouliner sur son profil gauche, sa parka et son pantalon. C'est fou, comme un incident mineur peut venir bouleverser le monde des perceptions. JFK se sentit immédiatement amoindri, déstabilisé, atteint dans son nouveau moi phosphorescent. Le doute qui l'envahissait devint frontal. Il allait devoir choisir entre le rôle de manipulé et celui de manipulateur. Ou encore se transformer en « manipulé-manipulateur », ou en simple manipulateur. Le type qui maîtrise de A à Z, qui a tout prévu, y compris le dénouement favorable d'une histoire à dormir debout.

Maintenant les rares passants qui occupaient encore l'espace public ressemblaient à des bonshommes de neige ambulants. JFK ressemblait à un bonhomme de neige sale. Il regagna son hôtel, sans être convaincu des bienfaits de sa promenade. Il se changea. Choisit un nœud papillon avec des zèbres rouges sur fond bleu. Se frotta au miroir scrutateur, qui, cette fois, le laissa dans l'incertitude. Et c'est d'un pas faussement gaillard qu'il se rendit au D-bar Schanigarten du Ritz-Carlton. La peur d'être épié par un sbire de Stanislas n'ajouta pas à la sérénité indispensable en pareil cas. Dans une ambiance rouge et noire, propice au drame, il choisit la table la plus sombrement discrète.

Clara déboula vers 19h30, sans le moindre flocon attardé dans sa chevelure vénitienne, moulée dans un tailleur-pantalon vert anglais. Impossible de passer inaperçu en sa compagnie (ou peut-être si, totalement inaperçu, tant elle vampirisait l'espace). Elle avait les joues et le bout du nez légèrement colorés par la bise venue du nord. Elle commanda un « Brouillard Viennois ». Lui aussi.

— Mon dieu, quelle tête tu as ! Sans ton nœud papillon, je ne t'aurais pas reconnu ! Donc tu es monté en grade… tu as repiqué chez Artcurial ? avança-t-elle.

— Je suis là pour régler une affaire incroyable qui te concerne directement.

— Rien que ça !

— Je ne vais pas y aller par quatre chemins. Lundi prochain, jour de fermeture de ton musée, un type va venir dérober « *L'Art de la Peinture* » de Vermeer. Et ce type, c'est moi !

— Et pourquoi je te laisserais faire ça ? dit Clara en manquant de s'étrangler.

— Parce que nous avons tout à y gagner !

— Ce « nous » m'interpelle. Quant à « gagner » en se faisant voler le plus important tableau du musée, j'aime les paradoxes mais... là, je demande à comprendre...et à voir.

JFK avait mis le doigt dans l'engrenage. Clara découvrait ce que ne lui avait pas dit Stanislas : la présence du détective dans cette histoire. En même temps, Stanislas ne savait pas qu'elle connaissait le détective... alors ? Elle voulut découvrir ce que JFK avait derrière la tête.

— Ce ne sera pas un vol. Une simple mise au frais. J'ai baptisé cette opération « Manque », ces opérations devrais-je dire, puisque j'ai déjà mis au frais le Rembrandt et le Vélasquez... « Manque » car il s'agit d'engendrer un grand mouvement de frustration à l'échelle planétaire, en soustrayant ces chefs-d'œuvre à la vue des foules. Pendant un certain temps. Et jusqu'à maintenant, ça marche !

— Et en quoi puis-je t'être utile ? Sauf à appeler la police pour t'éviter de faire une connerie...

— Mon plan est simple. Tu remplaces l'original par la sublime copie que j'ai vue chez toi. Le jour J, je m'empare de la copie que tout le monde croira être le vrai. Je la mets au vert, jusqu'au jour où elle réapparaîtra en tant qu'authentique Vermeer. Pendant ce temps-là, je négocierai l'original, à l'abri de ton expertise, auprès de mon réseau personnel et je me fais fort d'en tirer entre 20 et 30 millions d'euros, de quoi assurer nos vieux jours !

— C'est à dire dix fois moins que sa valeur réelle !

— Je te rappelle qu'il s'agit d'une œuvre emblématique, invendable et volée. On n'est pas sur le joyeux marché de Christie's et des vendeurs d'art ayant pignon sur rue ! Là on est dans le dur. Il faut être réaliste.

— Il me semble qu'en terme de réalisme, on peut faire mieux... ajouta Clara, pensive et souriante. Tu disais « assurer nos vieux jours » ? Tu veux dire les tiens et les miens, comme un vieux couple, retiré des affaires, dans un manoir en bordure du golf de Carmel...

— Pourquoi pas ? Mais pas « vieux couple », jamais !

— Ambitieux ! Pas réaliste mais ambitieux. Tu es conscient des enjeux pour moi. Tu vas me laisser le temps de digérer tout ça.

— Du temps, Clara, on n'en a pas trop.

Le bar bourdonnait de chuchotements portant sur les intempéries et sur un truc exotique, nommé coronavirus, exporté, semblait-il, en douce, par nos amis chinois. Clara et JFK chuchotaient aussi. Lui, trouvait que la partie était plutôt bien engagée. Il avait craint qu'elle ne monte tout de suite sur ses grands chevaux, qu'elle le prenne pour un dingue et qu'elle fasse voler en éclats ses belles perspectives. Qu'elle demande du temps pour réfléchir, lui paraissait de bon augure. De son côté, elle pensait qu'elle avait désormais un maximum d'atouts en main et qu'elle était maîtresse du jeu. Elle avait la version Stanislas et la version JFK. Elle possédait la copie. Elle pouvait s'en servir pour remplacer l'original ou pas. Elle pouvait dire qu'elle le ferait sans le faire ou en le faisant. Elle pouvait dire qu'elle ne le ferait pas tout en le faisant ou pas. Elle pouvait ne rien dire. Elle pouvait faire capoter l'opération et faire arrêter JFK en flagrant délit. Un tourbillon de possibilités. Au fond d'elle-même, elle préférait l'idée de Stanislas. Le concept du « manque » était jouissif, pensait-elle. Elle l'exprimait intérieurement comme ça, avec ce terme cru. Combien de fois, en faisant halte devant les chefs-d'œuvre de la peinture universelle, avait-elle croisé des zombies, le regard vide, la silhouette avachie, matant ces œuvres comme ils auraient maté des vaches dans un pré ? Leur envoyer une bonne décharge ne pourrait pas leur faire de mal…

— Et tu vas t'y prendre comment ?

— Le ménage. Jour de fermeture.

— Déguisé en technicien de surface ? demanda Clara malicieuse.

— Comment tu sais ça ?

— J'imagine ! Sans nœud papillon, évidemment.

— Disons l'uniforme ad-hoc.

— Et en dehors de vendre l'invendable, ça va te rapporter combien ?

JFK aurait pu répondre « Ça va me rapporter l'amour, ton amour que je désire par- dessus tout, ton amour qu'il m'importe de mériter par une forme d'action héroïque et pas seulement comme un macho qui utilise des moyens de macho ! ». Mais JFK croyait que Clara n'était pas spécialement sensible à ce genre de discours et qu'elle pouvait très bien lui rire au nez, lui donnant des envies de l'étrangler !

— Rien. Même pas la gloire. L'anonymat me paraît plus judicieux, en l'occurrence… Peut-être un regard sur moi, plus indulgent de ta part.

— Tu n'as pas besoin de mon indulgence, Jean-François, juste une forme de reconnaissance, n'est-ce pas ? Évite de me dire que ça ne va rien te rapporter. Sinon, tu vas le stocker où, mon trésor ?

— La toile roulée dans un tube, que je vais expédier par Fedex à mon bureau parisien.

— Astucieux.

— Quand je dis « la toile », je parle de la copie…

— Je ne crois pas, non… J'ai plutôt envie de laisser cette performance se dérouler dans sa pureté… biblique. Tu ne penses pas ?

JFK se dit qu'après tout, s'il était en possession de l'original à Paris, ce serait peut-être moins compliqué pour le négocier sur le marché underground. Clara se dit qu'elle ne voulait pas prendre le moindre risque avec son Vermeer adoré et que, bien entendu, elle remplacerait l'original par sa copie, copie qui serait volée, à la face du monde, lundi prochain.

— Adjugé ! admit JFK avec son ton de commissaire-priseur.

Ils commandèrent deux autres « Brouillard Viennois », agrémentés d'olives et de toasts au caviar. Derrière la tête de JFK s'agitait l'idée de dîner avec la plus belle femme de Vienne (et des environs) puis de lui proposer un dernier verre dans sa chambre grande comme trois chambres ou encore de lui proposer tout de suite un dernier verre dans sa chambre, sans passer par la case dîner… ou de la jeter sur son lit, sans passer par la case dernier verre. Clara coupa court à ces spéculations, en indiquant qu'elle avait un mémo à préparer pour le lendemain matin et qu'elle allait y consacrer la soirée.

24

Ce matin-là, ce mardi matin-là, Vienne se réveilla avec la gueule de bois, pataugeant dans la boue frustrée de l'après neige. Le noir, le gris, le marron avaient repris le dessus ne laissant plus, ici et là, que quelques îlots de blanc souillé. Les premiers bulletins d'information faisaient état d'un tremblement de terre, dont l'épicentre était situé au cœur de la capitale, à l'intérieur du Kunsthistorisches Museum : « *L'Art de la Peinture* » de Johannes Vermeer, avait disparu. Envolé, laissant place à un cadre désespérément vide, qui avait pu être filmé par une chaîne d'info en continu. La nouvelle s'était répandue comme une onde de choc, affectant progressivement les passionnés, les amoureux, les spécialistes, les experts, les connaisseurs, les amateurs, les snobs, les incultes, les mécréants, tous ressentant dans leur chair un sentiment d'incrédulité doublé d'une pointe de frustration qui ne demandait qu'à s'enfoncer plus profondément. Des micros-trottoirs mettaient en scène des inconnus qui, malgré l'heure matinale et des yeux gonflés de sommeil, exprimaient leur désarroi, leur inquiétude, leur colère, vis à vis d'une œuvre que, pour la plupart, ils ne connaissaient pas.

Plus tard, dans la matinée, on avait diffusé une interview de Clara Behlmann, la conservatrice du musée. Elle était apparue blême (elle avait forcé sur un fond de teint blanchâtre), préoccupée, faisant le lien avec les disparitions récentes du Rembrandt et du Vélasquez et suggérant une vaste opération d'appauvrissement de la culture de l'humanité. À la question de savoir qui pourrait se dissimuler derrière une telle machination, elle avait répondu que le lien sémantique, voire philosophique entre les trois tableaux, l'inclinait à penser qu'on avait peut-être affaire à un ou des esthètes qui respecteraient ces chefs-d'œuvre. Mais pour en faire quoi ? Certainement pas les vendre ! Alors, les stocker pour les faire disparaître à jamais… ou les libérer en comblant le terrible manque crée par leur absence ? Le mot était lâché ! Le « manque », destiné à infuser dans l'opinion publique. Comment pourrait-on se passer de ces trois merveilles ? Comment pourrait-on respirer, dormir… jouir (avait rajouté un intégriste fanatisé), sans ces trois merveilles ? Les experts se succédaient devant les micros, donnant corps à la théorie selon laquelle en peinture comme en amour, l'absence n'existait que pour raffermir le désir et la passion. Beaucoup semblèrent souscrire à cette opinion, se cachant derrière leur défaut de culture pour exiger une chasse impitoyable et des châtiments exemplaires contre les coupables.

Stanislas buvait du petit lait. Lui, le romancier, observait le décor en trompe-l'œil, le stuc des palais, les miroirs sans tain, les chefs-d'œuvre au garde-à-vous dans des enfilades de galeries et tout ce petit monde bruissant de rumeurs, les aficionados, les politiques, les puissants, les gardiens du temple, la femme et l'homme de la rue enlacés dans la même ferveur culturelle, dans la version d'un Occident sacralisé par ses virtuoses du pinceau. Et au milieu de tout cela, ses trois héros qui secouaient le cocotier de la réalité : Clara la madone, Kornélius le perturbateur, coupable idéal, et Stanislas le concepteur, lequel devrait faire converger leurs destins vers une apothéose allégorique. À condition que chacun joue le jeu.

Après son exploit du lundi, imbibé de sueurs froides inutiles, JFK, avant de rentrer dare-dare à Paris, pour réceptionner son tube magique et le ranger soigneusement comme stipulé sur sa feuille de route, avait fait le forcing pour convaincre Clara de s'abandonner à sa nouvelle silhouette et à sa fougue sexuelle revisitée. Clara demeura inflexible, insensible, frigide suggéra JFK ! Elle lui raccrocha au nez !

L'amour n'est peut-être pas le plus vieux sentiment du monde mais c'est assurément le plus... obsédant... le plus... aveuglant. Le plus éreintant, pourrait-on dire aussi. Celui qui ne vous laisse aucun répit, qui vous hante quand vous regardez un arbre qui perd sa chevelure feuillue, un coucher de soleil sanguinaire, une biche aux abois, quand vous enjambez un sdf, quand vous prenez la main d'une petite fille pour lui faire traverser le boulevard Malesherbes, quand vous maudissez le connard qui vient de vous faire une queue de poisson, quand vous écoutez Bach, les Dire Straits, Beth Hart, quand vous dormez, quand vous cauchemardez, quand, les cheveux hérissés sur la tête, vous appelez maman en pleine nuit. Même quand vous faites l'amour, l'amour vous hante. Adieu le calme dans la tempête. Pourtant Stanislas aimait cet amour naissant qui avait démarré par un électrochoc et qui fouettait son sang. Il le chérissait parce qu'il faisait de lui un être vivant. Enfin ! Il avait attendu 54 ans pour être vivant ! Et il ne voulait pas laisser passer sa chance. La chance d'avoir croisé la route de la seule femme capable de gommer d'un coup 54 ans de grisaille et de déclencher un tsunami d'émotions. Il lui attribuait toutes les vertus. Était-ce bien raisonnable ? Son physique était peut-être le paravent qui abritait des tares, des manques, des faiblesses, des horreurs, des cicatrices purulentes... Non ! C'était juste impensable. Stanislas voulait Clara et toute sa complexité imaginaire. Celle que lui imaginait. Et celle qui occultait la possibilité qu'il fût le père biologique de cette créature de rêve.

Alors le grand soir était arrivé. Auparavant, ils s'étaient revus une fois, en vitesse, à cause des sollicitations innombrables auxquelles Clara avait dû faire face. Puis, le jeudi suivant le grand fracas, elle l'avait invité à dîner chez elle, au 18 Elisabethstrasse. Stanislas était arrivé avec une bouteille de Vosne-Romanée Champs Perdrix Rouge 2017 et son allure de grand carnassier. Il avait admiré les généreuses dimensions de la pièce à vivre, la décoration soft dominée par le blanc et quelques toiles singulières dont deux Jim Delarge, *Aquilaluna* et *Disorder*. Pourquoi ce peintre français contemporain, qui fait apparaître des créatures étranges et fantasques dans des ambiances acidulées et oniriques ? Parce que j'aime sa dérive hallucinée et la déstabilisation qu'il impose à son spectateur, avait expliqué Clara, qui avait tout de suite enchaîné sur une question, pour le moins éloignée des problèmes cruciaux du moment.

— Au fait, où en est la peinture française ?

— Invendable, selon l'opinion bien-pensante du marché mondial de l'art ! Les peintres français sont aujourd'hui des « modernes » attardés. Leroy et Rebeyrolle ont résisté à la tentation effrénée de l'abstraction d'après-guerre, Traquandi et Pincemin à celle du pop hégémonique des années 1970. Ils ont continué sur les traces de Cézanne, celui qui voulait être Dieu et peindre le monde. Regarder le monde et peindre sa splendeur. Une peinture qui épouse les sensations, qui mène à la contemplation, et dont « l'espace est la dimension qu'on peut donner à la lumière » selon la formule de Leroy. Evidemment on n'est pas dans l'art contemporain tout en dématérialisation, conceptualisation, hybridation, éphémérisation... On n'est pas dans l'art conçu comme un instrument de combat politique et social. On est dans l'érotisation, dans l'excitation de notre désir de vie. Et ça ne se vend pas ! Ma mère qui est galeriste en sait quelque chose. Pincemin et Traquandi, sous-cotés !

— Traquandi ? Il frôle quand même le minimalisme, ces temps-ci, non ?

— Pas tant que ça, dit Stanislas, pris au dépourvu. Il propose... une progression dans la lumière et dans la couleur.

— « Jour blanc », c'est... très très blanc, non ? Et Soulages ?

— Sur-coté ! Noir c'est noir, ajouta sombrement Stanislas.

— Vous n'aimez pas ?

— C'est comme une décision de justice, je ne commente pas. Ce serait lui faire trop d'honneur... et comme il est très modeste...

Cette entrée en matière (ou ce hors-d'œuvre) déconnectée, les avait mis en appétit. L'amour cachait bien son jeu. Il était au bord des lèvres, au bout des doigts, au fond des rétines. Il caracolait dans les veines, dans les artères, obligeant les cœurs à accélérer le tempo. Pensaient-ils à ce qui allait survenir après... après les bavardages sur des sujets plus ou moins pointus ? Leur apparente conviction n'était-elle pas minée par le désir de faire frémir l'épiderme de l'autre ? Ils ne se touchaient pas. Ils retardaient à l'extrême ce moment improbable qui coagule le temps, ce moment de fusion, juste avant l'explosion qui vous propulse dans une autre dimension. Stanislas avait des visions fugitives et violentes du corps dénudé de la femme, de la muse, de la madone qui lui parlait tranquillement de choses et d'autres. Et si par extraordinaire, par une ignominie du destin, elle était sa fille, allait-il commettre l'irréparable inceste ? Devait-il affronter ce tabou ? Devait-il passer outre et ouvrir les vannes de son esprit et de son corps ? Ils ne se touchaient pas. Ils se flairaient. Clara évitait les projections. Combien de fois avait-elle été déçue par des amants promettant tellement et donnant si peu ? Combien de fois avait-elle eu envie de chasser l'intrus voulant son corps ? Elle écartait ces souvenirs douloureux. Elle se focalisait sur l'homme qui existait devant elle et avec lequel elle ressentait une communion profonde quoiqu'improbable. Elle ne voulait pas faire le premier pas. Le premier pas vers quoi, d'ailleurs ? Vers l'inconnu ? Vers le naufrage ? Vers l'extase ? Elle ne voulait pas rompre le charme. Et s'il ne se passait rien ? Rien de physique, serait-ce un drame ? Pire qu'un drame, une trahison ? Il existe dans nos vies, nos courtes vies, quelques moments qui façonnent une forme de perfection à côté de laquelle on ne peut pas passer. Ils en étaient là, deux pantins de l'amour, chavirés et stoïques, jouant avec un destin énigmatique et capricieux.

Oh ! Combien d'écrivains, combien de poètes, de dramaturges, de metteurs en scène se sont vautrés quand il s'agissait de décrire l'acte charnel de l'amour ? Combien de marins, combien de capitaines… On touche tellement à l'indicible qu'on ne devrait pas essayer de dire ! Ou alors juste « Ils firent l'amour », point. Et on va se coucher. Les meilleurs s'y sont cassé les dents. Ils ne se touchaient pas. Ils étaient comme deux aimants (deux amants) qui savent que, dès qu'il y aura contact, l'espace entre les deux aura disparu et qu'il faudra faire vibrer le corps désiré. Terrible angoisse, terrible responsabilité ! Mais vertigineuse plongée dans le plaisir de l'autre. Et faudra-t-il pour autant oublier son propre plaisir ? Celui qui va vous sortir de votre zone familière. Celui qui vous entraînera dans les horizons bariolés d'éclairs et dans les steppes du silence. Un silence peuplé d'infimes glissements vers l'apesanteur. Ils ne se touchaient pas mais leurs émotions avaient déjà franchi l'étroit désert qui les séparait encore.

Ils firent l'amour avec une insatiable économie de moyens. Pas de gymnastique désordonnée, pas de culbutes acrobatiques, pas de positions scabreuses, pas de râles, pas de halètements, pas de soupirs, pas de gémissements, pas de mots forcément un peu faiblards ! Non, juste une intensité comme ils n'en avaient jamais connu. Une concentration, une réciprocité comme ils n'avaient jamais imaginé qu'elles puissent exister. Une délitescence du temps, dont le temps aurait pu s'offusquer s'il avait été en mesure de le faire.

Après… Un no man's land aux dimensions sauvages d'une chambre dans la nuit. Une chambre aménagée pour des fantômes quittant furtivement les cadres dans lesquels on les avait circonscrits. Poussin, De La Tour, Rubens, Vermeer, des copies d'autoportraits ! Ils étaient tous là, en farandole aveugle tournoyant autour des amants. Les deux faisaient semblant de dormir de peur de réveiller l'autre. Leur respiration se faisait discrète et se confondait. Les pensées s'agglutinaient autour de la hantise de revoir une journée normale et le soleil qui incendierait l'est. Bientôt la réalité reprit ses esprits. Il faudrait se lever, se doucher, s'habiller, déjeuner, sortir, faire ce qu'on avait à faire. Être responsable, raisonnable. Mais était-ce encore possible ?

— Café ou thé, chuchota Clara ?

— Toi, répondit Stanislas.

— Alors comme ça, tu me tutoies.

— On dirait.

— Plutôt bon signe. Ok, mais café ou thé ? Il me faut une réponse précise car j'ai rendez-vous dans moins de deux heures avec un inspecteur de l'Office Central de Lutte contre le Trafic de Biens Culturels ! Il s'est déjà entretenu avec mon amie Jessica. Je sais, c'est dur à entendre au réveil, mais on ne peut pas reprocher à ces braves gens de faire leur boulot. Ils sont troublés par les trous dans la raquette de notre sécurité…

— Tu ne m'en avais pas parlé.

— Je pensais à autre chose…

— Thé !

Clara s'échappa des bras tentaculaires de Stanislas. Sa nudité s'afficha au milieu de son lit, son grand lit king size. Un supplice ! Un supplice de ne pas la retenir, de la voir disparaître du côté de la salle de bains. Stanislas vit se profiler une litanie de moments, d'heures, de journées, de mois sans elle. C'était inhumain. Le manque dans toute sa splendeur. Bientôt elle revint, à peine moins dénudée, avec un plateau sur lequel figurait tout ce qui peut concourir à la perfection d'un petit-déjeuner.

— Voilà, tu m'as déjà manqué…

— Comme ça tu peux imaginer ce que tu vas faire endurer à tous les amoureux de Vermeer, Vélasquez et Rembrandt, rétorqua Clara.

— Je les plains ! On ne fera pas durer leur calvaire trop longtemps… Tu vas lui dire quoi à l'inspecteur ?

— Ça t'inquiète ?

— Je ne voudrais pas que la Performance soit bousillée par un fonctionnaire trop zélé.

— En même temps, s'il n'est pas zélé sur ce coup-ci, quand le sera-t-il ? Je vais lui raconter la vérité…

— C'est à dire ?

— La théorie du Manque et une forme d'optimisme pour la suite des évènements. Ce que j'ai déjà suggéré dans l'interview.

D'un clic, Clara avait entrouvert les immenses rideaux opaques de la chambre. Une clarté avide s'était répandue sur les tableaux. Ébahi, Stanislas fixa le dos de Vermeer en train de peindre la jeune femme coiffée d'une couronne de lauriers.

— Évidemment c'est une copie ! Magnifique au… de…meurant… bafouilla Stanislas.

— Évidemment !

— Elle est de toi ?

— Peu importe puisque c'est une copie. Enfin elle est de moi, oui.

— Remarquable. Tu aurais pu la mettre à la place de l'original, non ?

— J'aurais pu ! Rien n'est trop beau pour flatter l'illusion.

25

Un policier, un gendarme, un commissaire, un inspecteur ont des faux airs de policier, de gendarme, de commissaire ou d'inspecteur. Ragnar Gentz échappait à cette fatalité. Dégingandé, rêveur, des yeux pervenche, un accoutrement dissonant, il donnait l'impression de débarquer d'une autre planète, sans que le voyage l'ait, un tant soit peu, perturbé. À l'aise dans le monde, dans le bas monde, de la peinture, il en savourait les approximations sur la provenance des œuvres, l'opacité des laboratoires chargés d'analyses de plus en plus scientifiques et de moins en moins fiables en termes d'interprétation, l'incompétence ou la duplicité des experts, l'audace des maîtres faussaires et la voracité financière de tous les acteurs susceptibles de spéculer sur un chef d'œuvre, sur une croûte, sur un faux ou sur une bonne copie. Ce petit monde-là le ravissait. Une enquête dans ces sphères éthérées était, à coup sûr, l'occasion d'admirer des incohérences, des mensonges, des contradictions et d'admirer des personnages d'une naïveté ou d'une roublardise hors du commun. Bref Ragnar Gentz aimait son métier. Il fut introduit dans l'élégante zenitude du bureau de Clara Behlmann. Celle-ci eut l'impression, après les présentations d'usage, que c'était elle qui allait devoir lui poser des questions.

— Nous sommes au cœur de la fragilité des apparences, de la dictature des apparences, devrais-je dire, n'est-ce pas ? finit par demander Ragnar, l'air pensif.

— Sans doute. La peinture n'est-elle pas le summum de l'illusionnisme ?

— Et si mon métier était de traquer les faux-semblants ?

— Beau métier. Ça sonne un peu comme « chasseur de papillons »... Je ne sais pas pourquoi je vous dis ça...

— Il m'est arrivé de rêver à des tableaux... souvent des cauchemars... le dernier en date concernait le « Salvator Mundi » attribué à Léonard de Vinci. J'assistais, en 2017, chez Christie's, à New York, à la vente aux enchères. Cette petite peinture de 65 par 45, dont l'attribution est encore contestée, est partie pour 450 millions de dollars. Destination le Moyen Orient. Depuis, elle a disparu des radars. Évidemment vous le connaissez, ce Christ vu de face. De sa main droite, il donne la bénédiction avec l'index et le majeur croisés et, dans sa main gauche, il tient une sphère de cristal transparente. Dans mon rêve, la sphère tombait, rebondissait en émettant un son de roulette de dentiste. Tout se passait dans ma bouche. Mes dents explosaient. Des dollars en sortaient. Le Christ gardait son sourire énigmatique, comme pour me dire « Mon pauvre ami, si tu savais tout ce que j'ai enduré, tu ne te plaindrais pas ! » et je n'arrivais pas à savoir s'il s'exprimait en tant que Christ ou en tant que tableau... et cela m'inquiétait au plus haut point ! Et maintenant je sais où elle est cette peinture à l'huile sur panneau de bois de noyer en mauvais état, dit Ragnar comme sortant du rêve qu'il venait de décrire.

— Où ça ?

— Pas la localisation à laquelle je m'attendais. Vous parliez d'illusionnisme ?

— Prestidigitation ! Le Vermeer a disparu... pffttt, comme par enchantement !

— J'en ai été anormalement peiné. Je me suis dit, cette scène intimiste dans laquelle on aimerait venir s'asseoir à côté de l'artiste, pour contempler la jeune femme baignée d'une douce lumière, cette scène a traversé les siècles dans une relative quiétude et voilà que maintenant on la violente, on la force, on lui fait subir je ne sais quels outrages... je me suis senti concerné, un peu comme quand Notre Dame de Paris a brûlé et que la flèche de Viollet-le-Duc s'est effondrée, dit Ragnar Gentz qui avait tendance à fermer les yeux quand il exprimait un sentiment profond. Que puis-je faire ?

— Le retrouver, peut-être ?

— Vous avez pleuré, j'imagine, quand vous avez découvert le vide à la place du tableau...

— On peut dire ça... j'étais choquée, incrédule.

— Moi, j'aurais pleuré. Je me serais dit mais qu'est-ce que je n'ai pas fait pour le protéger, comme on protège un enfant du monde extérieur ? Qu'est-ce qui s'est passé, madame Behlmann, qu'est-ce qui n'a pas fonctionné ? Pourquoi votre enfant a-t-il été kidnappé ? Vous a-t-on parlé de rançon ?

Cet inspecteur ne ressemblait pas à un inspecteur. Il avait une façon romantique d'agir qui ne ressemblait pas, non plus, aux méthodes policières classiques, s'inquiétait Clara. Son charme lunaire avait opéré avec sa collaboratrice Jessica qui, désarçonnée, lui avait fourni l'information concernant la caméra de surveillance qu'elles avaient installée en face du Vermeer. Elle allait devoir lui confier les images.

— Un musée n'est pas une banque, vous savez, inspecteur. C'est un lieu d'ouverture. Les visiteurs doivent s'y sentir à l'aise. On n'est pas naturellement obnubilé par la sécurité. En plus, on a des travaux… le jour de fermeture… le nettoyage… tout un ensemble de choses… plaida Clara.

— Et des enfants hors de prix… sages comme des images mais hors de prix ! Vous saviez que votre petit Vermeer allait être kidnappé, après les disparitions du Rembrandt et du Vélasquez ?

Clara n'avait pas perçu, dans l'intonation de monsieur Gentz, s'il s'agissait d'une affirmation ou d'une question. Peu importe… Si elle répondait oui, il faudrait justifier le manque de sécurité supplémentaire. Si elle répondait non, elle passerait pour une conservatrice plutôt désinvolte sur le sujet, ce qu'elle n'était pas.

— J'avais cette intuition. Une forme de cohérence thématique et artistique.

— Et vous vous êtes fait du souci… je vous comprends, je serais mort d'inquiétude. Vous avez pu dormir, ces jours-ci ? Moi, je n'aurais pas pu. Je me serais demandé comment mieux protéger mon bébé. Et c'est tout naturellement ce que vous avez fait. Votre collaboratrice, Jessica Alexandersson, charmante, m'a indiqué que vous aviez installé une petite caméra pour voir ce qui se passait autour de votre protégé. Il va falloir que je visionne ces quelques images. Je sens que nous aurons une partie de la réponse à nos interrogations, même si cette caméra ne fonctionnait pas le jour du vol. Pourquoi d'ailleurs ?

— Pourquoi ? Sans doute parce que filmer le ménage ne nous semblait pas présenter un intérêt majeur... comme quoi...

— Le ménage ne fait pas toujours bon ménage avec les œuvres d'art...

Ragnar Gentz compatissait. Son visage reflétait les états d'âme de Clara : perplexité, anxiété, fatalité. En même temps, un sourire intérieur semblait le transporter toujours un peu à côté du sujet. Sa veste en tweed pied de poule, sa chemise à fleurs (qui fleurait bon, c'est le cas de le dire, les années 70), sa cravate à pois, son pantalon à rayures, induisaient une nature distraite ou peu soucieuse des harmonies vestimentaires. Ils continuèrent à essayer de traquer une réalité qui se dérobait sans cesse. Ce lundi de fermeture avait été celui de l'ouverture pour un petit malin qui s'était fait passer pour un homme de ménage. Trop beau pour être vrai, supputait Ragnar, qui quitta Clara en emportant les enregistrements et en s'excusant de n'avoir pas su résoudre l'énigme, au prix de quelques déductions subtiles et imparables. Promis, on allait se revoir très vite.

Clara appela immédiatement Stanislas pour lui raconter son entretien avec Ragnar Gentz. Elle insista sur l'aspect décalé du personnage et sur son espèce de candeur intrigante. Elle mentionna l'enregistrement vidéo, dont elle ne lui avait pas parlé, sur lequel il figurait. Stanislas ne voulut pas paraître désappointé mais il le fût. Ils en conclurent qu'il valait mieux que Stanislas quitte Vienne dans l'immédiat, d'autant que Jean-François Kornélius, à Paris, était tout à fait capable de devenir un pion incontrôlable. Mais promis, on se reverrait très vite.

26

Rue de Paradis, on était loin… du Paradis. Les papiers gras, les bouteilles en plastique, les pots de yaourt, les prospectus, les canettes de bière, les mégots, les crottes, toute cette communauté des ordures de notre temps, s'ébrouait de préférence sur les trottoirs. Les poubelles demeuraient impuissantes à endiguer les vagues de je-m'en-foutisme qui déferlaient sans relâche. JFK shoota dans une bouteille de lait même pas vide qui explosa sur la roue d'une voiture et vint maculer ses Weston et le bas du pantalon de son costume Saint Laurent. Ce qui ne fit que renforcer son intention de quitter ce cloaque indigne de son nouveau standing. Il venait de Gennevilliers où, après un tracking compliqué, il était allé récupérer son colis FedEx, un tube de 110 centimètres, valant plusieurs centaines de millions d'euros. Fini de jouer petit bras, on évoluait désormais dans la cour des grands.

Tel un coureur de relais 4 fois 400 haies, il enjamba ses cinq étages à une vitesse inégalée (preuve que son programme de remise en forme à haute intensité commençait à porter ses fruits) tenant solidement dans sa main droite le tube comme un bâton de relayeur hypertrophié. Il avait cette image en tête quand il déboucha sur son palier, passablement essoufflé, devant la porte de son bureau de Détectives Privés (avec des « s »). Et là, l'attendaient benoîtement, son créancier préféré, Fabrice dit Le Glabre et un acolyte ou encore un grand frère qui avait une carrure de rugbyman et une mâchoire très voyante, probablement en titane.

— Voilà notre cher détective, ricana Fabrice. Plaisir de se revoir. J'espère que tu ne m'as pas oublié. Putain on va entrer dans ton gourbi, moi le premier, je vais gentiment ouvrir tes tiroirs, tu vas gentiment t'asseoir les mains sur les genoux, mon ami va gentiment te fouiller et tu vas gentiment me refiler le pognon que tu me dois encore, soit 80.000 balles.

— 70.000, protesta JFK, pris à froid.

— Non mon pote, y a des intérêts encore en plus ! C'est trop con de faire attendre des honnêtes gens !

Ils pénétrèrent dans le sanctuaire qui donnait l'impression d'avoir été visité par des voleurs ou des policiers peu scrupuleux, tant le désordre était éloquent. Le deuxième ligne (de rugby) fouilla JFK, qui ne voulait pas lâcher son tube, avant de le faire asseoir sur l'un des fauteuils visiteurs (le Beretta était dans le tiroir du bas).

— Pourquoi tu t'accroches à ce truc, on dirait qu' y a un trésor là-dedans ! C'est quoi ? demanda Fabrice avec sa voix de fillette éraillée.

— Rien, des plans, souffla JFK.

— De quoi ?

— De maison... maison de campagne, avec piscine et jacuzzi... et un terrain de tennis... et un terrain pour jouer aux boules et... un petit étang pour pêcher et... l'énumération, pensait JFK, allait décourager ses interlocuteurs d'ouvrir le tube de Pandore !

— Tu t'embourgeoises, mec ! Tes nœuds papillon et tout ça ! Tu t'emmerdes pas, on dirait ! T'as du blé ! Fais voir !

— C'est pas pour moi. Un client. Confidentiel.

— Ben tu vas quand même nous le montrer ton plan des mille et une nuits, pas vrai Mouss ?

Mouss s'avançait vers l'objectif, tandis que Fabrice avait dégotté le Beretta et le pointait gentiment sur JFK. Celui-ci se contracta et plaqua le tube contre sa poitrine. Au-dessus de lui, Mouss lui souriait de toute sa mâchoire panoramique.

— Confidentiel ! hurla JFK. On va pas se battre pour un bout de papier ! Je vous file votre fric et vous vous barrez !

— Doucement mec. Tu nous montres le parchemin, tu nous files le fric et on décide de la suite, proposa Fabrice en caressant le Beretta. Vas-y Mouss !

Mouss abattit sa main droite sur l'arcade sourcilière gauche de JFK, qui explosa comme un abricot trop mûr. Dans le mouvement, il se saisit du tube que JFK avait abandonné pour (mal) se protéger.

— Nous y voilà, roucoula Fabrice. Faut pas s'mettre dans des états pareils ! C'est moi la victime, pas toi.

— Si vous ouvrez ce tube, il vous arrivera malheur ! articula JFK, son sang commençant à dégouliner sur son col de chemise et sur sa veste. Vous n'imaginez même pas ce qui va vous péter à la gueule !

— Tu me donnes envie, mec ! Allez ouvre, Mouss.

Mouss s'exécuta sans trop de fioritures et fit glisser sur le bureau, déblayé de son fatras habituel, « *L'Art de la Peinture* ». Il déroula la toile (120 x 100) qui retrouva des yeux pour la contempler. Six yeux qui firent sensiblement le même constat, à savoir que ce tableau avait la capacité de faire aimer la peinture aux plus paumés, aux plus frustes des êtres humains. Sans se considérer dans ces catégories, Fabrice et Mouss sentirent qu'une émotion, qu'ils ne connaissaient pas, était en passe de les étreindre. Ils demeuraient bouche bée. Un silence inattendu les enveloppait. JFK, pris dans le tourbillon de l'histoire, n'avait pas eu le temps de s'attarder sur le chef d'œuvre. Malgré son œil endommagé (décidément ça devenait une sale habitude), et la situation critique dans laquelle il se trouvait, il était hypnotisé par une beauté qui imposait sa présence à trois gugusses mal barrés dont il faisait partie.

— Tu parles d'un plan, finit par dire Fabrice.

— Sûrement vieux mais classe. Dommage que la nana soit pas à poil, renchérit Mouss qui parlait pour la première fois.

— Et tu voulais nous cacher ça, Kornélius ! Tu nous croyais pas capables d'apprécier une putain de belle chose ! Pas sympa. C'est quoi au juste ?

— Si vous touchez à ça, si vous montrez ça à qui que ce soit, vous êtes morts ! Vous entendez, morts ! Ça vous dépasse, les mecs. Stop ! Sinon des emmerdes que vous n'imaginez pas vont vous tomber dessus. Prenez votre pognon et on n'en parle plus. Plus jamais. Vous ne pourrez rien en faire et ça vous pourrira la vie.

JFK avait tiré ses dernières cartouches. Il attendait le verdict. Comment avait-il pu négliger ce petit malfrat qu'il savait impitoyable quand il s'agissait de fric ? Il s'était vu trop beau. Le mec avait triché. Un peu de morale ne lui ferait pas de mal. Un détective privé qui saurait lui résister ne lui ferait pas de mal. Maintenant la vie imposait un autre scénario. Les deux voyous avaient tous les atouts en main. Et lui, JFK, il l'avait dans l'os !

— Tu parles bien, mec. Si bien que tu vas nous dire de quoi y r'tourne. Sinon j'te colle une bastos dans la jambe. C'est quoi ce truc ?

— Johannes Vermeer, peintre néerlandais, « L'Art de la Peinture », 1666. Aussi connu que « La Joconde » ou presque.

— Rien que ça ! Et tu voudrais qu'on te laisse peinard te mettre des millions dans la fouille alors que tu payes pas tes putains de dettes ?

— Il n'est pas question d'argent... Ce tableau est destiné à retrouver la place qui est la sienne dans le musée où il a été dérobé, à Vienne. J'en suis le garant... responsable.

— On va te croire ! Tu penses quand même pas qu'on va laisser passer une occase pareille, pas vrai Mouss ?

Mouss acquiesça. JFK supputa, évalua, les forces en présence, les scénarios possibles, les dommages collatéraux... D'un côté le chargeur du Beretta était vide, allégeant singulièrement la menace. D'un autre côté on était à deux contre un, avec un déséquilibre physique flagrant et la possibilité que l'un des deux ou les deux ne disposent d'armes dissimulées sous leurs sapes de maquereaux. Il fallait éviter que la toile ne réintègre le tube. Il fallait faire dérailler cette conférence grandguignolesque. Comment ? Le bruit, songea JFK. Le bruit, un bruit d'enfer, d'autant que l'immeuble n'était pas réputé pour l'excellence de son insonorisation. Et la seule source de bruit immédiate était sa voix. Après, s'il arrivait à se saisir de quelque objet contondant, une canne, un parapluie, un cendrier, on pourrait monter dans les décibels.

JFK se leva de son fauteuil, mains en l'air, presque désinvolte malgré son arcade qui continuait de suinter. Il demanda la permission d'aller chercher un paquet de cigarettes, dans la poche de son Burberry, pendu à la patère près de la porte d'entrée. Fabrice, fort du calibre dans sa main, lui octroya cette largesse. Pendant qu'il introduisait une main dans la poche, de l'autre main, JFK empoigna un parapluie à manche en bois recourbé qu'il balança de toutes ses forces dans le verre dépoli qui vola en éclats. Simultanément il se mit à hurler avec la puissance (sinon la justesse) d'un Pavarotti. Fabrice visa les jambes et appuya sur la gâchette. En vain. Mouss, dans un réflexe d'artiste, s'était précipité sur le Vermeer, l'avait tiré violemment, l'accrochant au passage dans la lampe de bureau tout en saillies, occasionnant une échancrure dans le dos du peintre. JFK, lui aussi, s'était rué, avec un léger temps de retard, sur la toile dont il avait pu attraper une extrémité. Une tasse de café froid qui trainait encore par-là, gicla sur le visage de la jeune fille à la coiffe de laurier. Ce qui sortait des cordes vocales de JFK ne faiblissait pas. Mouss s'était emparé d'un coupe-papier et en voulant transpercer la main qui tenait l'autre bout de la toile, il avait déchiré la tenture de style espagnol qui forme le premier plan du chef d'œuvre. « L'Art de la Peinture » glissa sur le sol jonché d'éclats de porcelaine (la tasse à café ?). « L'Art de la Peinture » fut piétiné par trois furieux dont les gestes désordonnés ne pouvaient plaire à la beauté qui souffrait sous leurs pieds. Une voisine de palier et son copain firent irruption sur la scène de désolation. Le mot « police » fut psalmodié plusieurs fois. Fabrice jeta le Beretta compromettant et dévala les cinq étages suivi par Moussa, un peu moins leste dans l'exercice.

— Merci, murmura JFK d'une voix de ventriloque assourdie.

— Vous voulez qu'on appelle la police ? dit le copain de la fille d'à côté.

— Vous êtes gentils mais je suis détective et je vais m'occuper de tout ça.

— Un médecin peut-être ? demanda la fille d'à côté.

— C'est vraiment rien, déclara JFK contre toute vraisemblance. Encore merci, si j'ai besoin de quoi que ce soit, je sais que vous êtes prêt à m'aider.

Une fois les voisins éclipsés (la fille ne connaissait pas le nom du tableau mais l'avait déjà vu quelque part et JFK avait expliqué qu'il s'agissait d'une mauvaise copie...), il se laissa choir sur son canapé à bout de souffle. Jusqu'à présent, il avait eu une vie de petit branleur, désormais il avait une vie de grand looser. L'once de lucidité qui vivotait encore dans son esprit lui indiqua que la situation était à la fois grave et désespérée. Certes il avait sauvé le Vermeer. Mais le Vermeer était devenu un chef-d'œuvre amoché. Il fallait voir les ravages que lui avaient causés ces quelques minutes d'enfer. Le café qui avait inondé sa surface était en train de diluer les nuances et toute la subtilité de la lumière. JFK se demandait s'il devait assécher la toile avec une éponge ou un kleenex ou bien se laisser submerger par une douce consternation. Il ne bougea pas. Il pensait à Stanislas qui devait, le lendemain, récupérer le tableau et lui verser les 600.000€ pour ses bons et loyaux services. Comment apprécierait-il le désastre, lui le romancier impudent ? Mal ! Le mot était faible. Il chercherait par tous les moyens à le punir, à l'humilier. Il pensa à Clara, et à ses talents de restauratrice, qui pourrait peut-être accomplir des miracles, tout en étant folle de rage. Il pensa à Fabrice qui pourrait à tout moment resurgir sur les lieux de son crime, toute sa paranoïa au vent, pour réclamer sa dette illégale. Il pensa à sa porte béante et au verre dépoli qu'il faudrait remettre. Il pensa à sa chemise, son nœud-papillon, son costume Saint Laurent maculés de sang. Son sang qui irriguait sa joue et son cou avant de disparaître dans la touffeur de sa chemise Charvet.

Le noir envahissait la scène irrésistiblement, comme le noir envahit la toile sous les coups de pinceau rageurs de Soulages. La torpeur avait du bon, jusqu'à un certain point. JFK en sortit, non sans une dérisoire bouffée de fierté. Il se leva, alluma une Camel. La fumée qu'il inspira lui fit l'effet d'un vaccin à efficacité instantanée. Il expira quelques ronds bien sentis. Il ramassa le Beretta, remplaça le chargeur vide par un chargeur plein. Empereur déchu, il contempla le champ de bataille. Il eut, bien entendu, une pensée pour Napoléon au soir de la Bérézina. Les dégâts étaient considérables. Mais il saurait faire face !

27

L'excuse de l'Art ! Peut-on invoquer l'excuse de l'Art pour justifier des comportements bizarres ou carrément en dehors des clous, s'interrogeait Stanislas, dans le Uber qui l'emmenait rue de Paradis. Picasso était un obsédé sexuel, Caravage un voyou, Turner un rustre, Courbet un provocateur, Manet un scandaleux, Dali un schizophrène, mais tous ont réalisé des œuvres qui ont marqué l'histoire de la peinture, sans doute grâce à ce qu'ils étaient. On frôle l'excuse de l'Art. Quand Céline écrit « Voyage au bout de la nuit », peut-on l'exonérer de son antisémitisme ? Non, mais il ne l'aurait pas écrit sans être qui il était. Plus parlant est le héros de « L'Information » de Martin Amis, Richard Tull, qui invoque le déclin du roman (son activité) et les tracas que cela lui cause, pour justifier son impuissance sexuelle à répétition. Nous y voilà ! L'écrivain que je suis, pensait Stanislas, doit pouvoir manipuler ses personnages de la vie réelle pour en faire les héros de son roman. L'Art au-dessus de la morale. Je veux être crédible, je veux de l'épaisseur humaine, je veux stimuler mon imaginaire. Je me fous des répercussions, je me fous d'être considéré comme un cynique sans foi ni loi. Mais après, le roman se doit d'être à la hauteur, sinon c'est impardonnable. J'ai le droit d'être impuissant si je suis tourmenté par la décadence du roman ! J'ai le droit d'être cynique si je suis tourmenté par l'insuccès de mon roman. L'excuse de l'Art dans toute sa splendeur.

Stanislas était arrivé. Il enjamba les cinq étages pour se retrouver devant la porte au verre dépoli. Il nota que la phrase de Cocteau (« Ceux qui n'ont pas l'ascenseur habitent toujours au cinquième ») avait disparu, de même que la plaque « Détectives Privés » suggérant un Kornélius entouré de fins limiers. Il frappa trois coups secs avec sa chevalière armoriée.

En deux jours, JFK avait accompli un travail herculéen. Il avait fait disparaître toute trace du séisme qui avait ravagé son antre. À quelques détails près. À commencer par le pansement qui couvrait son arcade sans empêcher d'étranges couleurs de bordurer le dessous de son œil.

— Mon dieu, Kornélius, vous vivez dangereusement !

— Vous ne croyez pas si bien dire. Et ça commence à me fatiguer.

— Vous vous êtes pris une porte ?

— On peut dire.

— Alors mon petit Kornélius, que pensez-vous de notre... éteignez votre portable, s'il vous plait... merci. Que pensez-vous de notre saga picturale ? Les médias en ont fait une épopée contemporaine, c'est magique. Et on va bientôt leur raconter la fin de l'histoire : « Les Revenants » !

— Ce ne sera pas possible, répliqua sèchement JFK.

— Et pourquoi donc ?

— J'ai mis le Vermeer en lieu sûr. J'en veux six millions.

Dans la tête cabossée de JFK, avait germé l'idée qu'il pourrait demander à Clara de restaurer le tableau (les dégâts étaient importants mais pas autant qu'il l'avait cru). Comme elle était très douée en la matière, elle pourrait surement jouer le jeu avec lui, à condition de lui faire miroiter une somme mirobolante. Cinquante, cinquante.

Stanislas connaissait bien la réputation de JFK, coriace et retors. Il l'avait fait suivre, ces derniers jours et rien n'indiquait qu'il se fût baladé avec le Vermeer. Donc s'il était quelque part, ça devait être ici. En même temps, le brutal changement d'attitude de JFK, le laissait perplexe. Quelle mouche l'avait piqué ? Avait-il mis quelqu'un d'autre dans la confidence ? Sa blessure n'était-elle pas liée à un possible chantage ? Croyait-il posséder des armes suffisamment efficaces contre lui... comme l'enregistrement de leur toute première conversation ? En tout cas il lui fournissait un motif supplémentaire de le châtier. Stanislas hocha longuement la tête en fixant le détective comme il aurait fixé une licorne ou un hippocampe.

Tandis que JFK fourrageait dans ses tiroirs à la recherche de sa légendaire bouteille de Jameson, plus vitale que jamais, Stanislas déploya son bras télescopique et fit glisser le portable de

JFK dans sa poche. Et quand, sur sa demande, JFK alla chercher de la glace dans la kitchenette, il subtilisa la carte SIM (serait-ce suffisant ?) et replaça le portable sur le bureau.

— Merci. Je préfère avec de la glace... À la vôtre. Six millions ? Pourquoi six ? Pourquoi pas douze ou cent ?

— Faut être raisonnable, dit JFK en entamant son troisième paquet de Camel de la journée.

— Raisonnaaaaable... vous croyez que c'est le mot juste ? Je dirais plutôt cinglé ou suicidaire.

— Vous n'avez pas le choix, monsieur de Flognac. Pas le choix ! Je peux vous faire tomber, vous et votre belle utopie. J'ai le Vermeer. Je peux le mettre sur le marché underground. J'ai les contacts. Il fera plus de six millions. Je vous fais une fleur. Parce que vous m'êtes sympathique.

— Qu'est-ce que ce serait si je ne vous étais pas sympathique ! Écoutez, mon petit Kornélius, je crois que vous manquez d'information et d'objectivité quant à votre présente situation. J'ai un wagon de renseignements sur vos turpitudes passées, vous le savez. Je peux aussi vous faire accuser du meurtre de La Blandinière, à Rome, j'ai les preuves qu'il faut. Enfin, quand vous dites que vous avez le Vermeer... vous avez une copie du Vermeer... ce qui n'est pas tout à fait la même chose, vous en conviendrez.

— Comment ça, la copie du Vermeer ? demanda nerveusement JFK, en tirant sur son mégot.

— Clara Behlmann m'a avoué que sur ce coup, elle ne vous faisait pas confiance, et qu'elle avait décidé, au dernier moment, de remplacer l'original par la copie qu'elle avait réalisée, il y a déjà plusieurs années. Alors votre marché underground...

— Vous mentez !

— Vous n'en savez rien.

— La Blandinière, je ne vois pas de quoi vous voulez parler. Il n'y a pas d'affaire Blandinière !

— Il n'y a pas eu d'affaire parce qu'elle a été étouffée. Mais, vous concernant, les preuves demeurent.

— Vous mentez !

— Vous n'en savez rien, répéta Stanislas flegmatique. Et maintenant je vais vous donner trois conseils, mon petit Kornélius : un, vous me donnez la copie du Vermeer pour que je puisse la rendre à sa propriétaire qui serait très fâchée d'apprendre que vous voulez en faire commerce ; deux, vous oubliez les 600.000 € de cette troisième phase, je n'ai pas besoin de vous faire un dessin ; trois, vous quittez la France le plus vite possible, je vous suggère l'Amérique du Sud, sachant que vous avez été filmé et photographié lors des trois vols et sachant que le liquide que vous avez déjà touché, est de l'argent sale, consigné et répertorié par des services secrets.

— Vous mentez ! répéta JFK avec un peu moins de conviction.

— Vous n'en savez rien !

— Et si je vous descendais ? murmura JFK en s'emparant de son Beretta, cette fois chargé.

— Ce serait bête. J'ai des protecteurs très proches en ce moment même. Vous n'iriez pas loin. L'héritage de mes longues années passées à la DGSE.

Le Beretta avait fière allure, noir, effilé, dissuasif à souhait. Le bras de JFK ne tremblait pas. Il toisait Grandes Jambes avec toute l'inconscience dont il était capable. Une inconscience qui l'emmenait loin sur les sentiers de la haine et du mépris. Il aspirait au respect sans lequel la vie d'un homme ne vaut pas cher. Il avait changé ses pratiques pour pouvoir, à nouveau, passer devant les miroirs en rigolant. Il faisait des efforts (sauf peut-être sur la cigarette et le whisky mais il arrêterait un de ces quatre, juré !) et voilà que tout se détraquait à nouveau. À cause d'un hurluberlu qui l'avait entraîné dans une histoire de dingue. Insupportable ! Il allait lui faire sauter le caisson (c'est l'expression qui lui revenait en boucle, pendant qu'il soldait cul sec son Jameson), lui faire sauter le caisson, admirer le sommet de son crâne s'ouvrant comme une boîte de conserve ou explosant comme… comme un crâne fragile bourré de cervelle volant en éclats blanchâtres et sanguinolents. Le grand corps, privé de toute boussole, tenterait un dernier baroud, ferait encore admirer sa stature, entamerait un ou deux pas dans une direction connexe avant de s'effondrer sur lui-même, comme un astre en fin de parcours. Des images dramatiques et réjouissantes.

Stanislas louchait sur le tuyau exterminateur, d'où jaillirait, peut-être, un petit projectile aérodynamique qui l'enverrait retrouver la kyrielle des romanciers ratés, tous ceux qui n'avaient pas trouvé leur part d'universel, pas trouvé leur style, pas trouvé leurs personnages, pas trouvé leur dramaturgie et qui étaient morts dans l'indifférence générale. Stanislas ne se souhaitait pas un destin aussi obscur. Il avait, pensait-il, tout ce qui manquait aux romanciers ratés. En particulier des personnages, dont Jean-François Kornélius, haut en couleur, détestable et attachant, qui, à cet instant, était en train de sortir de l'épure. Avait-il été assez persuasif ? La corde Clara et sa copie pouvaient être sensibles. Les films et photos de ses exactions étaient bien réels, mais était-ce décisif ? Quant à l'argent sale, il avait sans doute bluffé mais qui sait... Alors, fallait-il mettre de l'eau dans son vin pour sauver une histoire qui prenait de l'ampleur et pouvait faire un tabac ? Kornélius ne comprenait-il pas qu'il était un héros de roman, avec une épaisseur humaine, une trame contradictoire, une destinée pathétique et convaincante ? Là, son comportement s'apparentait à une facilité littéraire qui gâcherait la fin. Il tire, Stanislas s'écroule. Il est arrêté, il est condamné. Clara est la plus belle inconsolable de Vienne. Fin.

— Vous ne croyez pas que nous avons mieux à faire que cette fin convenue ? hasarda Stanislas.

— Convenue pour qui ?

— Pour nous deux. Vous êtes un héros, Kornélius, vous en avez l'étoffe, intelligent, malin, retors, imprévisible, sentimental, séducteur, joueur... tout ce qu'il faut ! Vous allez disparaître... et puis reparaître, tel le comte de Monte-Cristo, bourré d'adrénaline, prêt à en découdre avec la terre entière, auréolé d'une Performance singulière, inimitable. Allez, je rajouterais bien 200.000€ à votre pécule, pour vous acheter une hacienda en Argentine, les prix se sont effondrés, là-bas. Vous en pensez quoi ?

— Six millions !

— Je retire ce que j'ai dit. Zéro plus zéro plus zéro ! s'énerva Stanislas.

— Vous m'avez pris et vous me prenez encore pour un minable ! Désolé, ça suffit !

Dans une telle conjoncture, quand celui qui tient le pistolet dit « désolé », c'est très mauvais signe.

28

Ragnar Gentz revint très vite voir Clara. Elle lui plaisait bien. Beaucoup même. Rien ne clochait. S'il n'avait pas été en service, à élucider une affaire complexe dans laquelle elle était impliquée, il aurait volontiers bifurqué vers des rivages oniriques ou des châteaux en Touraine, avec feux de bois et tout le tralala. Mais trêve de balivernes, l'heure était grave et « l'affaire complexe » qui se présentait à lui était plus que complexe, elle était, à priori, incompréhensible... pour un esprit non rompu aux méditations transcendantales qu'il affectionnait sans modération. Quelque part il y avait une boursouflure, qui aboutissait à une esbroufe dénuée de logique et de bon sens.

Après s'être perdu dans des couloirs et des salles par lesquels il n'aurait jamais dû passer, Ragnar finit par trouver un ascenseur de service qui l'amena au niveau du bureau de Clara Behlmann. Pour l'occasion, sur le plan vestimentaire, il avait jonglé avec des couleurs printanières (des camaïeux de vert) que venait perturber une cravate orange et rose aux motifs dérangeants. S'il s'était écouté, il aurait pu arriver avec un bouquet de primevères à la main.

— Asseyez-vous monsieur Gentz. Puis-je vous servir quelque chose ?

— La vérité. Une bonne tasse de vérité me suffirait, répondit Ragnar, l'œil pétillant.

— La vérité ne remplacera jamais un bon café...

— Alors café... allongé.

Pendant que Clara s'affairait autour de la machine Nespresso, Ragnar remarqua qu'il n'y avait aucune photo de famille ou d'amis, ni sur le bureau ni sur les étagères. Seul l'art avait droit de cité. Pas de sentimentalisme au grand jour. Une femme qui donnait l'impression de contrôler ses affaires de cœur. Et pourtant...

— Merci. Vous savez, je me suis intéressé au café Bio Éthique, Max Havelaar et tout ça, eh bien il y a des petits malins qui profitent du label « éthique » et des prix qui vont avec, tout en continuant à exploiter une main d'œuvre sous payée, notamment des enfants, dans la plus grande opacité. Ça m'a fâché avec le commerce équitable. C'était une erreur… Il faut traquer la nature humaine quand elle dérape. Sans relâche. C'est mon job. C'est souvent très subtil. Il ne faut pas trop se fier aux apparences, il faut gratter, gratter encore… comme vous le faites souvent sous des premières couches de peinture pour découvrir des œuvres recouvertes, ensevelies… j'ai constaté ça.

— C'est vrai. Avec les procédés modernes d'expertise, il nous arrive de voir des esquisses ou des tableaux antérieurs sur lesquels on a peint. Ou encore des traces d'images effacées par des faussaires qui se servent de vieux panneaux ou de vieilles toiles pour donner l'illusion de peintures anciennes…

— L'illusion… ne sommes-nous pas une illusion, accrochés au bord de la Voie Lactée, en équilibre instable, première cible à morfler- passez-moi l'expression- en cas de choc avec une autre galaxie nomade ? Vous savez, d'un côté je crois que l'univers n'existerait pas s'il n'y avait pas des êtres comme nous, capables de le conceptualiser… et d'un autre côté je crois que l'univers se fiche complètement d'être conceptualisé ou pas. Ça nous ramène à l'illusion.

— Sans doute, dit Clara sur ses gardes.

— Avant d'examiner les enregistrements que vous m'avez confiés, je me suis mentalement préparé à ne rien en attendre et faire en sorte que cette posture, disons défaitiste, soit le gage d'une acuité objective. Je me suis mis en mode réceptacle galactique, voyeur d'une tranche d'humanité par un trou de serrure vidéo. Et qu'ai-je vu ?

— Je vous le demande.

— De toutes les couleurs, de toutes les tailles, de toutes les intensités. Un charabia indescriptible.

Ragnar Gentz mit sur pause. Les yeux fermés, il semblait se repasser le film en accéléré. Encore un trompe-l'œil. D'infimes mouvements de tête indiquaient que des éléments se percutaient et s'assemblaient pour donner sens à une orgie d'images. Quand il rouvrit les paupières, Clara eut le sentiment que deux lasers venaient scanner ses pensées.

— Un charabia indescriptible, reprit Ragnar… indescriptible jusqu'à ce qu'une scène me fasse sursauter et me tire du marasme dans lequel je m'enfonçais. Dans cette scène il y a un homme grand, une allure, quelque chose de péremptoire. Il domine la foule bariolée, il s'approche de Vermeer, il le toise, je dirais même qu'il le défie. Il a une intensité froide dans le regard, du genre « Toi mon petit Vermeer, tu ne perds rien pour attendre ». Un groupe avec un guide volubile le sépare encore de la toile. Sans trop de ménagement, il se fraye un passage, pour qu'il n'y ait plus rien entre lui et « L'Art de la Peinture ». Alors il fixe la nuque de Vermeer pour lui dire « Arrête ton cinéma Johannes, tu joues à cache-cache, tu fais le modeste et tu nous écrases de ton talent, je vais te démasquer ». Mais comment démasquer Johannes ? En racontant des fadaises sur la relation coupable qu'il aurait eue avec son modèle ? Une jeune vierge qu'il aurait entrainée dans la débauche ? Non, pas de preuves. Mais quoi, alors ?

— Oui, mais quoi ?

— Faire de Vermeer le simple comparse d'une histoire plus grande que lui !

Ragnar Gentz remit sur pause. Paupières baissées, il fit des exercices pour se décontracter la nuque. À plusieurs reprises Clara eut l'impression que des vertèbres cervicales craquaient. Était-il tendu à ce point ? En tout cas, il la fascinait avec son costume champêtre, ses cheveux en pétard et son regard bienveillant. Son discours, à mesure qu'il le déployait, gagnait autant en cohérence qu'en opacité. Elle avait, bien entendu, reconnu Stanislas dans la séquence qu'il décrivait, mais elle ne voyait pas où il voulait en venir.

— Vermeer, un comparse ? Il n'a pas une tête de comparse, objecta Clara.

— Le grand homme est à moins d'un mètre de Johannes qui lui tourne le dos. « Retourne-toi si tu en as le courage, sinon… »

L'injonction reste sans réponse et… c'est à ce moment-là que vous arrivez. Quand je vous ai vue parvenir à sa hauteur et qu'il a tourné son visage vers vous, une intuition profonde m'a traversé, une intuition qui murmurait « Ces deux-là ne se connaissent pas et ils se connaissent depuis toujours ! » Une harmonie indéfinissable ou une connivence qui m'a fait noter sur mon carnet : frère et sœur, père et fille ou deux vieilles âmes qui se retrouvent ?

L'intuition de monsieur Gentz cueillit Clara comme un coup au plexus. L'émotion qu'elle avait ressentie à cet instant était proche, voire identique à celle que décrivait l'inspecteur. À ceci près qu'elle n'avait pas songé à une quelconque consanguinité.

— Et malgré la foule vous êtes donc allée vers lui, vous l'avez élu en quelque sorte et vous lui avez parlé, poursuivit l'inspecteur. J'ai vu des paillettes dans vos pupilles… Bon, j'exagère mais il y avait de l'admiration… Vous le connaissiez ou vous ne le connaissiez pas ?

Clara ingurgita la question comme un sirop amer. Ne pas se précipiter. Calibrer une réponse. Elle toussota en faisant mine d'avoir avalé sa dernière gorgée de café (ou de sirop) de travers.

— Je ne le connaissais pas vraiment. Il avait assisté à une de mes conférences sur les autoportraits… et il m'avait posé des questions. Après, il avait disparu.

— Il vous avait marquée… Il était sorti du lot. Quel genre de questions avait-il posé ?

— Je ne me souviens plus très bien… sur « Les Ménines » de Vélasquez, peut-être…

— Et sur sa disparition ?

— C'est possible, c'était tout frais, admit Clara.

— Et cet homme, vous le repérez devant le Vermeer et un dialogue s'engage. Le groupe qui vous entoure va voir ailleurs et vous vous retrouvez dans une espèce d'intimité solennelle. Vous vous dites quoi ?

— Des banalités… sur le Vermeer… il me dit que Vermeer n'en fait pas assez, qu'il se cache en nous tournant le dos, quelque chose comme ça…

— Je suis assez d'accord avec lui. Et puis il y a cet instant… j'allais dire « torride » mais ce n'est pas le bon adjectif… un instant charmant plutôt, un instant où vous rougissez comme une collégienne prise en flagrant délit de… badinage… ajouta Ragnar. Charmant. Que s'est-il passé ?

— J'ai dû ba… ba…fouiller, dit Clara en bafouillant.

— Bafouiller quoi ?

— Quand on bafouille… on oublie…

— La promesse de se revoir ? Un rendez-vous ?

L'inspecteur Gentz était désarmant, au sens littéral du terme. Ses armes de destruction massive étaient la candeur, l'inadvertance, une espèce de poésie loufoque qui émanait de lui et de ses questions. Des armes qui annihilaient vos propres défenses. Clara se sentit désarmée. S'il posait cette dernière question, c'est sans doute qu'il savait que cette rencontre avait été suivie d'un rendez-vous. Et comment le savait-il ? Intuition, déduction ? Devait-elle mentir ou couper court à l'entretien ? C'était comme si, petit à petit, il la déshabillait, pensa-t-elle.

— Un rendez-vous… pour faire plus ample… faire connaissance.

— Je suis aussi intrigué que vous… Je me serais dit, mais que cherche cet homme, moi ou le Vermeer de mon musée ? Ou les deux ? Ou autre chose… Donc, vous avez fait connaissance ?

— Il faut rester humble devant la connaissance.

— À qui le dites-vous ! Mais vous avez au moins son identité… que je puisse comparer… dit Gentz en consultant son carnet.

— Stanislas de Flognac, chuchota Clara, comme à regret.

— Vieille aristocratie française, ancien membre des Services Secrets, amateur d'art, fortuné, physique imposant, tout pour plaire…

— Vous en savez autant que moi, inspecteur, interrompit Clara, espérant ne pas avoir à développer sa connaissance du sujet.

— Je n'aurais pas cette prétention. Mais à quoi occupe-t-il son temps ces jours-ci, en dehors de séduire une femme d'exception et de s'intéresser à des tableaux... volés ?

— Romancier. Il a le grand projet d'un roman dans le monde de l'Art. Un polar dans le monde de l'Art.

On arrivait au point sensible. Ragnar Gentz était subjugué par Clara, beaucoup plus qu'il n'était autorisé à le montrer. Il souhaitait que ce dialogue s'éternise et ce faisant, il complétait sa mission par un objectif débordant de son rôle d'inspecteur : sauver Clara des griffes d'un redoutable prédateur.

— Un polar... c'est violent un polar ! Quelle est son analyse de cette histoire de tableaux volés ?

— Comme moi... il pense que les trois vols sont liés, que c'est le fait d'un esthète qui veut redonner à ces chefs-d'œuvre du XVIIème une actualité, une présence, que la routine leur a fait perdre. Il pense que l'absence temporaire va raviver les sentiments. Il pense que les tableaux reviendront à leur place, intacts.

— Cet esthète pourrait être lui, non ?

Clara en avait beaucoup dit. Plus qu'elle n'imaginait. En même temps, elle avait envie d'en parler ; elle avait envie qu'on sache qu'elle était enfin amoureuse et pas de n'importe qui. Et pourtant elle hésitait encore à s'épancher auprès de ce Ragnar Gentz, si humain. Cette attitude serait, sans doute considérée comme une preuve de sincérité et de recherche de vérité. Evidemment, elle n'irait pas jusqu'à dénoncer Stanislas mais elle était prête à collaborer avec Ragnar.

— Ce pourrait être lui, en effet. Même genre de profil, en tout cas.

— Je crois profondément que la vérité ultime se cache souvent, dans les draps de l'amour, dans la complicité charnelle qui incite deux êtres à nommer des sentiments et des choses qu'on ne nommerait pas autrement. En d'autres termes, avez-vous couché avec lui et vous a-t-il laissé entendre qu'il était l'instigateur de cette affaire ?

— Mon intimité ne fait pas partie de votre investigation, j'espère ! Mais je vais quand même vous dire que j'ai couché avec lui. Et nous n'avons eu ni le temps ni l'envie de parler de tableaux, croyez-moi !

Clara ressentit une violente bouffée de chaleur envahir ses joues. Ragnar Gentz y vit une concordance avec la séquence de la vidéo-surveillance. Encore plus craquante avec le rose qui satinait sa peau. Il lui devait toute la vérité… enfin « sa » vérité.

— Je suis touché par votre… sincérité. Alors je vais vous donner des informations que je ne donnerais pas si, dans les mêmes circonstances, je m'adressais à quelqu'un d'autre. Voilà, hier soir j'ai reçu un appel de mon collègue parisien d'Interpol, qui m'a appris qu'il y avait eu une fusillade, dans les bureaux d'un détective privé, rue de Paradis, à Paris, un dénommé Kornélius, impliquant le détective et monsieur Stanislas de Flognac.

La pâleur métamorphosa le visage de Clara. Stanislas ne l'avait pas appelée depuis 24 heures, peut-être parce qu'il ne voulait pas la compromettre… ou peut-être parce qu'il ne pouvait plus physiquement l'appeler. Kornélius l'avait tué !

— Comment va monsieur de Flognac, parvint-elle à articuler ?

— Une simple éraflure mais c'est plus sérieux pour Kornélius qui est à l'hôpital… mais ses jours ne sont pas en danger. Il y a eu une… on ne sait pas… une lutte, une maladresse. Deux coups sont partis de la même arme. Sans doute accidentellement. Deux policiers, qui se trouvaient devant l'immeuble, sont immédiatement intervenus. Kornélius a parlé sans grande clarté, tout en mentionnant les vols de nos tableaux. Il n'y a pas eu de dépôt de plainte. De Flognac n'a pas été mis en garde à vue. Il doit néanmoins se tenir à disposition de la justice. Il n'a pas souhaité s'exprimer pour l'instant.

— C'est heureux… je veux dire qu'il n'y ait pas eu mort d'homme.

— Si vous avez encore un moment, je vais vous raconter ce que je pense de tout cela. Je ne voudrais pas qu'il vous arrive des choses fâcheuses, comme dans un polar. Monsieur de Flognac est un homme que la nature et le hasard ont comblé au-delà de toute bienséance : il est beau, il est riche, il est cultivé, il a des relations dans les Services Secrets. Qu'est-ce qu'il lui manque ? Après quoi court-il ? Après une perfection d'image, l'image d'un homme tout puissant à qui rien ni personne ne résiste. Il lui faut la plus belle femme, vous, et on peut dire qu'il ne s'est pas trompé, il lui faut la gloire littéraire qu'il n'a pas encore rencontrée et pour ce faire il imagine un coup de billard à quatre bandes. Il va faire disparaître trois des plus célèbres autoportraits du monde, il va envelopper ça dans le concept vertueux de l'absence régénératrice, il va vous séduire grâce à cette audace folle et il va s'offrir une matière romanesque… très riche, si je puis dire ! Et en creux, au travers de cette affaire, il dessine son autoportrait, un autoportrait idéalisé, cela va de soi.

— Je suis bien placée pour savoir combien les autoportraits sont sujets à interprétations, s'exclama Clara, soudain soulagée ! Mais, en ce qui concerne monsieur de Flognac, vos déductions me semblent osées, voire hâtives.

— La scène du film de votre rencontre est bouleversante. Un Michelangelo Antonioni, un Nicolas Roeg ou plus près de nous un Terrence Malick, n'auraient pas fait mieux. Il y a le déséquilibre dramatique entre celui qui a programmé cette rencontre et les conséquences de cette rencontre pour satisfaire son ambition et celle qui arrive fraîche, candide et finalement émue, à des années-lumière de tout calcul affectif et qui subit le coup de foudre de plein fouet. Qu'il est beau votre visage qui s'empourpre, beau et poignant.

— Je ne me savais pas aussi expressive. Mais je crois que vous faites fausse route, inspecteur.

— Nous verrons bien. J'ai obtenu d'un juge une commission rogatoire internationale m'autorisant à interroger monsieur de Flognac, dans les trois jours qui viennent. Je vous tiendrai au courant. Prenez soin de vous.

Ragnar Gentz s'éclipsa, non sans s'être d'abord trompé de porte, en prononçant ces mots mémorables « tous les chemins mènent ailleurs ».

29

Début mars, boulevard Raspail, Paris 7ème, les giboulées étaient là sans être là, encore plus déconcertantes qu'à l'accoutumée ; un virus, drolatiquement nommé Corona, commençait sa carrière de tueur en série ; quelques passants masqués rasaient les murs, tandis que la majorité silencieuse vaquait à ses occupations comme si de rien n'était.

Ragnar Gentz, fort de sa commission rogatoire internationale, s'était transporté à Paris, ville qu'il adorait, ville dans laquelle il avait étudié le droit et la psychologie. Il avait, du reste, occupé une chambre de bonne dans la rue Paul-Louis Courrier, à deux pas du boulevard Raspail. Quand il a actionné l'interphone pour monter chez Stanislas, il s'est senti en pays de connaissance. Stanislas l'a accueilli dans une entrée où on pouvait mettre un billard (peut-être deux), puis il l'a dirigé dans un salon où on aurait pu jouer au tennis, songea-t-il. Ragnar trouvait Stanislas encore plus grand qu'il ne l'imaginait. Et intimidant s'il n'y avait eu dans sa voix une chaleur inattendue. De toute façon, tout était grand, les canapés, les fauteuils, les tables, les lampadaires, les écrans, les fenêtres, les tableaux, les tapis, même les verres à whisky.

— Whisky ?

— Non merci, jamais pendant le service. Un verre d'eau, si vous avez.

— Je devrais pouvoir vous trouver ça.

Pendant que Stanislas disparaissait, Ragnar s'attarda sur les images qui tapissaient les murs. Autant de fenêtres ouvertes sur des mondes imaginaires. Deux toiles retinrent son attention : un nu définitivement érotique de Tom Wesselmann, intitulé « Monica assise avec Mondrian » et un autoportrait de Gustave Courbet, le jeune dandy caravagesque.

— Vous aimez la peinture, demanda Stanislas en tendant un verre d'eau ?

— Amateur. Parfois éclairé, parfois non. J'aime beaucoup votre Courbet, tout en arrogance contenue. Mon métier m'oblige à soigner mon ignorance. Mais la peinture est une jungle touffue dans laquelle on ne peut pas s'aventurer sans être armé… d'un filet à papillons ou d'une kalachnikov, c'est selon !

— Et aujourd'hui, c'est le filet à papillons ?

— Plutôt la grosse Bertha ! Non, je plaisante…

— Tant mieux. Alors que puis-je pour vous, monsieur l'inspecteur ?

— Que s'est-il passé avec ce pauvre monsieur Kornélius ?

— Rien de bien méchant, on a joué avec un pistolet chargé. Ce n'était pas très malin. Il va mieux.

— Vous êtes en affaires avec lui ?

— Affaire privée. Détective privé.

— Il a mentionné les tableaux volés mais il était choqué… rien de concluant.

— Rien de concluant, répéta Stanislas, en écho.

Ragnar Gentz pensa que c'était maintenant le bon moment pour porter l'estocade. Ce Stanislas était trop sûr de lui. Il allait le faire redescendre dans la réalité.

— Magnifique coup médiatique la disparition de ces trois autoportraits.

— Magnifique !

— Il faut un concepteur de génie derrière tout ça.

— Je ne vous le fais pas dire, monsieur l'inspecteur.

— Et ce concepteur de génie, c'est vous.

— C'est moi ! Et vous êtes un policier de génie. Comment avez-vous deviné ?

— Il y avait des indices concordants… votre présence à Madrid, à Vienne, à des périodes cruciales, ce Kornélius qui nous en dira plus quand il ira mieux, votre relation avec madame Behlmann… et le feeling de votre serviteur… j'ai lancé mon hameçon et vous avez mordu.

— Votre image n'est peut-être pas la plus pertinente... je n'ai mordu à rien du tout, c'est vous qui avez mordu à l'hameçon. Qu'est-ce que vous comprenez à cette histoire ? L'Art, la création, la peinture... tout cela nous dépasse... nous sommes dans le monde de l'illusion. Qu'est-ce qui est réel ? Quel rôle jouez-vous ? Tout cela n'est qu'un jeu. Nous avons joué à l'illusion du Grand Manipulateur, à l'illusion du vol des tableaux, à l'illusion du manque, à l'illusion de la séduction, à l'illusion du roman imaginaire sans imagination, à l'illusion de l'autoportrait à la fois fictif et réaliste ! Et nous ne savons plus où nous en sommes. Vous par exemple, pour quel motif pourriez-vous m'arrêter ? En dehors du vol de tableaux, je ne vois pas. Or il n'y a pas de tableaux volés !

En effet, il n'y avait plus de tableaux volés. Stanislas était intervenu auprès de ses correspondants à Madrid et à Cologne pour que les toiles soient restituées au Prado et au Wallraf-Richartz grâce au professionnalisme de FedEx. Quant au Kunsthistorisches de Vienne, Clara s'était chargée de remettre à sa place le Vermeer original. Fin de l'histoire. Et début d'une transe médiatique, peut-être contrariée par des rumeurs de pandémie et de confinement qui enflaient comme des bruits de bottes à l'orée d'une troisième guerre mondiale.

Ragnar Gentz joua du portable et vérifia immédiatement les propos de Stanislas, qui s'avérèrent exacts. Un ange passa. Après quelques minutes de flottement, il lorgna sur un Glendronach 18 ans d'âge, avec, cette fois, l'intention de l'accepter pour peu que l'offre soit réitérée. Ce qu'elle fut. Ils trinquèrent à l'Art et à la création, tout en déambulant auprès des trésors qui s'affichaient sur les étendues blanches. Ragnar scruta de plus près la « *Monica assise avec Mondrian* », admirant comment, avec aussi peu de traits et de couleurs, Wesselmann parvenait à faire monter en lui une sève printanière, incroyablement érotique.

30

L'auteur de ce roman a éteint son MacBook Air. Il a mis un point final à son chapitre 29, après le mot « érotique ». Ce n'est peut-être pas par hasard. L'érotisme peut se conjuguer à l'infini en offrant la dimension sensuelle à tout ce qu'il touche. Ce roman est-il érotique ? Pas franchement. En tout cas il est né pour séduire une femme hors normes, vibrant avec l'Art. Cette femme a tout et elle respire l'Art. L'idée était donc d'en faire l'héroïne d'un polar dans lequel sa lumière guiderait les pas d'un écrivain (moi, en l'occurrence, personnage, narrateur, auteur de ce roman) dans une histoire improbable et grandiose. Un de mes très chers amis, Claude Haeffely, a écrit : « Tout est faux, c'est le Paradis ». Il y a beaucoup de cela. Se parer de la fausseté pour harponner une vérité qui nous dépasse et nous apaise. Mais souvent la vérité nous glisse entre les doigts. Les personnages qu'on a installés n'en font qu'à leur tête et nous trahissent.

Je ne suis pas tout à fait ce Stanislas de Flognac. Je n'ai pas de particule (simple coquetterie littéraire), je ne suis pas aussi grand, pas aussi riche, un peu plus âgé, même si je suis bien un transfuge de la DGSE et même si je cours encore après la gloire littéraire que mes précédents romans n'ont pas rencontrée. Nous passons en moyenne deux ans de notre vie devant des miroirs, deux ans pour se demander si l'énergumène qui s'agite dans la glace est bien celui que nous croyons, deux ans pour savoir si notre regard est capable d'une quelconque objectivité. Si je me pose devant mon reflet, je vois un front qui a tendance à gagner du terrain, des cheveux défaitistes et clairs, des yeux bleus mélancoliques, tombant sur les côtés, un nez fin et conquérant malgré une fracture, une lèvre supérieure discrète, une inférieure gourmande, des rides ronchonnes de chaque côté de la bouche, un menton sans aspérité. Il émane de l'ensemble une impression de flegme indolent, de personnalité fluette, manquant de substance et d'ambition. Comme quoi les apparences peuvent être trompeuses !

Je suis confronté à ce roman depuis un an et demi. Il me sort par les yeux ! Mes héros sont là, en chair et en os, à Vienne, à Paris, à Rome, à Madrid... La nuit, ils me narguent, en demandant toujours plus, m'obligeant à leur trouver des qualités qu'ils n'ont pas ou des défauts qu'ils n'ont pas davantage. M'obligeant à les embarquer dans des situations qui les écartent de leur routine. Je ne suis pas méchant. Conciliant. Je me plie à beaucoup de leurs exigences. Mais il ne faut pas exagérer, je dois, moi aussi, y trouver mon compte. L'illusion, la réalité qui se dérobe en permanence, sont mes alliées. Je m'en sers contre eux pour essayer de leur montrer que je suis bien le patron.

Il n'y a pas eu de vol de tableaux, c'est une affaire entendue. Mais peut-être ce roman suscitera-t-il des vocations ? En tout cas le concept est là. Le geste artistique, la performance, attendent dans les starting-blocks. Les trois autoportraits les plus décisifs de la peinture humaine sont là, dans leur mystère et leur splendeur. Ils ne demandent qu'à jouer un rôle plus éminent, digne de leurs statuts. Et qui s'y est collé ? Moi ! Je ne voudrais pas paraître présomptueux mais, si ce roman rencontre le public qu'il mérite, Rembrandt, Vélasquez, Vermeer et Caravage (sans parler des autres) me devront une fière chandelle. Ils auront le droit de frétiller dans leur tombe et de craqueler la fragile surface des certitudes. Mes héros aussi pourront me remercier d'avoir associé leur destin à des icônes éternelles.

En revanche, je l'avoue, je n'ai pas un amour immodéré pour l'art contemporain. Particulièrement pour l'art conceptuel. Beau ou pas beau, là n'est plus la question. Du coup, l'art est aisé mais la critique est difficile ! L'art qui se vend est celui qui fait des vagues dans les médias et dans les réseaux sociaux. Un bon petit scandale vaut mieux que tout autre talent. Un bon petit scandale bien exploité, c'est l'assurance d'une cote bien taillée ! Cher monsieur Soulages, désolé d'avoir raconté des méchancetés sur votre création, mais je suis certain que vos cent ans vous aideront à relativiser. En même temps votre peinture est tellement enfantine que je vous prédis encore une carrière longue et rentable. Clara m'a dit un jour, à propos de Picasso : « Il est le monument intouchable de la peinture contemporaine... c'est la pyramide de Khéops, tombeau gigantesque, hypothétique, composé d'innombrables cubes agencés méthodiquement ». Réducteur ? Humm... je ne sais pas.

Clara est resplendissante. Elle me manque (encore « le manque »). Elle coule des jours heureux (je l'espère sans trop y croire) avec Jean-François Kornélius. Plus belle que jamais. Plus passionnée que jamais. Plus drôle et convaincante que jamais. J'en crève. Je l'ai de temps à autre au téléphone. Nous nous voyons par ci par là, pour des raisons professionnelles ou mondaines. Elle ne change pas. Toujours aussi spontanée. Elle m'embrasse. Je la serre dans mes bras en essayant de trouver une bonne raison de la lâcher. Il n'y en a pas. Elle devrait rester là pour l'éternité, son souffle dans mon cou, mes lèvres contre son oreille, lui murmurant que la vie sans elle ne serait pas supportable. Et elle n'est pas supportable. Je ne sais pas comment elle va apprécier ce roman. Peut-être voudra-t-elle m'intenter un procès pour divulgation de sa vie privée ? Si tel était le cas, je serais désespéré. J'en ai peur. Je ne veux surtout pas ça, mon amour.

J'aime cette Clara comme un benêt. J'ai craint d'être son père. J'ai pu faire un test ADN. Négatif. Je voulais être son amour, son amant. Je me suis imaginé pouvoir la tirer des griffes de JFK grâce à la création, à l'érudition. Il a sans doute manqué l'érotisme. La dimension sensuelle qui fait vaciller les meilleures défenses. Par timidité, je n'ai pas osé lui dévoiler mes sentiments, jusqu'à ce roman. Ce qui ne fut pas le cas de Kornélius.

Jean-François Kornélius : l'autre ! Il va bien, merci. Ses bureaux ne sont plus rue de Paradis. Il a émigré à Vienne, pour être avec Clara, qu'il a séduite contre toute attente ou... toute logique. Il s'est reconverti dans la vente et l'achat d'objets d'art. Apparemment, il fait de bonnes affaires, mais le connaissant comme je le connais, je suis certain qu'il ne peut pas s'empêcher de magouiller avec des individus, du style Ruffinni, le champion des trouvailles antiques sans pédigrée ni provenance officielle. J'aurais pu le faire plonger dans l'affaire du « *Narcisse* ». Le roman l'exonère dans une certaine mesure, je suis sympa. J'aurais pu le tuer quand nous avons jonglé avec son Beretta. Je ne l'ai pas fait et pourtant, à ce moment-là, je savais qu'il était arrivé à ses fins avec Clara. J'avais des envies de meurtre. J'aurais peut-être dû. Par amour. L'amour fort. Sans morale, sans concession. C'est exactement ça, je fais trop de concessions. Je manque de conviction. D'ailleurs, je l'aime bien JFK. Je l'aime bien parce qu'il a des… attributs que j'aimerais avoir. Ce côté nonchalant, ce côté retors, ce côté hâbleur, tchatcheur, risque-tout, sans foi ni loi, léger et de l'humour avec ça ! Je l'aime bien, ce con. Simplement, il vit avec la femme de ma vie ! Je voulais le châtier. Et même dans le roman, je n'y suis pas vraiment parvenu ! Trop sympa.

Peut-être Clara Behlmann n'est-elle pas aussi lumineuse, aussi parfaite que je veux bien le croire, pour vivre avec un type pareil ? Un type qui profite d'elle, j'en ai la conviction. Peut-être me suis-je fait des illusions ? Ces illusions qui me collent aux basques et que je ressasse à tort et à travers. Si elle était stupide, perverse, laide, cela arrangerait bien mes affaires. Je ne vivrais plus dans l'attente vaine qu'elle m'aime un jour.

Je vais sortir du bungalow que j'ai loué pour une semaine à Furnace Creek, Death Valley, California, pour en finir avec tout ça. Au fond, j'écris pour me souvenir de ce que je n'ai pas vécu. Si vous voulez un échantillon de mon humeur, écoutez donc *Babe I'm gonna leave you* par Led Zeppelin ou encore *Les Barricades Mystérieuses* de François Couperin… et regardez le tableau de Hopper « *Excursion into philosophy* » ! Il est dix heures du matin. Le soleil pèse déjà des tonnes. Je vais marcher jusqu'à plus soif ! Peut-être jusqu'à Zabriskie Point ? En aurai-je la force ? Pourrai-je encore voir les baleines jaunes sculptées par le fer rouge des vents du désert ? Et les girafes mordorées, pétrifiées en bordure du fleuve de sel miroitant ? Pourrai-je me perdre, pour me retrouver dans cette beauté impitoyable ? Et comme disait Gentz, tous les chemins mènent ailleurs, seule destinée de choix ! Qui vivra verra.

REMERCIEMENTS

À Philippe Boucher et Jean-Claude Bey
pour leur indéfectible soutien créatif

À Jean Baillou pour son œil de lynx quant à la justesse
de notre si belle langue

À Patrick Coppens pour son regard poétique et vigilant,
armé de bienveillance

À Bernard Lévy pour sa culture artistique et
son intransigeance éclairée

À Joël Guenoun pour sa contribution originale et
sa dialectique stimulante

À Frédérique qui m'a supporté (dans tous les sens
du terme !) pendant mon confinement dans le confinement,
le temps d'écrire ce roman

Structures éditoriales du groupe L'Harmattan

L'Harmattan Italie
Via degli Artisti, 15
10124 Torino
harmattan.italia@gmail.com

L'Harmattan Hongrie
Kossuth l. u. 14-16.
1053 Budapest
harmattan@harmattan.hu

L'Harmattan Sénégal
10 VDN en face Mermoz
BP 45034 Dakar-Fann
senharmattan@gmail.com

L'Harmattan Cameroun
TSINGA/FECAFOOT
BP 11486 Yaoundé
inkoukam@gmail.com

L'Harmattan Burkina Faso
Achille Somé – tengnule@hotmail.fr

L'Harmattan Guinée
Almamya, rue KA 028 OKB Agency
BP 3470 Conakry
harmattanguinee@yahoo.fr

L'Harmattan RDC
185, avenue Nyangwe
Commune de Lingwala – Kinshasa
matangilamusadila@yahoo.fr

L'Harmattan Congo
67, boulevard Denis-Sassou-N'Guesso
BP 2874 Brazzaville
harmattan.congo@yahoo.fr

L'Harmattan Mali
ACI 2000 - Immeuble Mgr Jean Marie Cisse
Bureau 10
BP 145 Bamako-Mali
mali@harmattan.fr

L'Harmattan Togo
Djidjole – Lomé
Maison Amela
face EPP BATOME
ddamela@aol.com

L'Harmattan Côte d'Ivoire
Résidence Karl – Cité des Arts
Abidjan-Cocody
03 BP 1588 Abidjan
espace_harmattan.ci@hotmail.fr

Nos librairies en France

Librairie internationale
16, rue des Écoles
75005 Paris
librairie.internationale@harmattan.fr
01 40 46 79 11
www.librairieharmattan.com

Librairie des savoirs
21, rue des Écoles
75005 Paris
librairie.sh@harmattan.fr
01 46 34 13 71
www.librairieharmattansh.com

Librairie Le Lucernaire
53, rue Notre-Dame-des-Champs
75006 Paris
librairie@lucernaire.fr
01 42 22 67 13

Achevé d'imprimer par Corlet Numérique - 14110 Condé-sur-Noireau
N° d'Imprimeur :173688 - Novembre 2021 - Imprimé en France